紅樓夢

浮華風月,從中看盡人生百態

的角度分析人物的動機,探尋內心世界的掙扎

人生如夢,情深似海

愛情與命運交織,人性與欲望的矛盾
以嶄新觀點重新詮釋《紅樓夢》
穿越時間與空間的糾葛
深入剖析人物的內心,揭示未說出口的祕密

百合 著

目錄

自序　那許多個曾經的我

就把人生當作一場修行

寶釵：就把人生當作一場修行……………………………012

黛玉：因為不懂，所以刻薄……………………………025

元春：把悲傷留給自己……………………………031

探春：玫瑰女生利刺下的柔情……………………………044

惜春：請許我寂寞沙洲冷……………………………053

王熙鳳：無信仰者無知無畏……………………………060

湘雲：向日葵從不自苦……………………………068

賈母：女人該怎樣老去……………………………075

賈蘭：風一樣的逐鹿少年……………………………084

李紈：我有我的姿態……………………………090

好姑娘不愁沒人愛

邢岫煙：好姑娘不愁沒人愛……………………………100

紫鵑：好姊妹淘可遇而不可求……………………………109

鴛鴦：當我說「不」時我在想什麼……………………………117

目錄

　　平兒：我永遠知道我是誰 ………………………… 125

　　晴雯：躺著也中槍 ………………………………… 139

　　襲人：暗香浮動的占有者 ………………………… 148

　　小紅：山不過來我過去 …………………………… 160

　　香菱：林黛玉是個好老師 ………………………… 167

　　秋紋：庸人靠什麼升遷 …………………………… 172

偏偏只愛你

　　寶玉：可我偏偏只愛你 …………………………… 178

　　妙玉：寂寞的愛情偷窺者 ………………………… 187

　　尤三姐：他們何曾傾心過 ………………………… 197

　　薛蟠：假如我娶了林黛玉 ………………………… 207

　　北靜王：我才是黛玉的真命天子 ………………… 211

　　秦可卿：給世界一個旖旎的背影 ………………… 219

　　黛玉：我其實不好妒 ……………………………… 225

　　寶玉：那一句溫柔的「你放心」 ………………… 227

　　齡官：彆扭的姑娘到底要什麼 …………………… 231

我想知道我是誰

　　賈政：一個父親無處安放的焦慮 ………………… 240

　　賈璉：不是完人是好人 …………………………… 246

　　賈環：世界，你欠我一個擁抱 …………………… 254

賈雨村：「裝」是人生的必修課⋯⋯⋯⋯⋯⋯⋯⋯260

秦可卿：你的藥方在說話⋯⋯⋯⋯⋯⋯⋯⋯⋯266

寶釵：被命運虧待的「白富美」⋯⋯⋯⋯⋯⋯⋯271

趙姨娘：我想知道我是誰⋯⋯⋯⋯⋯⋯⋯⋯⋯277

王善保家的：小人更要懂分寸⋯⋯⋯⋯⋯⋯⋯287

不要和大觀園裡的婆子們說話⋯⋯⋯⋯⋯⋯⋯293

大觀園裡沒公廁？⋯⋯⋯⋯⋯⋯⋯⋯⋯⋯⋯299

跋：落筆不言，風華自現

目 錄

自序　那許多個曾經的我

　　《紅樓夢》是一部陪我長大的書，可以肯定地說，它還將陪我到老，它包含了人生的一切況味，每個階段讀，都會有不一樣的感受。

　　我第一次「觸紅」的準確時間已經記不清了，不會超過八歲。當時認字數量有限，「寶釵」一律叫「寶叉」，叫了好一段時間，被我媽發現後才糾正了，她那嫌棄的表情我一輩子也忘不了。

　　最開始是看熱鬧，看裡面的人說話：「前兒」、「昨兒」、「明兒」，真有趣；再長大點是看愛情，專挑寶玉和黛玉的你來我往看；再後來發現，這本書隨便翻開哪一頁，都有的讀。放在枕邊，臨睡前翻幾頁才睡得踏實。出遠門帶著，也不嫌重，坐火車上無聊時翻，有一搭沒一搭，看到哪兒算哪兒。看書只為消遣，不作他想。

　　我的專業跟文學不搭邊。我學醫，在醫院做到一個常人看來很不錯的技術管理職位；業餘時間考了個心理諮商師證，了解了一些心理學知識，聽過心理熱線；再後來，我換了城市生活，又換過幾份工作，直到今天安穩下來，非常非常的安穩，也意味著非常非常的寂寞。

　　曾有一度，我的夢想是作別從前的事業心，成為一個得過且過的人。但是，當我真正進入一個穩固的體系，看著周圍一些年長的人為了安穩，要小心委屈地熬到退休，再悄無聲息地離開，想到他們可能就是明天的我，難免暗自心涼。

　　寫「紅評」純屬偶然。三年多前深秋的一個黃昏，我在火車站候車，無意間翻到一本雜誌，看到裡面有一篇評「紅」的文章，便想這樣的文章

自序　那許多個曾經的我

其實我也可以啊，回來便寫了一篇，署上自己的筆名「百合」，發給了雜誌社。

沒想到這一寫，就停不下來。那篇文章發表了之後，每月的20號左右，雜誌社編輯葡萄就會如約來向我收「租」。

我不是專業寫作者，也沒有大塊的時間來思考，都是在生活的縫隙裡雞零狗碎地構思，在午休間歇結結巴巴地寫。最多的是週五下班後，公司裡人走光了，我才可以寫得投入點。知道我每週五都晚走的人是兩位保全，但是三年來，他們從來沒問過我晚走的原因，只是微笑道別，真是好人哪！

這期間也有想偷懶的時候，但是抵不上編輯葡萄的小鞭子溫柔地抽下來，士為知己者死。承蒙人家看得起我，我咬咬牙，熬一熬，逼一逼自己，也就一篇篇地完成了。我的讀者們也居功至偉，他們給了我太多的感動。有一位退休的大學教授，七十多歲了，還專門寫了封表揚信來給我。你說，我怎麼好意思說自己累了，不寫了？

後來，雜誌社每一期都會在扉頁上重點推薦我的文章，稱我為「著名作家」，看著自己的名字和那些真正的知名作家放在一起，真是心虛。唯一能做的，就是別辜負了編輯和讀者，恭謹端正地寫。

寫到一年多的時候，葡萄對我說：百合約學，妳也出本書吧！

我第一反應是你別逗了。

但葡萄說：我了解妳，妳可以！

於是繼續戰戰兢兢前行，這期間還受到教育出版社劉姐姐、文藝出版社張姐姐的鼓勵和認可，沒有她們的力挺，我自己很難堅持下來。

這幾個人都算是我的貴人，都一直未曾謀面。直到三天前，才第一次見到張姐姐。嚴歌苓的文章裡有句話：「我一直依靠陌生人的善意活著。」

想想可不就是這樣。

　　這本書，算是我孤獨生活裡的救贖。自覺四下無靠的時候，一想到它，想到自己在緩慢而踏實地接近目標，就會心頭一暖。我也習慣了在沒人的時候，緊緊地攥一下拳頭，壓低嗓子對自己喊一聲：加油。

　　我只是一個用寫字來對抗虛無的人，竟然也有了自己的第一本書，我把它看作是生活對我的安慰。

　　人生多麼奇妙，你無法預判自己的下一站在哪裡，有意外之痛，也有意外之喜。

　　從小讀「紅樓」的習慣，讓我對書中的情節和人物相對熟悉，這麼多年一遍遍地讀，積澱了許多感受在心中，這是寫作評論的基礎；做過管理，讓我的思維略具理性和邏輯；學醫從醫的經歷，在醫界所秉承的「慎獨」精神，讓我面對這樣一部偉大著作時，在推理上力求謹慎縝密，比如寫秦可卿的藥方，我的醫學知識就幫了我不少忙，不太有把握就可以馬上去問我的舊同事，包括中醫專家；學過心理學，會下意識從心理學的角度去分析人物性格成因，乃至作者的言外之意，也因為學過心理學，會對人性多一份悲憫，所以下筆盡量客觀有度。有讀者說我文風溫厚，是「萌萌的小迷糊」。是的，當你行過許多路，見過許多人，明白人性的龐雜無章，你就會變得「糊塗」一些。

　　是那許多個曾經的我，成全了今天的這個我。

　　這本書本質上是一部《紅樓夢》讀後感合集，糅合了很多我對人生的看法。評的是書中人，真正展示的是寫書的自己。如果，你在讀到它時有至少一秒鐘的會心而笑，是我十分樂見的事。隔著書頁，讓我們心有戚戚。

自序　那許多個曾經的我

感謝陪我走過三年的編輯、讀者、朋友、家人，你們是教練，是啦啦隊，更是陪跑者，沒有你們，就沒有這本書。當然，還必須要感謝曹雪芹，謹以這本書向他致敬。

夢裡不知身是客，百看紅樓。

是為序。

百合

2015 年春

就把人生
當作一場修行

就把人生當作一場修行

寶釵：就把人生當作一場修行

一

亦舒說：「遇到困難，你有選擇，要不你坐困愁城，要不你跳舞——」在人生的困境面前，「紅樓」三大女主表現各異：林黛玉貌似喜歡「坐困愁城」，史湘雲則選擇勇敢跳舞，而薛寶釵既不坐困也不跳舞，她選擇了精神修行。

寶釵的名字第一次出現，竟然是作為「犯罪嫌疑人」的家屬被牽連出來重點介紹。她哥哥薛蟠打死馮淵，強搶香菱，以一個惡少面目赫然紙上，這令她顯得特別無辜。

許多兒女雙全的家庭都有個有趣的現象，那就是母親偏兒子，父親偏女兒，豐年好大「雪」的薛家也不例外，兄妹兩個的教育便走向了兩極。

薛姨媽的娘家金陵王家是顯貴，可惜家教上有個硬傷，不提倡女孩子讀書。看薛姨媽王夫人姐妹兩個便知，平日言談雖中規中矩，卻都沒多少詩書文化底蘊，關鍵場合就露了怯：行酒令時，薛姨媽說的盡是「織女牛郎會七夕」式的大白話；王夫人連場都不敢上找人代替，內姪女王熙鳳乾脆是個文盲。

因為素養所限，薛姨媽在孩子的功課上完全插不上手不說，還一味寵溺，慣得薛蟠「性情奢侈，言語傲慢」，以致後來「老大無成」：「雖是皇商，一應經濟世事，全然不知，不過賴祖父之舊情分，戶部掛虛名，支領錢糧，其餘事體，自有夥計老家人等措辦。」

一母同胞的寶釵，卻從父親那裡得到了很優質的啟蒙教育。也許是因

為薛蟠不爭氣的緣故,她父親「酷愛此女,令其讀書識字,較之乃兄竟高過十倍」。然而天有不測風雲,父親病死,剩下他們母子三人,哥哥如同脫了韁的野馬,沒完沒了地惹事,母親根本管不住,薛家產業眼看就無力為繼。

就把人生當作一場修行

　　寶釵無奈只得放下書本，拿起女紅；告別詩書，面對現實，人生就此改變方向——沒有人天生成熟，大家都是被逼的。和黛玉交心那次，她說：「我雖有個哥哥，妳也是知道的，只有個母親比妳略強些。我們也算同病相憐。」哥哥無狀、母親無能，他們對家族運勢的走低基本無感，更不會去挽救頹勢，傻樂呵呵地過著每一天。這種溫水煮青蛙的生活，寶釵最先警覺，然而可惜無人共鳴呼應。寶釵每天醒來要面對的第一個人，便是精神上煢煢孑立的自己。

　　曹雪芹曾這樣描述寶釵的改轍之舉：「自父親死後，見哥哥不能依貼母懷，她便不以書字為事，只留心針黹家計等事，好為母親分憂解勞。」這種刻意的輕描淡寫，傳遞出的信息彷彿是寶釵對讀書這件事不會太上心，一夜之間就轉型了。

　　可是越往後讀，就越覺得老曹當初是故意混淆視聽，寶釵在詩書上絕不是泛泛之輩，從詩詞書畫到戲文老莊再到醫理養生，無一不通，信手拈來，她都可說得頭頭是道。她的貼身侍女鶯兒曾自豪地說：「我們姑娘的學問連姨老爺時常還誇呢。」連嚴苛的賈政都要為她點讚，寶釵絕沒曹雪芹說的隨便混混那麼簡單。

　　她的「記憶體」大到什麼程度？

　　林黛玉行酒令時隨口來了一句「良辰美景奈何天」，就被她抓了個正著：妳死定了，這是禁書裡才有的句子——嚇得黛玉花容失色。

　　史湘雲不知「楷」字為何意，寶釵說是明開夜合樹，湘雲一查果然，對她佩服得五體投地。

　　寶玉奉諭寫詩，寫了「綠玉春猶捲」，寶釵告他娘娘不喜「玉」字，教他換成「綠蠟」，用典正是唐錢珝的〈詠芭蕉〉。

惜春準備畫大觀園長卷，她幫忙開了個備品單子，各類筆墨顏料用品在她嘴裡有條不紊、滔滔不絕道地出，足足有四十五種之多！令聽的人目瞪口呆，特別是她說還要「生薑二兩，醬半斤」時，被林黛玉調笑是要「炒顏色」吃，她解釋道：薑和醬是要預先抹在粗色碟子上防止被火烤炸的。眾人無不對她的淵博肅然起敬。

第二十八回，王夫人推薦林黛玉吃一種藥，但死活想不起藥名，寶玉連猜了五個都不對，王夫人記起一點線索，說出「金剛」二字，寶玉表示愛莫能助：「從來沒聽見有個什麼『金剛丸』，若有了『金剛丸』，自然有『菩薩散』了。」這時在一旁安安靜靜的寶釵，輕輕插了一句話，瞬間便搞定。她抿嘴笑道：「想是天王補心丹。」林黛玉陰虛生內火，睡眠不好，而天王補心丹正好有滋陰安神的作用，她正是根據病症及線索輕鬆推理出了藥名。後來跟林黛玉聊天時，還指出林黛玉所用方子的不妥之處──「人蔘肉桂覺得太多了。雖說益氣補神，也不宜太熱。依我說，先以平肝健胃為要，肝火一平，不能克土，胃氣無病，飲食就可以養人了」。又提議，「每日早起拿上等燕窩一兩，冰糖五錢，用銀銚子熬出粥來，若吃慣了，比藥還強，最是滋補陰氣的。」頗有見地。

諸如此類的細節在書中俯拾皆是，寶玉曾讚寶釵「無書不知」。她讀書又多又雜且博聞強記，大觀園裡真的無人能出其右，連有「詠絮之才」的林黛玉都自嘆弗如。令人禁不住要用《哈利波特》（Harry Potter）裡榮恩議論妙麗的那一句臺詞問：「她怎麼什麼都知道？」

二

這要深究起來，話就長了。

大家雖同為讀書認字的豪門閨秀，但各人身上背負的期望值卻有天壤之別。黛玉讀書是因為父母「不過假充養子之意，聊解膝下荒涼之嘆」，又兼年幼體弱，所以「工課不限多寡」，官場落魄淪為家庭教師的賈雨村教得有一搭沒一搭，「十分省力」。進賈府時，賈母問她讀了什麼書，她說：「只剛念了《四書》。」而賈氏姐妹讀書，用賈母的話說則是「不過是認得兩個字，不是睜眼的瞎子罷了」。

寶釵不同，家裡讓她讀書是有功利心的。從一開始，曹雪芹就明白交代：當年宮中大選，寶釵是以待選之身暫住於親戚賈家。要知道，她參加選秀可不是一時興起，而是早有準備。因為宮中定期在仕宦名家之女中大選，除了聘選妃嬪外，還要選一批「才人善贊」的女官，充當公主郡主的入學陪侍。元春走的就是這條路：先做了當差女史，然後才封了妃。寶釵的父親也正是看到了這種可能性，才對寶釵悉心教導，只等著「學成文武藝，貨與帝王家」，所以寶釵的學問好一點都不奇怪，因為那是為將來做準備的。

可是再往後，選秀之事卻沒了下文，成了「紅樓」一大謎案。

仔細查詢，寶釵參選也不是完全無跡可尋。在第七回，薛姨媽忽然沒頭沒腦給了周瑞家的十二枝宮花，只說「這是宮裡頭的新鮮樣法，拿紗堆的」云云，讓她分給年輕主子們。薛姨媽一向嘴碎愛嘮叨，擱往常一定把這宮花的來歷說清楚，偏這次一字不提，偏別人一字也不多問。這宮花從何而來？

史料記載，清宮選妃「戰線」拉得很長，要從第一年冬天就開始，直

到第二年五月新人入宮才塵埃落定。薛姨媽送宮花時正是冬臘月，在時間上是吻合的。看樣子寶釵已經參加過第一輪的選秀了，宮花正是她從宮裡帶回來的。

想要攀附皇家比登天還難，清代選秀過程繁雜到令人髮指。秀女一輪選中被「留牌子」並不意味著就大功告成，還要再定期複選，複選之後還有三選……就算過五關斬六將層層篩選能進入宮中，還要進行留宮住宿考察，在其中選定數人，其餘的都被「撂牌子」淘汰回家。況且有人的地方就有政治，選秀並不是完全靠自身實力，到了最後的節骨眼上還是要拚背景路子。很可能寶釵在走到最關鍵的時候，無爹可拚，哥哥也是個糊塗人，猜想銀子也花了不少，最終仍功虧一簣，這便應了寶釵在第二十七回對寶玉所說的那句怒氣沖沖的話：「我倒像楊妃，只是沒一個好哥哥好兄弟作得楊國忠的！」

這樣一梳理，回頭再看許多情節便恍然大悟。

按選秀慣例，選中的會「留牌子賜香囊」，落選的則是「撂牌子，賜花」。薛姨媽分宮花，是曹雪芹在暗示寶釵最終落選的命運。

鶯兒多嘴，使得寶玉有機會見到寶釵的金鎖，發現上面刻的吉利話和自己玉上的果然是一對，而寶釵卻有意打岔，與寶玉涇渭分明。在之後的三四回裡，寶釵完全銷聲匿跡，莫非是參加二選去了？直到第十七回元春省親，寶釵才又出現。

第二十二回開始，鳳姐說有要事要同賈璉商量，說二十一是寶釵的生日，老太太要幫她做生日，問怎麼個辦法。而賈璉的表現很耐人尋味，「低頭想了半日」才說話，很撓頭的樣子。寶釵八成就是在此時被擠掉了，老太太知她面上心裡都難過，便借她滿了及笄之年為名，特意為她開

個生日宴會，既是為之撐腰堵住悠悠之口，也是表達安慰之情。在這種情況下，宴會的規格和基調就很難把握，辦大辦小都不合適，落選也不是什麼光彩事，隆重了不妥，簡薄了也不好，總要考慮當事人的感受，這正是鳳姐兒和賈璉為難的地方。後來還是賈母有辦法，在院子裡搭了個小戲臺，只請了自家人擺了幾桌飯，生日過得溫馨而熱鬧。寶釵入選之事就此打住，大家都是明白厚道人，誰也不再提起。

事已至此，寶釵就該收拾行李回金陵原籍去，何以還長住賈家不走？可能是面上無光，不願見江東族人，也可能是在做最後的努力，看看能不能退而求其次，不能進皇宮那能不能入王府，在最後期限以候補身分搭上末班車。

此事在第二十八回終於有了分曉，端午節元妃賜禮，她和寶玉的份例一樣，而此時也正是最後一批秀女們入宮入府的日子。這是元春明明白白在告訴她：入選已是回天無力，妳就死了這條心吧！同時含蓄地表達另一種撫慰性質的願望：入宮不成，不妨做我弟妹好了。原本心高氣傲志在必得的寶釵，內心況味之複雜不難想像，極易被激惹而惱羞成怒，這才有了第三十回「寶釵借扇機帶雙敲」一折，先是嗆寶玉再是罵丫頭，讓人見識了一下她的脾氣。

曾一度忌妒寶釵的黛玉，知寶釵美夢落空，又見「寶玉奚落寶釵，心中著實得意」，也落井下石趁勢取笑，問寶釵看的什麼戲，巴不得寶釵說看的是《南柯夢》，好借題發揮。寶釵忍無可忍之下也揭了他們的短，用《負荊請罪》狠狠回敬，直指他二人那些吵吵鬧鬧的兒女私情，讓黛玉吃不了兜著走。她活該，誰讓妳往人傷口上撒鹽？

三

　　選秀，猶如一場鬧劇，裏挾其中所受的種種波折煎熬，如人飲水冷暖自知。大幕落下，有人歡喜有人哭，失敗者要退回生活的原點，而從前的人生規劃已然全盤推翻。王安憶曾描寫過「上海小姐」落幕後的類似感覺，說那「是過眼的煙雲，留不住的風景，竹籃打水一場空的，它迷住你的眼，可等你睜開眼，卻什麼都沒有」。寶釵的失落尷尬一言難盡。

　　從前的她，心多高啊！寶玉怎麼入得了她的法眼？據她自己說，娘胎裡就帶來一股熱毒，只有收集四季白色花蕊（次年春分這日晒乾）和四時無根之水（雨水這日的雨，白露這日的露，霜降這日的霜，小雪這日的雪），加蜂蜜白糖製成的丸藥才可解，藥名叫做「冷香丸」。平日埋在梨花樹下面，發病時吃一丸。方子還是個癩頭和尚給的……「倒也奇怪，吃他的藥倒效驗些」，好似自己病都病得花嬌玉貴似的。

　　周瑞家的聽了，忍不住替全天下好奇的讀者發問：發病時是什麼樣的症狀？想看看到底是什麼疑難雜症，才用得上這麼刁鑽的方子。寶釵說：「也不覺什麼，只不過咳嗽些，吃一丸藥下去就好些了。」呃……呵呵，原來得的是「公主病」啊，所謂的「效驗」，和尚用的是暗示療法吧？

　　無怪冰雪聰明嘴上不藏話的黛玉後來冷笑：「難道我也有什麼『羅漢』、『真人』給我些香不成？便是得了奇香，也沒有親哥哥親兄弟弄了花兒、朵兒、霜兒、雪兒替我炮製。」一語道破寶釵的矯情。搞笑的是，落選後，寶釵再也沒犯過「那種病」，也再沒提過她的冷香丸，還反過來勸黛玉少吃藥多吃飯，主張「食穀者生」。可見矯情是病，得治。

　　和尚開出的冷香丸，其原料均係寒涼之物，服食之時還要用清熱燥溼的黃柏煎湯服下方可。熱毒是暗指心中熾烈的功利欲念，冷香丸則喻示著

冷卻與肅清。而落選恰如當頭一盆冷水，將寶釵澆了個透心涼，那冷香丸就再也用不上了。人生的分水嶺就此橫亙在眼前，她不得不接受現實，在心中揮一揮衣袖，揮去從前的萬丈雄心，一切以務實為要。

後來，她勸誡黛玉莫讀禁書時，說：作詩寫字等事，這不是妳我分內之事，我們女孩兒家不認字的倒好。作為一個過來人，她清楚：尋常女子讀書再多，也是無處施展的屠龍之技而已，純屬枉費心血。又說：偏又認得了字，既認得了字，就揀正經的看，若被雜書誤導，就得不償失了。那些書她早都讀過，知道會為青春期的少女帶來多大的心理刺激，這些話出自被感染過又獲得免疫力的她之口，更有說服力。

而對於一心想跟她學寫詩的香菱，她是這麼對付的：不講道理，因為呆香菱聽不懂；也不直接回絕，那樣會傷了人家的心。不妨先放一放，眼前要打點的世故人情要緊，別失了禮數落人話柄。所以，她不說行也不說不行，只吩咐說：妳趁著剛來大觀園頭一天，先出園東角門，從老太太起，每家每戶妳都去拜訪一下，再回園子裡，到各姑娘的房裡走走。就此把話題岔開。懂那麼多詩書幹什麼？一點都不實際，無知無欲者最幸福，她早都看透了。

反過來，她倒勸寶玉要多學些仕途經濟，也是從實際出發。一個男孩總要長大，總要成為一個肩挑責任的男子，不想當廢物，成人世界裡的這些技能遲早要學會。可惜她的話寶玉聽不進去，還說她「好好的一個清淨潔白的女兒，也學的沽名釣譽，入了國賊祿鬼之流」。多年以後的寶玉，終於意識到自己曾經是多麼混蛋幼稚，一首〈西江月〉如同悔罪書，道盡他的自嘲悔恨：「天下無能第一，古今不肖無雙。寄言紈褲與膏粱：莫效此兒形狀！」

教訓起未來的堂弟媳岫煙來，寶釵更是一點也不客氣，起因只為岫煙

寶釵：就把人生當作一場修行

隨身戴了一枚玉珮，是探春送的。寶釵說：「我們如今比不得他們了，總要一色從實守分為主，不比他們才是。」這不是薛姨媽式的嘴碎，是清楚地看到了薛家無可挽回的頹勢，提前警醒這個家族未來的女主人。薛家選岫煙做兒媳，正是看中了她出身貧寒卻端雅穩重的品質。偉大如梭羅（Henry David Thoreau, 西元 1817 年至 1862 年）都說：「人性中最美好的品質，猶如果實上的粉霜，只有輕手輕腳，才能得以保存。」寶釵深諳此理，難免要藉機敲打一番。

四

而她自己的精神世界，也已悄然進入另一層境界。

就沒人看出她暗地裡已經潛心佛禪嗎？

學佛，不是善男信女們庸俗膚淺的許願燒香，真正的禮佛，在於認同領會佛學中博大精深的理論，戒的是「貪嗔痴」，講的是「斷捨離」，讓內心擺脫痛苦，趨於喜樂安靜，一個字：悟。

寶釵沒有童年，自小就被賦予莊嚴沉重的使命，所以她沒有黛玉輕舞飛揚的靈氣嫣然，只有四平八穩的自持端莊。她把自己活成了一根標竿，就是為了有一天能讓成功的旗幟迎風招展。選秀這段路，走得好辛苦，從最初的處心積慮，中間的一波三折，到最後的功虧一簣足以令她刻骨銘心。

本就是有慧根的人，經此一事，生出了「苦海無邊，回頭是岸」的頓悟。「絲絲點點計算，偏偏相差太遠」，這世上的許多事，確非人力所能及，倒不如看開、看輕、看淡，讓自己恬靜安然。而引領她找到心靈出口的，便是佛學。

參禪的心性在賈母請她點戲時已初露端倪。當時為了報答賈母的好意，她投桃報李，點了一齣熱鬧的《魯智深醉鬧五臺山》，寶玉抱怨，她說：你只看表面上的熱鬧，說明你還不懂。便唸了一段戲文與他聽：「……赤條條來去無牽掛。那裡討煙蓑雨笠卷單行？一任俺芒鞋破鉢隨緣化！」這是她剛落選後不久，佛家所謂的「出離之心」已然浮現。

後來寶玉和黛玉、湘雲生了一場氣，便自以為「悟了」，寫了首偈語，被寶釵看到，說「道書禪機最能移性」，急忙撕了。這一段情節的旁邊，脂硯齋讚道：真慧心人也。後來閒談之間，寶釵還普及了一段關於六祖慧能的禪學典故，令寶玉自慚。的確，一個嬌生慣養未經世事的公子哥兒，離「悟」還早著呢！

第四十回，賈母一眾人遊覽大觀園，到了她住的蘅蕪苑。發現她的房間裡擺設太過簡素，賈母看不下去，批評鳳姐小氣，方知是寶釵自己不要，將玩器都退了回去。賈母深覺不妥，搖頭說使不得，年紀輕輕的姑娘，房裡如此素淨，是犯忌諱的。老太太的意思很明顯：花一般的年紀卻如此清心寡欲，絕非吉兆。

與之對比的，是探春的秋爽齋和黛玉的瀟湘館：探春是個書法愛好者，屋裡各色寶硯筆筒，毛筆多得如樹林一般，擺件和用物顯示著主人高雅的情趣；黛玉更別提了，滿架子都是書，劉姥姥說「滿屋裡的東西都只好看」，又是養鸚鵡又是留燕子，足見對生活有多熱愛。

再看寶釵的屋子，「雪洞一般，一色玩器全無，案上只一個土定瓶中供著數枝菊花，並兩部書，茶奩茶杯而已。床上只吊著青紗帳幔，衾褥也十分樸素。」「雪洞」二字，曹雪芹可不是隨便用的，因為在佛教密宗裡，最好的閉關修行之所，一是雪山二是洞窟，把屋子收拾得「雪洞一般」，

暗指寶釵在潛心修佛。案上的那兩部書是什麼？保不齊便是經書。

在大觀園這個熱鬧綺麗的世界裡，她將自己的蘅蕪苑打造成了一個小小的修行之所：院裡奇草仙藤芬芳四溢，屋內摒棄浮華簡省素淨，數枝菊花更是隱士的象徵。

所謂超脫，也是厭倦。物質世界對她漸失吸引力，曾經熱衷追逐的東西如今棄如敝屣，內心已與俗世有意疏離。當別人還在享受生活時，寶釵已經開始著手給自己的人生做開減法，的確是「悟」了，但「悟」得太早。

所以賈母專門把鴛鴦叫到跟前，指明拿給寶釵幾樣不俗的擺件，又讓用水墨字畫白綾帳子換了她的青紗帳幔。鴛鴦說還得回去慢慢找，老太太再次強調：「明日後日都使得，只別忘了。」閱歷豐富的老人家，察覺出了異樣便有心糾偏，想把這姑娘拉回人間。

五

有人覺得她無情，她掣的花箋上卻寫：「任是無情也動人。」全因了她將外在的溫暖與內心的清寂兼具一身。

金釧兒投井，王夫人愧恨落淚。她輕描淡寫地勸過去，說對方不是失足便是糊塗人，彷彿一點同情心也沒有，可是卻能將自己的衣服貢獻出來給金釧做妝裹，連王夫人都止了淚反問她：「難道你不忌諱？」她笑說：「我從來不計較這些。」現實裡世事洞明人情練達，精神上卻早早參透了人生虛無，所以百無禁忌。

後來聽說尤三姐自刎、柳湘蓮出家，眾人都駭異感籲，只有寶釵不以為意，說「這也是他們前生命定」。不必為之感傷，貌似無情，這種說法與佛家所提倡的因果業力之說完全吻合。

原來只要有心修行，哪裡都是淨土，何苦一定要入佛禪寺院？看看妙玉，雖然身在櫳翠庵，心卻繫在絳藝軒，與寶玉明明暗暗情愫頻傳。寶釵卻在吵吵鬧鬧的人群裡，開闢了心靈的另一方花園，自給自足，無拘無礙，芬芳靜謐而又超脫安然。

越到後期，寶釵的心態越發達觀闊朗，第七十回「詠柳絮」時，她見眾人寫得聲氣雷同且「過於喪敗」，便說：「柳絮原是一件輕薄無根無絆的東西，然依我的主意，偏要把他說好了，才不落套。」另闢蹊徑，一舉扭轉消沉之風：「萬縷千絲終不改，任他隨聚隨分。韶華休笑本無根，好風頻借力，送我上青雲。」心胸視角之妙令人擊掌，瀟灑積極中透著幾分男子的堅強，充滿了正能量。特別是最後兩句，世人總將之解讀為有功利心，怎麼就不能看成莊子式的自由浪漫呢？

她被稱作「山中高士」，絕非浪得虛名：處世行的是儒家之禮，內心兼有佛禪的安定，最後在精神上達到道家的自在，自知曲高卻不和寡，在俗世與超然之間自由行走。

當初選秀落敗後的失意難堪，成就了寶釵的一場浴火涅槃。她沒有陷入自傷怨憤，而是倚借自我修行找到了一種充滿思辨意味的活法，做人入世而精神出世，將中庸與超脫平衡得恰到好處，就算外界有八面來風，她也做到了我自巋然不動，恬淡從容。當同齡人尚在青春的泥沼中跌跌撞撞哭哭笑笑時，她已經萬水千山走過，站在更遠的地方微笑。

「回首向來蕭瑟處，歸去，也無風雨也無晴。」

黛玉：因為不懂，所以刻薄

一

　　林黛玉厭惡劉姥姥。她曾說：她算哪一門子的姥姥？叫她個「母蝗蟲」得了，還叫惜春畫畫時千萬別忘了畫一幅〈攜蝗大嚼圖〉，主角就是逮什麼吃什麼醜態畢露的劉姥姥。眾人大笑，寶釵誇她罵得有創意，不服不行。

　　黛玉是個有靈氣的人，她思維靈動跳躍，寫詩填詞向來別具一格，罵起人來也是尖酸俏皮促狹刻薄。知識分子，一個髒字不帶，卻把人損到了骨子裡，怪不得古人提倡「女子無才便是德」，女孩子少識些字少知道點東西，就像讓思想少開一扇窗，言為心聲，思想一貧乏，言語自然本分規矩，不會傷人。在這一方面，黛玉算是個負面教材。她在一瞬間打通了藝術與生活，「母蝗蟲」的比喻十分精妙，屬妙句偶得卻有失厚道，不免為世人詬病，讓自己的形象扣了分。

　　人家劉姥姥容易嗎？一個村野老婦，家裡缺吃少穿，窮得過不了冬，沒辦法跑到榮國府來「打抽豐」尋點接濟。得了好處之後也不忘報答，把自家地裡的農產品又送來嘗鮮，正好被賈母知道了，就留她住下來，逛了園子，好吃好喝地招待了幾天。她使出渾身解數，不惜自毀形象當笑料，哄賈母開心，供眾人娛樂。要知道，她已是七十五歲的人了，比賈母還要大好幾歲呢！黛玉這樣消遣老人家，確實刻薄了點。

就把人生當作一場修行

　　是不是因為劉姥姥講了茗玉姑娘的故事給寶玉聽，惹得寶玉去探尋，林黛玉吃醋遷怒於劉姥姥？或者，同為賈府寄身者，黛玉痛恨同類甘當小丑踐踏自尊？還是，乾脆就是品德問題，林黛玉本人就是個沒同情心的人？

都不是。

黛玉這樣，全是因為——「不懂」。不懂，即是不了解：她不了解窮人捉襟見肘的困苦窘迫，不知道這世界上還有一類人會餓著肚子等米下鍋，而米尚不知下落。

小丫頭佳蕙來送茶葉給黛玉，正逢賈母送錢給她，她便隨手抓了兩把打賞，很不在乎的樣子。出手大方，典型的闊小姐做派。佳蕙用手帕子裹著回來，倒出來讓小紅幫她「一五一十的數了收起」，這是小門小戶丫頭們對錢的態度。

人的需求是分層次的，先是生存的，然後才是被尊重的。尊嚴要建立在溫飽之上，才顯得貨真價實。餓著肚子是沒法談尊嚴的。當生存與尊嚴不能兩全時，沒念過書的劉姥姥當然是憑著本能行事，不惜卑躬屈膝來求取賈府的一點施捨，先熬過難關再說。劉姥姥是一個很不簡單的老太太，像一朵枯老的沙漠玫瑰，但凡給一滴水，便可以起死回生，頑強地生存下來。

而這一點，像被淨水供在案頭的水仙花一樣的林黛玉恰恰也理解不了。在她的世界裡，一切都太絕對，非黑即白，沒有中間地帶。

沒有經歷過，亦沒有見識過，自然難以產生共情。

二

元春省親，讓諸姊妹作詩，林黛玉作過一首五言替寶玉交差，她寫：「盛世無飢餒，何須耕織忙？」不是她拍皇家馬屁，從來沒有餓過肚子的她真是這樣認為的。這和另一個故事有點類似：看到大雪紛飛，農民想到瑞雪兆豐年，明年有好收成，文人只覺得美，便說「再下三年何妨」，惹

就把人生當作一場修行

得農民接了一句粗話：「放你×的狗×。」

從一出生，黛玉的生活裡只有高雅、美和潔淨。擅長口角噙香地吟詩作賦；十指不沾陽春水，只纖纖巧巧地拈挑著琴弦，一年半載不拿針線，偶爾興起做了個荷包給寶玉，一翻臉還給鉸了；飲食起居無一不考究精緻，居住的院子裡因遍植翠竹，她外婆說了：窗紗的顏色須得是銀紅的才配得上。至於一飯一蔬來自哪裡，一縷一寸出自何方，從來不是她要考慮的範疇。上層社會的生活環境為她自動遮罩了底層社會人們生存的艱辛。

林黛玉的祖上襲過列侯，本應襲三代的，但皇上一高興叫他們多襲了一代，一共襲了四代，襲到她爺爺那一輩才算完，家底頗豐。她爹林如海，是科考探花郎，全國第三，先是當了蘭臺寺大夫，後來又被皇上欽點了巡鹽御史，是個肥差。黛玉她媽賈敏就更不用說了。黛玉出身名門，用今天的話說，絕對是高階主管的子女。

雖說沒了爹娘，在賈府「寄人籬下」，此寄人籬下卻非彼寄人籬下也：身邊一大群丫頭嬤嬤伺候著，錦衣玉食地供養著，吃穿用度都是府裡的最高標準，說一聲身子弱，外祖母便天天人蔘肉桂地供給她，拿補藥當飯吃，後來又一天一兩燕窩地送來──誰敢給她一個臉色？只有她給別人臉色。

當然，是人就有痛苦，她的痛苦很奢侈，全是精神上的：為落英繽紛落淚，為旖旎戲文落淚，為兒女情長落淚。她的痛苦，竟也是美的。

她用居高臨下的審美眼光，冷眼打量著劉姥姥。

她看到劉姥姥相貌粗俗、舉止粗俗、言語粗俗，卻看不懂那是莊戶人一顆汗珠摔八瓣、面朝黃土背朝天的日子磨出來的粗糙。黛玉對農人生活的全部感性認知，來自人造景觀稻香村。顧隨曾說，他讀黃庭堅的詩，最

不喜「看人獲稻午風涼」這一句，太不懂農民疾苦。黛玉也一樣，在她筆下，亦是一派美麗的田園風光：「一畦春韭綠，十里稻花香。」

她看到劉姥姥自甘下賤、自當笑料、任人作弄，卻看不懂那是一年到頭只為了一張嘴忙活，臨了居然還得靦著臉求人接濟的辛酸。她有精神潔癖，最崇尚的詩人是陶淵明，「不為五斗米折腰」的那一位，為幾兩銀子就裝瘋賣傻甘當小丑的行徑，自然入不了她法眼。

■ 三

並不是所有的人都不懂，丫頭階層裡平兒、鴛鴦、襲人對劉姥姥的體恤，源於她們對窮人階層的了解，特別是襲人在入府為奴之前的生活，只怕比劉姥姥也好不到哪兒去。

王夫人、王熙鳳、薛寶釵，這三位主子乃出自一脈，前兩位對劉姥姥也算十分照拂，寶釵也存著一份厚道。

王夫人在劉姥姥離開時，特地給了劉姥姥一筆巨資：一百兩銀子。這差不多是劉姥姥一家五年的生活費，以此作為小本買賣的創業資金，叫她以後別再「求親靠友」的，雖說有為自己面子計的緣故，也算體察，而這體察正來自見微知著：可憐見的，一大把年紀了，還要出來為了生計奔走。

因為劉姥姥本係王家的故親，看在姑姑的面子上，王熙鳳取笑歸取笑，對她仍心存仁厚，出手也算大方，還央求劉姥姥幫自己的寶貝女兒取名字：「她還沒個名字，妳就幫他取個名字。一則借借妳的壽；二則你們是莊家人，不怕妳惱，到底貧苦些，妳貧苦人取個名字，只怕壓的住她。」

這兩位主子懂，是因為理過家管過財務的緣故。而寶釵呢？

在劉姥姥鼓起腮幫子說「老劉，老劉，食量大似牛，吃一個老母豬不抬頭」時，眾人都笑得前俯後仰，曹雪芹一共寫了七八個人的笑態，有噴飯的，有扣了茶碗的，有岔了氣趴在桌上的，有肚子疼讓揉腸子的——只獨獨寶釵，曹雪芹未著一字。這個早熟的少女，一定不會大笑失態，頂多是微微一笑，眼裡含著悲憫，一切瞭然於心。

和林黛玉出自官宦之家不同，薛家是皇商，皇商也是商，家裡又有一些買賣產業面向市井，這就使得寶釵有機會耳聞目睹平民百姓的真實生活。比如說，薛家開著當鋪，賺的就是那些青黃不接、錢不湊手的人的錢。她太知道他們了——人窮志短。

說到當鋪，薛家沒過門的平民媳婦邢岫煙，拮据之時，就當過東西。她把棉衣當到了薛家開的當鋪裡，鬧出了「人沒過來，衣裳先過來了」的笑話。寶釵知道後偷偷把棉衣拿回來給她，當票卻被湘雲「順」走了。黛玉和湘雲，這兩個「侯門千金」，愣是不認得當票是什麼東西。身處豪門，對於民間司空見慣的當鋪，長到十幾歲，竟是聞所未聞。在聽了薛姨媽的講解之後，這二位脫口而出的竟是：「人也太會想錢了！」無知到令人發笑。又問：「姨媽家的當鋪也有這個不成？」

同樣，劉姥姥看榮國府人的奢靡生活，若非眼見，也是難以想像：原來世上還有人這樣生活，就算吃個茄子，竟要用十來隻雞來配！

林黛玉們和劉姥姥們，她們之間的距離應該以光年計算，那是隔了一條銀河的距離。他們看對方，都像是看外星人。不同的是，一個在雲端俯視，一個在泥地仰望。

劉姥姥好歹也見識過林黛玉的生活，而林黛玉對劉姥姥的生活卻一無

所知。張愛玲說過的「因為懂得，所以慈悲」這句話，到林黛玉這裡正好可以反過來說：「因為不懂，所以刻薄。」

因此，對林黛玉也用不著太苛責。一個養在深閨不諳世事又有精神潔癖的貴族少女，不是她不善良，實在是閱歷限制了胸襟，說白了：啥也不是，是她沒受過窮，把生存看得太簡單。

元春：把悲傷留給自己

一

黛玉和寶釵，一個靈性，一個通透，外貌燕瘦環肥，各有其美，二人的身後都彙集了由成千上萬人組成的粉絲，為著各自的偶像搖旗吶喊甚至不惜相互詆毀，「紅學」江湖上兩大門派由此而生：「擁黛抑釵派」和「擁釵抑黛派」，幾百年來紛紛擾擾，吵嚷不休。

她們本可以各自擁有美好的人生，卻因為門第之高與利益之巨而衍生的婚配資源有限──「統共只有一個寶玉」，又兼實力相當，成為爭奪寶情婦奶寶座的兩大熱門人選。

兩個妙齡少女就這樣被捆綁到一起，站上了競選臺，讓臺下的評審們投票選出各自心目中的寶情婦奶。

賈母和王夫人，這兩位資深評審，分別把票投給了黛玉和寶釵，一比一。賈母的票當然比王夫人的票分量重，更有王熙鳳站在賈母身後，利用各種場合用開玩笑的方式為黛玉的上位造勢：「妳既吃了我們家的茶，怎

就把人生當作一場修行

麼還不來我們家做媳婦？」「妳來我們家做了媳婦，少什麼？」又指著寶玉說：「妳瞧瞧，人物兒、門第配不上，根基配不上，家私配不上？那一點還玷辱了誰呢？」這些宣傳手段十分見效，連興兒都知道：「將來準是林姑娘定了的……再過三二年，老太太便一開言，那是再無不準的了。」

貌似黛玉占著上風。

然而在第十八回，寶玉的親姐姐，皇妃娘娘元春出場，她在上元節省親會上與黛玉、寶釵短暫地接觸考察之後，毫無徵兆之下，她也出手投了自己的一票：端午賜禮，寶玉和寶釵一樣，黛玉靠後。這一票，有轉折性的作用，在寶黛特別是黛玉的心上投下了隱約的陰影，為八十回以後人物的命運走向埋下伏筆。

局面開始有了微妙的改變。寶玉說：怎麼林姑娘的倒不跟我的一樣，倒是寶姐姐的跟我一樣！別是傳錯了吧？黛玉說：我比不得寶姑娘，什麼金什麼玉的，我們不過是草木之人！連寶釵都「心裡越發沒意思起來」。

是什麼讓元春貿然出手，做出了這樣的選擇？

二

先從生物學角度說，元春同寶釵是血親，跟黛玉卻未必。據有人考證，賈政的原型並非賈母的親生兒子，他是後來過繼過來的，賈政和賈敏並不是親兄妹，也就是說，元春和黛玉這對姑表姊妹只是名義上的，實際並不存在多少血緣關係。

如果《紅樓夢》是一本有原型基礎的小說，這也許就能解釋為什麼黛玉初進賈府去拜見賈政，賈政卻正好去齋戒的真實原因。是啊，見了面說什麼呢？親情屬自然流露的東西，強裝出來倒顯得肉麻，雙方不免尷尬，與其如此，倒不如不見的好。翻遍整部《紅樓夢》，可曾見政老爺有哪一次因為妹妹的早逝，而表達出一點對外甥女的體恤？

林黛玉常常慨嘆身世飄零，大抵與此有關。因為偌大一個賈府，和她有親緣的可能只有外祖母一人，隨著外祖母年事已高，黛玉的不安全感與

就把人生當作一場修行

日俱增，成天處在惴惴不安之中，連丫頭紫鵑都替她著急：「替妳愁了這幾年了，無父母無兄弟，誰是知疼著熱的人？趁早兒老太太還明白硬朗的時節，作定了大事要緊……若娘家有人有勢的還好些，若是姑娘這樣的人，有老太太一日還好一日，若沒了老太太，也只是憑人去欺負了……」惹得黛玉失了眠，哭了整整一夜。

而王夫人與薛姨媽則是親姐妹，元春與寶釵，是如假包換的姨表姊妹。血濃於水的事實，讓寶釵在元春心裡的分量本來就比黛玉重。先不說別的，當元春省親接見諸姊妹，環顧左右，問的是：「薛姨媽、寶釵、黛玉因何不見？」只看她嘴裡的排序，便知寶釵憑先天的優勢近她一步。

及至見到這兩個，長得如「姣花軟玉一般」，後面緊跟著就是「因問：寶玉呢？」啊，看到這兩個表妹長得都很漂亮，馬上就想起寶玉，不是動了擇其一做弟媳的念頭嗎？

從這一刻，寶釵和黛玉的競爭就正式開始了。

三

第一局拚的是姿色，寶釵「鮮豔嫵媚」強在「色」；黛玉「風流嫋娜」勝在「姿」，各有千秋。

不過，以元春的審美，多半會喜好寶釵這一款：「鮮豔嫵媚」是從氣色上講起，氣色好代表著身體健康；而林黛玉，王熙鳳背地裡說她是「美人燈兒，風吹吹就壞了」，興兒說大熱的天「還穿夾的」，見她和寶釵一塊出來，都不敢出氣兒，怕「吹化了姓薛的，吹倒了姓林的」，說活了寶釵之豐白，黛玉之瘦弱。連林黛玉自己都說：一年三百六十五個夜晚，頂多能睡十來個安穩覺。長期的睡眠不足，她的臉色好得了嗎？說不定常年帶著

黑眼圈也未可知，她的名字裡含著一個「黛」，黛即黑色，曹公用如此稀有的字，頗值得玩味。

當然了，「病若西子勝三分」，連病著都能美得我見猶憐，黛玉也的確是夠美。然而這樣一種病態美，從實用角度出發，不是人人都能接受得了的。身為姐姐，元春給最疼愛的弟弟選妻，除了美貌之外，還要考慮健康，誰願意要一個病怏怏的弟媳？妻子承載著生育後代的任務：豐沃的土地，才能生發好苗。這種理論說出來雖不雅，然確是自然選擇遵循的規律。總之，這一局，黛玉沒有明顯的優勢，打平亦屬勉強。

第二局，比才華。元春命諸姊妹作詩，驗看她們的詩才，參賽的有迎、探、惜三姐妹，李紈，寶釵，黛玉，一共六人。老曹寫得很狡猾，他說「迎、探、惜三人之中，要算探春又出於姊妹之上，然自忖亦難與薛林爭衡，只得勉強塞責而已。李紈也勉強湊成一律」。三姐妹中最好的一個都比不過薛林二人，嫂子李紈也是「湊」，通通都「勉強」，兩句話就淘汰了這四位選手。很明顯，爭鋒的就只剩寶釵和黛玉了。

寶釵寫的是七言，用詞富麗堂皇，前四句：「芳園築向帝城西，華日祥雲籠罩奇。高柳喜遷鶯出谷，修篁時待鳳來儀。」又是「帝城」又是「祥雲」，又是「鶯出谷」，又是「鳳來儀」，一派祥瑞氣象。寫完景之後，歌功頌德感念皇恩，「文風已著宸遊夕，孝化應隆歸省時」；然後直接恭維元春，「睿藻仙才盈彩筆」，又自貶說「自慚何敢再為辭」。態度端正謙卑，結構四平八穩，正是皇家所推崇的宮廷體。

黛玉一向最「粉」陶淵明，她寫的是一首沖淡的五言律詩，這很冒險：陶詩不好學，寫得好了會如中國水墨畫一般有意蘊，寫不好就會顯得很平庸。「名園築何處，仙境別紅塵。借得山川秀，添來景物新。」果然，應制詩限制了她性靈的發揮，這本不是她所擅長的，和寶釵的一比，她的句

子就顯得瘦骨伶仃。當然她也沒忘應景，末句說「何幸邀恩寵，宮車過往頻」。同是感念皇恩，性子清高的她，點到為止，不肯像寶釵那樣去正面歌頌。

所以，元春在談笑之間便給這二人編了座次：「終是薛林二妹之作與眾不同。」還是薛在前，林在後。很明顯，這一局黛玉落敗。

曹雪芹對林妹妹真是偏袒，他以旁觀者的口吻說：「原來林黛玉安心今夜大展奇才，將眾人壓倒，不想賈妃只命一匾一詠，倒不好違諭多作，只胡亂作一首五言律應景罷了。」大概他也覺得，林黛玉今晚的表現有失水準，忍不住要替黛玉辯護，其實是護短。輸就是輸了，護了也白護。

四

如果一定要從黛玉詩裡找出有點色彩的句子，要數頸聯的「香融金谷酒，花媚玉堂人」了，有「香」有「玉」，還算精緻。可是最要命的也是這一句：「香」、「玉」二字為元春所不喜——她親自把前面寶玉所題的「紅香綠玉」，改作了「怡紅快綠」。剛剛剔除的兩個字，轉眼之間，林妹妹就沒眼色地又呈了上來。這一句，在別人看來是亮眼，元春看來是礙眼。

而這一點，寶釵早看出來了，所以她不但沒用，還提醒寶玉也別用。寶玉寫「綠玉春猶卷」，寶釵悄悄對他說：「她因不喜『紅香綠玉』四個字，改了『怡紅快綠』；你這會子偏用『綠玉』二字，豈不是有意和她爭馳了⋯⋯」這就是她的認知高度：用了娘娘不喜歡的字，就是有意跟娘娘較勁，讓娘娘添麻煩。寶玉聽了，汗都下來了，皇權面前，人人腿軟。

這既是比才華，也是比政治敏銳性。

憑藉著須臾之間的匆匆一會、一首詩、兩個字，三場競爭之後，列席

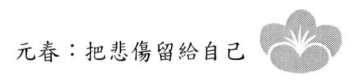

評委元春做出了判決：黛玉出局，寶釵留下。

林黛玉的人生航向就這樣不知不覺地偏離，而此時，她還渾然不知，耿耿於懷於今晚「未得展其抱負，自是不快」，急吼吼湊上去要替寶玉當「槍手」，寶釵則避嫌地「抽身走開」了。

黛玉寫的是〈杏簾在望〉。這一首展現出了她的真正水準，寶玉喜出望外，覺得比自己寫的那三首強十倍；元春也「喜之不盡」，又指黛玉寫的那首是四首之冠，並馬上引用詩裡的字眼，將「浣葛山莊」改成了「稻香村」。在第七十六回，湘雲和黛玉賞月時，曾誇「凸碧山莊」和「凹晶溪館」裡的「凸凹」二字用得新鮮，黛玉便洋洋得意地說：明說了吧，這兩個字正是我擬的，但凡是我擬的，一字不改都用了呢。林黛玉對自己的文字功夫向來很自負。

沒用。

有點小才華的女子，常誤以為單憑才華就可以征服世界，這想法很幼稚。有多少女子因為才華而熠熠閃光，就有多少女子因為才華誤了人生。才華可以成為她們異於常人的象徵，卻並不能令她們所向披靡，想走得順遂少跌跟頭，要低下身段，放下出世的心，仔細研究生存的法理，那裡面的文章，比起文字所構築的世界，要深奧得多。

這道理，寶釵懂，元春更懂。

五

當初，元春因「孝賢才德」，被選入宮中擔任女史，其實就是在後宮當文祕，後來升遷成了「鳳藻宮尚書」，想來她也算是一有才的。

然而，真正令她揚眉吐氣的，是後面的「加封」，她封了妃，成了正

式妻妾。封號代表著皇上對她的印象，可以間接看出元春平日在宮裡的為人做派：賢惠善良，知書達理，懂事隱忍⋯⋯總之，是「賢良淑德」的典範，始封為「賢德妃」。她的成就來自處事周全，而非卓爾不凡的個性。

她有自己固定成型的價值觀，又自然而然拿這個價值觀去衡量別人。言為心聲，透過各人的詩作，她看出寶釵和她的性情較為接近。物以類聚，這是其一。

榮國府又不同於尋常百姓家，更像一個結構龐大臃腫的機構，「生齒日繁，事務日盛」、「日用排場費用，又不能將就省儉」，以致內囊將盡。要確保其在超負荷之下的正常運轉，對家族管理者提出了極高的要求。賈母日益年老，邢王二位夫人難當重任，孫媳中李紈寡居不問閒事，唯剩王熙鳳一人苦苦支撐。高層中迫切需要補充新鮮血液，以合力拯救這瀕危的家族。未來的寶情婦奶身上，便維繫著這種希望。

元春便是在這種心境下，選中了合時宜識大體的寶釵。這不是在選弟媳，是在選高管。

誰都知道，寶玉愛的是黛玉。可是自始至終，有誰問過寶玉：這兩個姑娘你最中意誰？好像這事跟寶玉根本沒什麼關係。豪門的婚姻從來不主張愛情至上，身在豪門中的孩子，享受著富貴奢華生活的同時，在婚姻中十有八九要任人擺布。「天下沒有免費的午餐」，這是他們的命。

賈府裡的一把手是賈母。雖然她自稱「老廢物」，那都是場面上調侃的話，當不得真，她在府裡的地位是至高無上的，她不發話則已，發話則說一不二。而她大力扶持的接班人，不是榮國府最有面子的兒媳婦王夫人，竟是孫媳婦王熙鳳。老太太的一雙慧眼像篩子一樣，把才能平庸的王夫人篩下去，再把潑辣能幹的「破落戶」捧起來。局外人不覺得有什麼，

再說鳳姐兒還是王夫人的內姪女,可對於王夫人來說就是冷遇。

在賈府裡長大的元春,對於母親的尷尬不會沒有察覺,特別是在弟弟寶玉的親事上,母親竟然不能做主,眼看著老太太就要把自家外孫女強塞過來做兒媳,而她中意的自家姨表妹薛寶釵,與弟弟自小就有「金玉之說」,身分卻恰恰是待選秀女,好生遺憾。後來的落選對寶釵來說是壞事,對元春來說卻是個喜訊,如果她真能嫁過來,從私心裡來說,母親今後便是有了幫手,在府裡不會那麼孤立無援了。

多方面權衡之後,她屬意於寶釵的心變得無比堅定。

母女連心。她的表態,無疑給無力還手的王夫人打了一支強心劑。事實證明,二十八回往後,王夫人的腰桿日益堅挺,殺伐決斷間,漸漸不再是剛出場時謹小慎微的樣子了。

那麼,是元春想要透過此舉給一手遮天的祖母一點小小的顏色嗎?

親人之間的感情往往不會太單一,不滿歸不滿,愛終歸是愛。元春是賈母一手帶大的,她入宮後帶信出來時還特別提到,在寶玉的教育問題上千萬不要讓祖母憂心,她對賈母亦有著很深的感情。然而在寶玉的婚事上,她的想法恰恰與敬愛的祖母有違,她該如何表達?

這個女子,自小長在睿智的祖母身邊,耳濡目染,見識心機理應不俗;況且後宮佳麗三千,脂粉香裡刀光劍影,能在其中謀得一席之地,必定有些「該出手時就出手」的膽識。

端午節便是個時機,趁著賈母還未來得及做定寶黛婚事,用賜禮級別明確表達自己的意願,給祖母一些思考轉圜的餘地;更重要的是,她太喜歡寶釵了,唯恐在眼皮子底下叫別人搶了去,紅麝串籠在寶釵豐澤的手腕上,彷彿在說:「快,快,遲了就來不及了,來不及了!」

就把人生當作一場修行

六

　　元春在全書中只出場一次，面目模糊。身著黃袍高坐在上面，跟跪在下面的父親對話，無論是表達父女感情，還是教導君臣綱常，用的都是文言。省親之夜，戌初才從宮裡請旨起身，丑正三刻便被請駕回鑾，算來在賈府待了總共只有五六個小時，省親的過程在書裡連一個回目都沒占滿。

　　關於她的種種印象，都是透過別人的話語。人們說起她，充滿敬意豔羨，就像說天上的明月，神祕而遙遠。

　　那是別人眼裡的她，不是真正的她。

　　追溯她的成長軌跡，可以慢慢拼湊出一個含淚的女子。

　　元春上面有一個哥哥賈珠，據說德才兼備，可惜命不長早早死了。這是父母一生不能觸及的痛，元春也成了長女，在一夜之間被迫長大。

　　後來好不容易又添了寶玉，父母已經年邁，她便主動挑起了撫養教育的重擔，對寶玉十分憐愛，「刻未暫離」，寶玉才三四歲，已被她「教授了幾本書、數千字在腹內了」；「其名分雖係姊弟，其情狀有如母子」，在離家之後，還不忘囑託父母，對寶玉的管教要適度，「千萬好生扶養，不嚴不能成器，過嚴恐生不虞……」真是長姐如母的典範。

　　孩子多的家裡，老大的責任感往往最重。元春想替父母分憂，光宗耀祖，苦於不是男子，不能襲官，不能參加科考會選，那就只剩下一條路：進宮。

　　她成功了，也從此孤身一人走上了一條更為艱辛的路。

　　在家裡她是大小姐，進了宮就成了任人調遣的奴僕，後宮之內女人成堆，相互傾軋是家常便飯，受了委屈也只能咽淚裝歡。她從底層做起，經

過多年的苦熬，總算被晉封為妃。貌似風光卻伴君如伴虎，一招不慎便會引來殺身之禍，還會殃及家人。賈氏一門的興衰榮辱全繫於她一身，日子過得如同走鋼絲，步步驚心。

而此時，賈府上下正為她的成功歡呼雀躍，「個個面上皆有得意之狀，言笑鼎沸不絕」。她的人生也到達了一個制高點，天恩浩蕩，允許她回家省親。

這注定是一次喜憂參半的骨肉重逢。

她終於見到了慈愛的祖母、雙親以及伯叔嬸嫂，還有業已長大成人的兄弟姐妹們，特別是翩翩少年寶玉，她拉著他的手，把他抱到懷裡，撫摸著他的頭，淚如雨下。

她見到了兩位美麗的表妹，她靠多年宮廷生活練就的縝密思維和敏銳眼光，理性負責地替寶玉挑選了其中一位作為他未來的妻子。她做的這一切，本意都是為了寶玉好，為了這個家好，但是她忽略了最重要的東西：愛情。可是愛情這東西，她從來都沒感受過，她的生命裡，無論是婚姻還是其他，只有責任是必需的，這是她的悲哀。如果她有一天親耳聽到寶玉說：「我想娶的是林妹妹，我睡裡夢裡也忘不了她。」這位姐姐會如何回應？

別說愛情，連青春她都未曾擁有過。少小離家入深宮，一入宮門深似海，在深鎖的長門裡戰戰兢兢如履薄冰，有時會寂寞到發瘋，幾曾放肆地歡歌笑語過，幾曾夢幻地風花雪月過？她對祖母和母親哭著說：「當日既送我到那不得見人的去處……」這句話裡包含著諸多怨氣和委屈。情緒安定之後，又冠冕堂皇地對父親發了牢騷：「田舍之家，雖虀鹽布帛，終能聚天倫之樂；今雖富貴已極，骨肉各方，然終無意趣！」這夠大膽，當著宮裡帶來的那麼多太監宮女的面，公然傾訴對現狀的不滿。賈政連忙含淚

就把人生當作一場修行

提醒她，替她圓場：「……貴妃切勿以政夫婦殘犁為念，懣憤金懷，更祈自加珍愛。唯業業兢兢，勤慎恭肅以侍上，庶不負上體貼眷愛如此之隆恩也。」她馬上意識到自己的失態，接口叫父親「以國事為重……」重又戴上了貴妃的面具。

她還送出一件大禮，把銜水抱山建起的大觀園送給弟妹們，作為他們揮灑青春和快樂的基地，並特地下了一道諭，「命令」他們進去住。她是如此疼愛他們：自己不能擁有的，就讓他們盡情享受吧。而她，在離開時，只帶走了弟妹們的詩作做紀念，用這點回憶來打發今後漫長的宮中歲月。

她把悲傷留給了自己，用歡笑成全了家人。她，本質上是為家族利益犧牲的那一個。

■ 七

省親之夜，歡喜之餘，元春也對這個家有了深深的憂慮。

今日的恩寵來之不易，她希望家人懂得珍惜，生活用度不可太過張揚奢靡。

賈府注定要讓她失望了：從她上輿進園，一路上香煙繚繞，華彩繽紛，燈光相映，細樂聲喧，說不盡太平氣象，富貴風流。她默默嘆息：「太奢華過費了！」這是居安思危之人常有的心境。

當她見到石牌坊上的「天仙寶鏡」時，覺得太過張揚，連忙讓換成了「省親別墅」。

在園內其他的題詞匾額上，她也力主務實，摒棄浮華，例如「蓼汀花漵」，她說：「『花漵』二字便妥，何必『蓼汀』？」沒錯，那個題著「蓼汀花

溆」的石港，其地理環境在第十七回裡曾提到「過了茶蘼，再入木香棚，越牡丹亭，度芍藥圃，入薔薇院，出芭蕉塢，盤旋曲折。忽聞水聲潺湲，瀉出石洞，上則蘿薜倒垂，下則落花浮蕩」，是被各類鮮花環繞的一處景觀，而「蓼」則指水草，流水生不出水草，純粹是寶玉為湊夠四字而刻意堆砌。元春砍去與實物不符的「蓼汀」，只留「花漵」，十分準確。

順便提一句，劉文典先生認為「蓼汀」反切為「林」，「花漵」反切為「薛」，元春此舉是「捧薛而貶林」，這說法有點像過度。元妃娘娘只是就事論事，沒那麼複雜，這匾額和寶釵黛玉半毛錢關係也搭不上。

元春雖然自謙「素乏捷才」，但她的文字功底絕非泛泛，她還把寶玉題的「紅香綠玉」改作了「怡紅快綠」，說實話，經這一改，回頭再看「紅香綠玉」，的確俗不可耐。

她也的確是不喜歡「香」和「玉」，因為在古文古詩裡，這二字大多代表奢華的物質生活，這恰與元春提倡的低調儉省背道而馳。寶釵留心到了她不喜歡「玉」字，卻只知其一，不知其二。

元春是個惜福的人，對待底層奴才也十分寬待，對耍個性的齡官，她說：「不可難為了這女孩子，好生教習。」這倒和賈母體恤清虛觀小道士一脈相承。

臨別時，她緊緊抓住祖母和母親的手不捨得放，「再四叮嚀」，她說：如果明年皇上仍然開恩准許我回來省親，千萬不能再這麼奢華靡費了！說這話時，元春彷彿存著小小的希望，也許，以後還是有機會回來的。

她這一去，就再也沒有回來過。能回來的，只剩魂魄：「望家鄉，路遠山高。故向爹娘夢裡相尋告：兒命已入黃泉，天倫呵。須要退步抽身早！」她託夢給父母，並發出了勸誡之聲，一定有所特指。

就把人生當作一場修行

　　而且,她係非正常死亡,她的判詞第一句就是:「喜榮華正好,恨無常又到。」管家的鳳姐曾經做夢夢到宮裡另有一位娘娘派人來搶奪百匹錦緞,元春極有可能是死於宮鬥,而絕非像高鶚說的那樣:「聖眷隆重,身體發福,未免舉動費力。」因為太享福而得了肥胖症,中風而亡。更離譜的是,高鶚無視判詞裡元春暴死家人不知情,只好託夢相告的原意,居然還好心安排賈母和王夫人進宮見了元春最後一面,把情狀說得有鼻子有眼,說元春看見祖母「只有悲泣之狀,卻少眼淚」。一個忍辱負重、悲沉美麗的女子,愣是被竄改得面目全非。在《紅樓夢》裡,如果要死,最好死在前八十回。

探春:玫瑰女生利刺下的柔情

一

　　賈璉偷娶了尤二姐後,饒舌的小廝興兒為了討新奶奶的好,在尤氏姐妹面前賣力地演繹賈府裡各位主子的脾性:李紈是「大菩薩」,迎春是「二木頭」,黛玉是「病西施」,說到探春是「玫瑰花」時,「二尤」不明白了,興兒進一步解釋:「玫瑰花又紅又香,無人不愛的,只是刺戳手。」這個比喻簡潔準確,把探春說活了。

　　三姑娘探春一登場,其美麗出眾就讓人眼前一亮,氣場強大更是令人過目難忘:「削肩細腰,長挑身材,鴨蛋臉面,俊眼修眉,顧盼神飛,文彩精華,見之忘俗。」真是要身材有身材,要長相有長相,要風姿有風姿。林黛玉初進榮國府,與賈氏三姐妹初次見面,讀者借她的眼,便知道最出類拔萃的要數探春。

果然，賈家姐妹數探春文采最出眾，每每賽詩迎春與惜春都躲得遠遠的，只有她敢上場；有領袖氣質，大觀園詩社就是她發起的，纖手一揮，應者雲集；還是一位書法愛好者，案頭是「各種名人法帖，並數十方寶

硯，各色筆筒，筆海內插的筆如樹林一般」，牆上掛的是價值連城的「顏真卿」和「米芾」，隨便玩玩，配置都高得讓人倒吸涼氣。

觀察一個人的心氣，除了看她的外貌衣著言談舉止，還要看她住的屋子。素喜闊朗的探春，閨房裡乾脆不做隔斷，外屋、書房、臥室三間屋子一通到底，一掃尋常香閨的精緻拘泥。屋裡的家具擺設凸出一個「大」：寫字用的不是小書桌而是花梨大理石案子，焚香用的是大鼎，連插滿白菊花的汝窯花囊都是斗大的，另有一個北宋年間的大觀窯大盤，這盤子有多大呢？裡面裝著「數十個嬌黃玲瓏大佛手」。瞧這氣派，諒誰見了她本人都不敢小覷吧？又融入些許女兒家的小情小調，把配個小錘的白玉比目磬擺在洋漆架上，蔥綠雙繡花卉草蟲紗帳懸在臥榻上，沖淡了屋裡的兵氣。整個秋爽齋顏色鮮麗，疏朗有致，捯飭得又包容又格調。眼光嚴苛的賈母挑剔黛玉的紗窗顏色不對，批評寶釵屋裡太過寒素，唯獨到了探春這裡，只說院子裡的梧桐樹細了點，沒挑出房裡房外半點人為的毛病。

如果說這些還僅是個人的愛好素養，探春有別於其他姑娘的額外價值，是她對家國的貢獻。

二

脂硯齋曾批道：「探春看得透，拿得定，說得出，辦得來，是有才幹者。」她興利除宿弊，實行體制改革，注重節支增收，雖只是個代理，照樣把家管得井然有序。連鳳姐也佩服得緊：「好，好，好，好個三姑娘！」一連用了四個「好」。又囑咐平兒：「她雖是姑娘家，心裡卻事事明白，不過是言語謹慎；她又比我知書識字，更利害一層了。」對探春，王熙鳳是除了服，還有怕——探春厲害，不好惹，時常說翻臉就翻臉。不過翻臉

不認人恰是當領導者的必備素養，老好人是進不了管理層的，即使僥倖進了，也難有什麼大作為，李紈就是一例，她誰都不想得罪。

管家的時候，吳新登家的要手段不好好答話，探春皮笑肉不笑地提點她：妳對鳳姐和我不要兩樣應付，看低了我。讓吳家的滿面通紅下不來臺。

她的親舅舅死了，母親趙姨娘一哭二鬧想讓她多賞二十兩銀子，李紈鳳姐都要做好人，她堅決不破規矩。

迎春的攢絲金鳳被奴才拿走，迎春都不著急，她卻先不依，一定要插手，透過平兒詰問鳳姐「事事都不在心上」，最後討回了金鳳。

最是抄檢大觀園那回，探春一戰成名，最為人津津樂道的是王善保家的捱了探春一個嘴巴子，其實處處有看點。眾人挨個院子查，還沒到探春那裡時，探春就讓丫頭們「秉燭開門而待」。房門大開，燈火通明，眾丫頭們手持蠟燭侍立兩列，探春板著臉端坐於內，不怒自威霸氣側漏。原本凶神惡煞的婆子媳婦們一見這陣仗，先自怯了幾分。

後面的對話，總是鳳姐「笑道」，探春「冷笑」，鳳姐「陪笑」。一段話裡，這個「三笑」套裝一共集中進行了兩回，強勢氣怯對比鮮明。她打了人，眾人還得集體跟她道歉她都不罷休，鳳姐直待服侍她睡下，才敢離開。

「玫瑰花」的美麗有目共睹，「玫瑰花」的利刺也讓人敬而遠之，被扎過的人都心有餘悸，再不敢造次。

■ 三

玫瑰為什麼長刺？照植物學的解釋，是說「植物的枝或莖上長刺是其本身為適應生長環境而產生的一種生態反應。玫瑰為保護自己、警告動

物,在進化過程中慢慢形成了尖、硬的多刺莖。」美麗的玫瑰是為了保護自己才長刺,表面強悍者多是有不得不強悍的苦衷。

對探春,平日裡大家都尊崇有加,但是誇完她好,後面都要加句「可惜」:「可惜不是太太養的」,「只可惜他命薄,沒託生在太太肚子裡」。出身是探春的短板,她再出眾,背上都貼著一張寫著「庶出」的標籤,到哪都撕不下來。鳳姐向平兒解釋庶出對探春的人生影響有多大:「將來攀親時,如今有一種輕狂人,先要打聽姑娘是正出庶出,多有為庶出不要的。」

庶出就庶出,偏親娘還是個爛泥扶不上牆的,兩府裡人人看不起的糊塗人。趨吉避凶,嚮往有尊嚴的生活是人的天性。是甩開趙姨娘的手獨自飛翔,飛向溫暖光明之處;還是像賈環一樣,與她捆綁在一起一塊下墜,忍受別人的冷眼踐踏?探春選擇了前者,豪門大族的規矩為她提供了有力的道德支持:她是主子,趙姨娘是奴才,她可以不「鳥」她。

她自強不息,努力打造著自己無可指摘的主子形象。老曹稱她為「敏探春」,這個「敏」字用在探春身上棒極了,它包含了好幾個意思:目光敏銳、反應敏捷、頭腦聰敏,還有一個:內心敏感。

她不辭辛苦為寶玉做鞋,趙姨娘抱怨了幾句「正經兄弟,鞋搭拉襪搭拉的沒人看的見」,她聽說了,登時沉下臉:「愛給哪個哥哥兄弟,隨我的心。」又說:「就是姊妹兄弟跟前,誰和我好,我和誰好,什麼偏的庶的,我也不知道。」這話簡直是此地無銀,越說自己不在乎就表明越在乎。

只要有一點侵犯她尊嚴的事,她全身的毛就要豎起來,不依不饒甚至大發雷霆,時刻提醒周圍的人自己是主子。

王善保家的敢對她不敬,正因為認定她「是庶出,她敢怎麼」,被她

一掌結結實實摑在臉上,理由光明正大:「奴才來我身上翻賊贓」,強調自己的主子身分;

幫討迎春的攢絲金鳳時她這樣說:我和姐姐一樣,姐姐的事就是我的事,別忘了我們是主子——因為她和迎春,皆是庶出。然後她又對平兒說鳳姐「叫我們受這樣的委屈」,又冷笑著說什麼「物傷其類,齒竭唇亡,我自然有些驚心」之類云云。在這裡,她要保護的,實際上是「庶出」集團的利益;

最可恨的是拜高踩低的刁奴們,「眼紅心癢骨頭輕」,一不留神,她們就會出各種難題給失勢的主子,甚而明目張膽地戲弄,芳官就敢拿著茉莉粉糊弄賈環說是薔薇硝。

自己形象不樹立得硬氣點,在關係複雜的豪門大族可能就站不住腳,只能任勢利小人欺辱。探春這種得理不饒人的個性,大概與玫瑰長刺的植物學理論類似。

四

讓探春最有安全感的人是寶玉,在他面前,她會自動卸下鎧甲,那一刻的她是那樣嬌俏動人,如同去掉尖刺的玫瑰,芬芳柔軟。

第二十七回,在園子裡看到寶玉,探春頭句話就是「寶哥哥,身上好?我整整的三天沒見你了。」小妹妹開始對哥哥撒嬌,口氣天真親暱,毫不遮掩地依賴令人酥倒,乍一聽會誤以為說這話的是湘雲。

她還花心思下過帖子給寶玉,「因惜清景難逢,詎忍就臥,時漏已三轉,猶徘徊於桐檻之下……若蒙棹雪而來,娣則掃花以待」。清雅之餘,熱切之情溢於言表。

她也孩子氣，熱衷於收集像「柳枝兒編的小籃子，整竹子根摳的香盒兒，膠泥堆的風爐兒」之類的民俗小玩意兒，叫寶玉「揀那樸而不俗，直而不拙者，這些東西，你多多的替我帶了來」。林語堂最有「紅樓」風範的名作《京華煙雲》裡的女主木蘭，除了也深恨自己不是男子之外，在愛好上也與探春雷同，別具一格的藝術鑑賞力，很難說不是林語堂從探春身上提取的美好品格。

如果一定要挑她的毛病，那就是她對母親趙姨娘的態度。趙姨娘叫她拉扯拉扯，她居然回答：「誰家姑娘們拉扯奴才了？」旁人聽著都不舒服，難免會側目：如此勢利，不顧念一點母女之情。這個問題的實質是雙方沒達成共識，她想讓對方收聲省心，但對方總想借由她加強一點自我存在感，一激動就跳出來提醒大家她「我腸子裡爬出來的」，每過兩三個月就要找點理由，故意叫嚷一番這件事。

趙姨娘越想貼上來，探春就越憎惡，畢竟是親娘，憎惡到了某個程度就轉化成了辛酸與悲涼，她的淚就汩汩而下。對其處境又不忍真不管不問，一面恨鐵不成鋼氣對方「心內沒成算」，一面派人去查問是誰在後面攛掇她出醜。

這世上所有的母女關係並不都是與生俱來的一團和氣，摻雜上種種主觀客觀的現實因素，會變成令人無語的局面，雙方都一肚子委屈，卻無法像對待外人一樣願意退一步海闊天空，越是至親越易認真。她們的關係走到了死胡同，無法迴旋。

也許，要等到多年以後，探春也做了母親，才能夠明白為人母的心情，意識到自己對母親的過分，在心底願意與母親達成和解。然而想跟母親道一聲歉是不可能了，人已遠嫁重洋，再難重逢。

五

「一帆風雨路三千，將骨肉家園齊來拋閃」。探春是嫁到海外去了，絕不可能是高鶚偽續裡寫的那樣，嫁給了一個駐守海疆的統制家，最後還光彩照人地回了趟娘家，這樣寫結局違背原著，削弱了深沉的悲劇性。

掣花箋時，探春掣的是「瑤池仙品」杏花，上寫「必得貴婿」。大家都說：「難道妳也是王妃不成。」可見必不是嫁給普通官宦人家，是嫁了天潢貴冑。關於她的歸宿書裡有諸多暗示：她的院子裡種著梧桐，梧桐是鳳凰棲息之所；她放風箏放的就是一隻鳳凰，後來不知和哪家的另一隻鳳凰及一掛喜鞭糾纏在一起，最後裹挾而去，暗示鳳求凰式的婚配，什麼樣的人才配稱為鳳凰？必是頂級高貴。

她的遠嫁是為和親，一種說法是小國求親，一種說法是起了戰事，需要用聯姻來安撫。反正不管哪種原因，皇帝王爺都不捨得自己的女兒遠嫁，便從貴族家中選定探春，封了公主或郡主，讓她李代桃僵，從此漂泊海外客死異鄉，終生再也沒有回來。「清明涕送江邊望，千里東風一夢遙」，家中長輩故去，清明節她只能站在滔滔的江邊遙望故園，流淚祭拜，說她為國家犧牲了個人也真不為過。

她嫁到了哪個國家？很可能是暹羅，年年給中國朝貢的附屬小國，賈府裡時不時也會有暹羅貢品出現，薛蟠不就請寶玉吃過暹羅進貢的烤乳豬？查一下歷史，就會發現那幾年暹羅同中國的關係既熱絡又不消停，正應了賈母那句對梧桐樹的評價：梧桐還行，就是細些。換句話說就是：嫁個王也不錯，就是國小點。不管怎麼說，輪不上別人來挑她正庶了，這種結局既傷心也提氣。

六

對於探春的離去，脂硯齋這樣批：「使此人不遠去，將來事敗，諸子孫不致流散也。」脂硯齋篤信能擔當有男兒氣概的探春，在危難時刻必定會憑藉超人的勇氣和智慧，拚盡全力從命運手中奪回一線生機，凝聚守護住家族的血脈，休養生息，從頭再來。做出這種假設，是因為探春除了能力，更有一副愛家護家的赤子熱腸。

通篇看下來，年輕一代主子中，男女都算上，也只有她對這個家最上心。

理家就不說了，如果不是有主角意識，何必那麼大刀闊斧齣這個齣那個招人怨？抄檢大觀園，只有她的反應最激烈，她以一個女政治家的直覺，敏銳地看到了家族內部的危險，才流淚予以痛斥：「可知這樣大族人家，若從外頭殺來，一時是殺不死的，這是古人曾說的『百足之蟲，死而不僵』，必須先從家裡自殺自滅起來，才能一敗塗地！」愛之深才責之切。可惜眾人皆醉她獨醒，再替這個家著急，也是獨木難支。

她愛自己的親人，禮數周到無懈可擊。都是伶牙俐齒的人，黛玉和湘雲就會拌嘴，可這種事從未發生在探春身上。她抓大放小，無關原則的事從不計較，只會去盡力保護迎春那樣的弱者。中秋節姐妹們陪老太太賞月，夜深熬不住都一個個溜回去睡了，四更天了，老太太才發現只有「三丫頭可憐見的，尚還等著」，孝心可嘉。

她懂得以大局為重，善於維護家族內部團結。老太太因為賈赦要討鴛鴦而大怒，連王夫人也算在內一起罵。連最得寵的寶玉、鳳姐都不敢吭聲，探春在窗外聽見，沒有躲開而是挺身而出，賠笑替太太辯解，化解了一場婆媳僵局。就憑這一點，王夫人沒理由不喜歡她。

遠嫁當然不是什麼好事，推測探春遠嫁後的真實處境，去國懷鄉心中

孤苦自是難免，言語不通環境不適也需苦挨，馬上就認他鄉做故鄉是有點難度。但有她的如花美貌襯底，才華能耐相輔，外加豐富有層次的性情，就算剛開始有點不太順，日子一長想不得寵受尊敬都難，也活得差不到哪兒去。

臺灣女作家金韻蓉曾在自己的女性心靈成長書裡這樣讚美玫瑰的美：「她勇敢地用濃烈的色彩來衝破陰霾的天空，用絕對的香氣來喚醒沉淪的氣氛，她勇於以婉約的姿態來展現自己，也勇於以捨我其誰的勇氣來爭取權利。」她真正要讚的，大概就是如探春這樣，勇敢清醒與才華婉約相互交織在一起的玫瑰女生，她們的一腔赤子柔情往往會被表象上的犀利果決掩蓋，如同玫瑰的良苦用心被利刺隱藏，非用心體會難以察覺。

惜春：請許我寂寞沙洲冷

一

有個法文系的學生，忽然有一天被大老闆勒令寫一部長篇英文小說，頭不頭痛？還不敢說不會，因為上司當著眾人的面說一不二金口玉言。人家才不管你到底會的是哪國語言，反正都是外語就對了。萬般無奈之下，學生只好硬著頭皮上了。

荒唐不荒唐？四小姐惜春就攤上了這種事。

寧榮兩府的四位小姐都受過良好的藝術薰陶，抱琴、司棋、侍書、入畫，她們各自丫頭的名字也正好暗合了她們的特長。元春是娘娘，沒機會見她撫琴，其他三位都露過一小手，迎春下過棋，探春滿屋子書法真跡與

就把人生當作一場修行

毛筆，惜春的本事是由老太太向劉姥姥炫耀的時候帶出來的：「我的這個小孫女，是最會畫畫的。」然後就叫她把大觀園原樣畫出來，亭臺樓閣、花草鳥獸乃至一人一物，都要。

惜春：請許我寂寞沙洲冷

惜春不是不會畫，而是她會的是寫意，老太太要的是一幅工筆長卷，根本不是一路的。還是寶釵幫她出了個主意，叫寶玉幫著把當初蓋園子時的圖紙找出來，再找兩個「槍手」：詹子亮擅長畫樓臺，程日興精於畫美人，叫他們一塊幫著惜春描補出來。

畫畫於惜春而言本來只是個消遣，如今陡然變成任務，壓力一大就不好玩了。拖延症就是這麼來的，有一搭沒一搭地一直也沒畫完，從春天拖到冬天。賈母問起時，她推故說：「天氣寒冷了，膠性皆凝澀不潤，畫了恐不好看，故此收起來。」賈母便說她偷懶。這一點也不冤枉她，惜春住的屋子叫「暖香塢」，「打起猩紅氈簾，已覺溫香拂臉」，這麼暖和的屋子裡，膠怎麼可能凍住呢？

她到底也沒把那幅畫畫出來，雖然八十回後說她把畫畫完了，但那多半是高鶚的一廂情願。按曹雪芹最終「白茫茫大地真乾淨」的主張，這幅畫似乎更適合繁華敗盡之後，再由惜春一筆一筆細細描摹畫就，往日那鮮花著錦的生活，一幕一幕浮現在眼前，再也不用人幫著畫什麼底稿了，全都深深銘刻在記憶裡。人生如夢，曾經百般犯難的差事，最後成為哭悼往日的一種儀式，「此情可待成追憶，只是當時已惘然」。畫裡畫外，更生出浮生一夢、萬豔同悲的恍惚和滄桑。此時的惜春，已經遁入空門。

「勘破三春景不長」，惜春排行第四，她剛剛長大成人，賈府就敗了。上面的三個姐姐不論好壞死活，都已有了自己的歸宿，只有她尚待字閨中。賈家勢頹，她頭也不回地走進佛堂，皈依了佛門。

這是孤介之舉，也是無奈之舉。不用想都知道如果不出家，身為罪臣之女，在婚配「市場」上有多尷尬，從前意欲強強聯姻的門當戶對者，想要巴結求娶的趨炎附勢者如今都一鬨而散，避之唯恐不及。小門小戶的人

更是望風而逃，沒有那麼大的膽子，也沒有那麼大的池子。

正值妙齡，家破人亡，孤苦無依，身體與精神雙重漂泊，佛門成了自己最後的家。「可憐繡戶侯門女，獨臥青燈古佛旁。」作者說她可憐，是替她孤獨終老的人生可惜罷了。然而一定要嫁，最後無非就是去做了某個歐吉桑的填房，或者像巧姐那樣，嫁一個像板兒那樣的丈夫，回歸山野做個農婦，在鄉間隱姓埋名過一輩子。即便願意自降身價，也是要看機緣的。

想當初，周瑞家的挨個屋裡送宮花時，送到她那裡，她開玩笑說：我正打算剃了頭做姑子去呢，妳這送來的花兒讓我往哪兒戴呢？盛時的玩笑話最後竟一語成讖，她信口調侃的佛門，後來真成了她後半生安身之所。「悲涼之霧，遍被華林。」《紅樓夢》裡的每一次歡聲笑語都在與之後的悲涼頹敗遙相致意。

二

在眾姊妹中，惜春的口才詩才均平平，話也不多，平日姊妹們聚會，她總是當聽眾安於一隅，讓人極易忽略了她的存在，十足一個跟在姐姐們身後的乖乖妹。看不出任何稜角，像一隻溫柔的小白兔，惹人憐愛。

到第七十四回，這隻小白兔忽然亮出了爪子和牙齒，開始不分青紅皂白地張口咬撓，言語過激令人瞠目結舌，就像換了一個人。

因抄檢大觀園時，她的丫頭入畫被查出在箱子裡藏了一些金銀及男人物品，後經申訴及查明，是賈珍賞她哥哥的，因為怕叔叔嬸子霸占，不得已放在她這裡保管。鳳姐有意放入畫一馬，尤氏和奶媽甚至反過來為入畫求情，入畫跪地苦苦哀告，看在從小一塊長大的情分上：「好歹生死在一處罷。」但是惜春咬斷了牙絕不通融，只覺得「丟了她的體面」，讓人覺得

她實在是太不通人情,禁不住想問一句:體面就那麼重要嗎?

這裡面其實另有隱情,攆入畫實在是有不得不攆的苦衷。

先就事論事看一下入畫私藏的這些東西,男人的衣物先略去不說,單說這一大包金銀錁子。要知道,大觀園裡大丫頭的薪水每月才一弔錢,都知足得跟什麼似的,人人都不想離了這裡。三四十個金銀錁子可不是小數,入畫哥哥一個奴才,賈珍憑什麼就能賞他這麼多?

柳湘蓮曾說「東府裡除了門口那兩個石頭獅子乾淨,只怕連貓狗都不乾淨」。賈珍的荒淫眾所周知,男女通吃早已不是什麼祕密,他在府裡就公然豢養著孌童。這一大筆鉅款擺明了入畫哥哥同賈珍之間有此類曖昧嫌疑,所以惜春一看就明白了幾分,鳳姐更不會說破,然越是如此,惜春越是執意要攆入畫,意在自證清白。後面同尤氏的對話裡句句有所指,指的便是這些不能說破的齷齪事。

惜春說:「不但不要入畫,如今我也大了,連我也不便往你們那邊去了。況且近日我每每風聞得有人背地裡議論什麼多少不堪的閒話,我若再去,連我也編派上了。」尤氏此時便問她為什麼聽到議論不問清楚,惜春這樣答:「我一個姑娘家,只有躲是非的,我反去尋是非,成個什麼人了⋯⋯我只知道保得住我就夠了,不管你們。從此以後,你們有事別累我。」為了面子,尤氏裝糊塗敷衍,以長嫂的身分擺出高姿態,對眾人解釋「四丫頭年輕糊塗」「無原無故,又不知好歹,又沒個輕重」。惜春卻毫不配合,又一次撕下對方的遮羞布:「我清清白白的一個人,為什麼教你們帶累壞了我!」這下,連曹雪芹都替尤氏兜不住了,寫道「尤氏心內原有病,怕說這些話。聽說有人議論,已是心中羞惱激射⋯⋯」姑嫂二人終於開始你來我往地拌嘴,心虛的尤氏無心戀戰,起身就走,惜春竟又補了一「刀」:「若果然不來,倒也省了口舌是非,大家倒還清淨。」

淫亂荒唐臭名遠揚的寧國府，可是惜春正經八百的家，對自家的事惜春不可能沒有耳聞，也深以為恥。但就像她說的那樣，一個姑娘家，除了迴避與躲離又能如何，原以為離了府裡住進大觀園就能保住自己的清譽，不想這些噁心事竟自己尋上門來，不抄檢都不知道，自己的貼身侍女竟然在自己眼皮子底下為那些人窩贓，讓自己間接地與寧國府那邊扯上了關係。驚懼之餘，惜春終於爆發了，乾脆挑明了要與他們劃清界線。為出淤泥而不染，用壯士斷腕的決絕，趕走了一塊長大情同姐妹的入畫。「不做狠心人，難得自了漢」，這是惜春的原話，看明白了這一層，便知小惜春的冷酷無情是一種無奈的自保。

　　一點轉圜的餘地都不留，惜春就這樣單方面切斷了與家的關係。事後，探春對這個堂妹下了這樣的評語：「孤介太過，我們再傲不過她的。」

三

　　孤介太過，還不是因為成長裡缺愛？

　　惜春母親早亡，父親賈敬一味好道煉丹，長年住在道觀裡連家都不回，親哥哥賈珍又是那般模樣，他們各自沉迷於自己的生活，沒人想得起來關愛她。因賈母喜歡女孩，才被接來和榮國府的堂姐們一起生活，雖說賈母待她不錯，對外稱她是自己的小孫女，但終是又隔了一層。

　　一方面錦衣玉食，一方面是無人關注，回房裡關上門，惜春自己一個人就是一家之主，便漸漸養成了「百折不回的廉介孤獨僻性」。如果有人貼心教導關愛，性格或許會平和開朗許多，然而水在冰中自結冰，何曾見過她笑語嫣然？

　　在與人隔絕的小島上待久了的人，因缺少與人打交道的歷練，一到人

群中便會顯出各種格格不入。惜春身上沒有女兒家天然的嬌俏柔軟,反是生硬尖銳,極不平衡。在賈母面前,她拘謹放不開,持一種笨拙的恭敬;到了尤氏面前,卻又言辭鋒利,刀刀見血。她只求一心守住自己的方寸之地,不容別人僭越擾亂。和三姐姐探春不同,探春做事總是從大局公心出發,而惜春秉持的卻是:「我只知道保住我就夠了,不管你們。」實際是她的記憶體太小,處理系統不夠用的緣故。

可以想見,當賈府被抄,「勢敗休云貴」,昔日養尊處優的主子們流離失所,反裘負芻,以惜春死腦筋的冷傲癖性,怎麼肯委曲求全隨波逐流?

二則,她外強中乾,沒有跟生活周旋較勁的勇敢和興趣。缺乏對生活熱情的她,不管是作詩還是作畫,很難真正投入,骨子裡早已滿滿地保存了對這個世界的迴避與疏離。

「將那三春看破,桃紅柳綠待如何?把這韶華打滅,覓那清淡天和。說什麼,天上夭桃盛,雲中杏蕊多。到頭來,誰把秋捱過」。美麗出眾如姐姐們,一個個或凋亡或漂泊,可見這世間一切不過是虛妄。真正曲折綿長的生活還未開始,卻已經結束,不必再委頓於紅塵之間,該是同這亂糟糟的世界一刀兩斷的時候了。

她一意要入佛門,「聞說道,西方寶樹喚婆娑,上結著長生果」,試圖尋覓另外一種層面上的安樂長久,這一點,倒和她那為求長生不老而醉心煉丹的老爹賈敬一脈相承。

早在第五回寶玉夢遊太虛幻境時,在十二金釵正冊上,就看到了惜春命運的預言圖:一個美人獨自坐在青燈古佛旁,嚅嚅誦讀經書,畫面清冷而寂寞。殊不知這種歸宿,正是惜春出於自願的流放。如果一定要給這幅惜春的畫像題詞,最恰當莫過於這一句:「揀盡寒枝不肯棲,寂寞沙洲冷。」

就把人生當作一場修行

王熙鳳：無信仰者無知無畏

一

薄命司金陵十二釵裡，黛玉是一首唯美揪心的詩，寶釵是一頁心平氣和的經書，元春是一篇華麗整齊的駢文，李紈是一闋枯瘦清冷的宋詞，探春是令人扼腕的小說，湘雲是活潑明快的小令，妙玉是猜不中結局的劇本，巧姐是回歸平淡的散文，秦可卿是神話，迎春惜春都是四不像的未完成作品，一個被攔腰斬斷，一個自行擱筆，鳳姐是什麼呢？是不能落在紙上的一聲嘆息。

她能，她辣，她精，她狠。有人看重，有人欣賞，有人嫉恨，有人畏懼。她曾經風光無限左右逢源，她曾經一手遮天呼風喚雨，但是──她是人生輸家，竟是先被休後死，重重跌到了底。

她的判詞裡說她「機關算盡太聰明，反算了卿卿性命」。這句話給人誤導，彷彿她的死因是聰明太過。聰明有才幹的人多的是，探春、平兒、小紅都不能不算聰明，怎的唯鳳姐最慘？

聰明有才不是錯，她錯在有才而無德。縱然她長袖善舞，在為人處世上也不乏送出一些順手的溫暖。但是，不能迴避的是，鳳姐這一生，小節無虞，大節有虧。

老太太信任她，把家交給她打理。她倒好，月月遲發家人的補貼和僕人們的薪水，原來是拿著銀子私自放貸去了。平兒曾向襲人透露說她光吃利息這一項，「一年不到，上千的銀子呢」。上千兩銀子，合著有新臺幣好幾千萬了。

王熙鳳：無信仰者無知無畏

王熙鳳

　　老太太提議湊分子幫她過生日，叫的都是有頭有臉出得起的人，她非要叫上趙周兩位姨娘，尤氏怪她不知足，何苦還拉上兩位「苦子」女人，她的理由是她們「有了錢也是白填送別人，不如拘來我們樂」。她嘴裡的「別人」，應該就是姨娘們自家的窮親戚吧？後來又當著眾人面充好人要替

李紈出禮金，等尤氏一對帳才發現她根本沒出，還含笑振振有詞威脅尤氏：「我看妳利害。明兒有了事，我也丁是丁卯是卯的，妳也別抱怨。」尤氏當然不會去揭發她，但卻一氣退還了五個人的禮金作為回敬，其中就包括趙周兩位姨娘。區區十二兩銀子，對鳳姐來說不啻九牛一毛，為了少出這點錢而壞了定好的規矩。尤氏挖苦她：這麼精細，弄這麼多錢怎麼花？花不完帶棺材裡花去！

　　精明分兩種，一種叫鳳姐，一種叫探春。鳳姐精於算計，公家面上的事要辦得排場、好看，還要自己不吃虧有便宜可占；探春也算計，公中的事要杜絕浪費要節流開源要打算長遠，卻在自己想吃個單炒的油鹽枸杞芽兒時，先自覺送上五百錢給廚房。兩者做事的出發點大相逕庭，搞歪門邪道的到一身正氣的面前，因為底虛聲氣先弱了幾分，所以看《紅樓夢》裡從頭到尾都是探春收拾鳳姐，尋她的不是，嫌她這也沒想到那也沒辦好，鳳姐倒莫名地要讓探春三分。

　　李紈也十分看不上鳳姐的算計。有一次為了開詩社李紈到鳳姐那拉贊助，這姐們一時興起，替李紈算了一下年收入，劈里啪啦一頓算，抖出李紈一年下來能有四五百兩銀子的節餘。李紈氣結之下，打趣說她說的都是「無賴泥腿世俗專會打細算盤、分斤撥兩」的話，虧她託生在「詩書大宦名門之家做小姐」「天下人都被你算計了去！」

　　鳳姐對錢的做派委實不像貴族出身，她對錢的態度十分直接，從不掖著藏著。對她來說一兩銀子就是一兩銀子，是她私人帳戶的組成單位，看著銀票上的數目增加才是人生最大的樂趣，除此之外都是務虛。這種對金錢赤裸裸的攫取態度令周圍人既自嘆不如又替她尷尬，她被稱為「潑皮破落戶」與之不無關係，這個諢號表面上是親暱的調侃，內裡實際有隱隱的揶揄不屑。

二

　　圍棋裡有句話叫「寧輸一子，不失一先」。意思是下棋時要有重點，有捨有得，只要占著先手，丟掉幾個子也使得。這裡面蘊含著透澈的人生智慧，做人如下棋，棋理同人理。

　　鳳姐肯定不會下棋，因為她在自己人生的這盤棋上是什麼都不肯丟，什麼都要，裡外都要占盡風頭。除了貪財，還貪權，貪了賈母的寵愛縱容還要貪賈璉的唯命是從，她要站在人生制高點上，接閱聽人人的豔羨膜拜。尤氏曾開玩笑提醒她：「我勸妳收著些好。太滿了就潑出來了。」真實情況是，她一面要「太滿」，另一面卻因想「太滿」而致「太虧」。

　　鳳姐家裡好像常年地燉著野雞，她也曾屢屢推薦這道菜。鬧鬧事的李嬤嬤去她家吃酒，她說家裡有燒的滾熱的野雞；從家裡拿來野雞崽子湯孝敬賈母，老祖宗吃得很受用；下雪天更是：「已預備下希嫩的野雞，請用晚飯去，再遲一回就老了。」她怎麼就那麼愛吃野雞？

　　古醫書記載：吃野雞補氣血，主治婦女貧血，產後體虛。鳳姐「潑醋」那次，因為哭鬧一場沒化妝，賈璉看到鳳姐「臉兒黃黃的」，這說明鳳姐的身體其實並不好，濃妝之下容顏憔悴，不化妝便臉色蠟黃，所以才需要吃野雞補養。正因為太過要強，以至累得身心兩虧，流產了一個已六七個月的男胎，實在是捨本逐末。更可悲的是，因為不肯放權不好好保養而得了血崩，宮血不止，從此落下了病根，再難生育。「不孝有三，無後為大」，這也成了賈璉納尤二姐做二房的藉口。

　　以鳳姐的心性，怎會容許別人來分享自己的丈夫？扮可憐將尤二姐誆進園子，明眼人如寶釵和黛玉替二姐擔憂，興兒提醒二姐說王熙鳳「心裡歹毒，口裡尖快」「嘴甜心苦，兩面三刀；上頭一臉笑，腳下使絆子；明

是一盆火，暗是一把刀」。要小心提防，但是晚了，鳳姐已經寫好了「劇本」要「如期公映」，二姐這個苦情角色不想接也得接。她自導自演，安排二姐前未婚夫張華到衙門告狀，讓二姐沒有立足之地，自己又撒潑大鬧寧國府，又是哭罵又是往尤氏臉上啐唾沫，將對方羞辱了個夠，事後又斬草除根殺張華滅口，虧得小廝旺兒手下留情張華才逃過一劫。自己的孩子死了後，尤二姐腹中的胎兒竟也被莫名其妙打了下來，後來又對她百般折辱，令二姐吞金自盡，又是兩條人命。

鮑二家的也因鳳姐潑醋事件上吊，那不算，是她自己想不開。但是對於賈瑞，蛇蠍美人王熙鳳可是一開始就存了心的：「幾時叫他死在我的手裡，他才知道我的手段！」就算是他圖謀不軌在先，妳可以「郎有情妾無意」不予理睬，也可以疾言厲色施以嚴懲，何苦一定要取他人性命？退一步說，如果覬覦堂嫂就該死，那另一對生命何辜？鐵檻寺弄權，在老尼姑的巧舌如簧下，為了三千兩銀子，她用手中的資源關係幫人家退婚，不想卻逼死了一對素未謀面的青年男女，事後把銀子一股腦捲進腰包，竟無半點愧悔之意。

如此視他人性命為草芥，鳳姐的手上早已沾滿了鮮血，老太太再去觀裡打上十次醮，王夫人再唸上幾千聲佛，都不夠替她做的惡事贖罪。人們激賞她的才幹，被她的俏皮風趣迷倒，卻不曾認清她的嗜血本性，就算知道一點，也會心存僥倖，沒有利害關係，她行的惡就彷彿離自己很遠。

鳳姐的老公賈璉向來心慈面軟，寧肯捱打也不肯強取石呆子的扇子，與鳳姐的為人大相逕庭。況且二人因尤二姐之死已心生罅隙，賈璉早就發誓要替二姐報仇。有一天真的坐實了枕邊人手上的樁樁血案，怎能不驚懼不震怒？到了這個份上，休掉她，就再不是小夫妻之間關起門來的私事，而是一次眾目睽睽下的正義拷問；這也再不是一個男人和一個女人之間的

恩怨，而是一個好人和一個惡人之間的決裂。

《棋經》裡說：「持重而廉者多得，輕易而貪者多喪。不爭而自保者多勝，務殺而不顧者多敗。」在人生這盤棋上，鳳姐是「輕易而貪者」，也是「務殺而不顧者」。東窗事發惡行敗露是遲早的，說白了這叫「多行不義必自斃」，再往俗了說就是「夜路走多了總要遇著鬼」。

主子裡沒有人同情她，下人們早就恨毒了她，一夜之間她四面楚歌山窮水盡，只能被遣返金陵，哭死也沒用。她的命運畫像是一座雌鳳站在冰山上，到最後這一刻，她才發覺自己腳下的人生高峰，不過是一座慢慢消融的冰山，什麼都指靠不上了，她的所有生路在之前都被自己封死，只剩下死路一條。

接濟劉姥姥算是她曾經做過的一點善事，種什麼因得什麼果，後來劉姥姥為感恩救了她的女兒巧姐。在不斷深墮的黑暗裡，她的身後總算亮起了一點孤單的微光。

三

鳳姐人生崩盤的直接原因是她的人品問題，往深裡究，要怪她父母，是家教出了大問題。

有人說她心性剛強手段毒辣是因從小充男兒養大，所以沒有大家閨秀的知性溫柔，這不是理由，男人裡彬彬有禮溫厚待人的多的是。她小時候應該是特別伶俐所以格外受寵，父母對她百依百順不加調教，才養成了她的飛揚跋扈唯我獨尊的個性。

家裡沒讓她受傳統的文化教育。堂堂金陵王家的小姐，居然不識字，沒讀過諸子百家的聖賢書，聖人之訓一概不知，對仁義禮智信沒有多少概

念，缺乏做人處事的最基本道德準則。她的才幹來自與生俱來的天分以及後天的實戰經驗，能幹是能幹，但是沒有基本道德素養的自我約束，就變得很可怕，如同猛虎出籠野性難馴。

不讀書就不思考，自然不會有「一日三省吾身」的覺悟，對尤氏、李紈明裡暗裡的敲打提醒置若罔聞，非要一條道走到黑，最後吃了大虧。所以，女孩子不管什麼出身，從小多讀點書總是沒壞處，不光是學知識，更重要的是懂得做人的道理，讓自己少走彎路避走邪路，天資越是過人者越要留心，以免長大一意孤行害人害己。

不讀書認字，儒家之理不知也就罷了，教人向善的佛和道好歹尊崇一樣，人鬼神怕上一種，像王夫人那樣唸唸經信信佛也好，王熙鳳通通沒有。

信仰，是一個人對自我精神世界的照看與監管。連某國總統上任宣誓時尚且要手按一本《聖經》，以示自己是個有信仰的人，可見信仰的重要性。人沒有信仰就難有感恩與敬畏，沒有感恩就不懂知足；沒有敬畏就無事不敢，「凡善怕者，必身有所正，言有所規，行有所止，偶有踰矩，亦不出大格」。膽子小是優點，它會幫你規避許多人生風險，有所畏懼故有所不為，從此成就一段安全係數較高的人生。

鳳姐除了沒文化，還沒信仰，她只遵循利己主義者的信條，順我者昌逆我者亡，倫理法則一概被她視為空氣。

所以在鐵檻寺，她敢在講究因果輪迴的佛門淨地放言：「從來不信什麼是陰司地獄報應的，憑是什麼事，我說行就行。」口氣狂妄至極。

在清虛觀，她敢當著諸神金身發威，一個嘴巴子打得小道士一頭栽倒，再怎麼說小道士也是神前供職人員，她根本不忌憚。

她敢攛掇張華狀告自己老公賈璉，叫嚚著：「便告我們家謀反也沒事的。不過是借他一鬧，大家沒臉。若告大了，我這裡自然能夠平息的。」只為一點家事，就不惜大費周章拿國法當兒戲。

靠著公款生的利息中飽私囊，因為不按時開支，損害大家的利益，被人腹誹。王夫人過問了一下，她不但不收斂，反而放出狠話：「我從今以後倒要幹幾樣尅毒的事了。抱怨給太太聽，我也不怕。糊塗油蒙了心，爛了舌頭，不得好死的下作東西，別做娘的春夢……」邊罵邊走，狀似潑婦罵街。

秦可卿說她是「脂粉堆裡的英雄」，「英雄」兩字用她身上不妥，奸雄才是。冷子興說她「模樣又極標緻，言談又爽利，心機又極深細，竟是個男人萬不及一的」。她若真生成男兒身，以這種心機品性和背景，一旦成事，做商人便是大奸商，做官便是大貪官，搞不好有朝一日加官晉爵出將入相，多少禍國殃民的大事做不出來？幸虧她不是男人。

續書寫她在彌留之際，看到一男一女兩個鬼往她炕上爬，狀似來索命，這應該就是那一對被她逼死的苦命鴛鴦。這個細節續得真是刻毒：不僅與前事呼應，更是十分驚悚。續書者對她的當日所為是有多麼深惡痛絕，要一直替她記著這一筆，臨死也不想饒過她。

就把人生當作一場修行

湘雲：向日葵從不自苦

一

《西遊記》裡唐僧師徒取經歸來時落水，在岸邊石頭上晒經，不小心弄破了經書，唐僧為此正懊惱不已。孫悟空說：天地原本就不全，經書破損是為了「應不全之奧妙」也。按佛家的觀點，殘缺才是人生的常態，要學會接受並享受，上帝在每個人生命的案頭都只放半杯水。

這半杯水，在悲觀者眼裡是「只有」，在樂觀者眼裡是「還有」，在達觀者眼裡則是「本有」。

八月十五中秋夜，林黛玉對景感懷自己孤苦伶仃，俯欄垂淚，一旁的史湘雲勸道：「妳是個明白人，何必作此形景自苦。我也和妳一樣，我就不似妳這樣心窄。何況妳又多病，還不自己保養……」

這三句勸導之語，概括了史湘雲對人生的透澈理解。

「妳是個明白人，何必作此形景自苦。」她對黛玉的悲苦之態很不認同，細想想，誰的人生完美？她們身邊的人，扳指頭一個一個數過來，誰沒有自己的苦？迎春沒了娘，活得沒有存在感，很沒用；探春不無能，卻有個不長臉的娘；惜春羞於與寧國府人為伍，卻還得和他們拴在一起；就連樣樣都好的寶釵，也要承受選秀落敗的恥辱……湘雲之後又說：「得隴望蜀，人之常情……說貧窮之家自為富貴之家事事稱心，告訴他說竟不能遂心，他們不肯信的；必得親歷其境，他方知覺了。」既然大家一樣都有不如意之處，你為什麼非要覺得自己特別慘？

湘雲：向日葵從不自苦

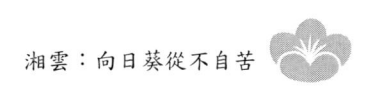

「我也和妳一樣，我就不似妳這樣心窄」。自古人心窄處，難有歡顏。湘雲也父母雙亡，沒有兄弟姐妹。人生三大不幸她就獨占兩條：「少年喪父，中年喪偶」、「襁褓中，父母嘆雙亡。縱居那綺羅叢，誰知嬌養？」由

叔叔嬸子帶大,只管吃穿,並不像對親生女兒那樣上心,基本上是放養長大的,所以她的言行舉止並不很符合大家閨秀的套路。等她成人,配了個才貌仙郎衛若蘭,以為從此歲月靜好,「准折得幼年時坎坷形狀」,不想衛若蘭早早離世,她竟成了寡婦——雖是後話,但是此時的湘雲,已經意識到,面對多舛命運,須得有一副應對的好心態。

「何況妳又多病,還不自己保養。」體質弱的人身體極易不適,不適往往引發情緒低落;兩者反過來互為因果,形成了惡性循環。許多多愁善感者表面上看是個性原因,根本上是體質問題。湘雲勸黛玉可算是勸到了點兒上:別亂想了,把身體養好是正事,等你身體好的時候,心思自然就不這麼沉重了。這句話,簡直有點責怪的意味了。

二

在《紅樓夢》裡,湘雲最看不慣的就是黛玉,她是寶釵的鐵粉,典型的「擁釵抑黛派」。林黛玉身上寶玉最愛的女兒之態,在湘雲看來就是「驕嬌二氣」,兩人經常明裡暗裡互鬥。隨著年歲漸長,才慢慢有了良性互動,湘雲開始晚上留宿在黛玉房裡。直到中秋團圓之夜,寶釵棄了她們,自去回家過節,面對著月光下一池秋水,她們才生出了幾分同病相憐之感。

饒是如此,湘雲勸慰起黛玉來仍然直來直去不留情面,這多少有點「白天不懂夜的黑」:同為客居於此,黛玉是無家可歸,湘雲卻是串親戚,說走就走。和黛玉有一次起了齟齬,馬上就收拾包袱家去,氣哼哼說自己犯不著「看人家的鼻子眼睛」,頗有底氣。

其二,湘雲還在襁褓中父母就過世了,對父母完全沒有記憶,全然不知父母之愛是什麼滋味,由叔叔嬸嬸代為撫養。而黛玉在母親去世時已經

六七歲,被「愛如珍寶」的感覺自然難以忘懷。特別是母親重病期間她侍湯奉藥,去世以後又守喪盡哀,個中傷痛湘雲更是無從了解。

從未得到過和失去是兩種概念,前者是空白,後者是經歷。所以湘雲覺得黛玉犯不著如此多愁善感,「夏蟲不可以語冰」,從小自立慣了的拇指姑娘,怎麼可能體會落難豌豆公主的委屈?缺失感會影響一個人的幸福指數,我們得說,在這件事上,無感的湘雲比有感的黛玉幸福。

然而恰恰黛玉這樣的糾結女子,最應該結交的正是湘雲這樣的爽直姊妹淘。姊妹淘一般分兩種,一種是心靈相通的,妳的感覺不用說對方就完全明瞭,有如高山流水,感覺妙不可言,但容易一起走偏;另一種是性格截然相反的,她不認同妳的觀點,不順著妳說,但卻總能提供給妳新的角度,讓妳看問題別有洞天,「良藥苦口,忠言逆耳」。湘雲正是後者。

一席話下來,黛玉的心像核桃被砸開了一條小縫,透出了一絲亮光,也領悟到:上到老太太、太太,下到寶玉、探春,連這裡的正經主子們都有不如意之事,何況妳我這樣的人?

湘雲怕她再次自傷,便說:來,我們玩聯詩遊戲吧,轉移一下注意力就好了!

這就是湘雲,她從來不鑽牛角尖,想不開的事就不想啦,改變不了的事就由它去吧,找點讓自己開心的事做好吧。這是一種有效的心理調節方式,有這麼一類人,他們特別會找快樂的切入點。

三

在十二釵裡,最能帶給人快樂的大概就是史湘雲了。

一出場就是大笑大說,有她的地方格外熱鬧。非常貪玩,什麼也少不

就把人生當作一場修行

了她；也會玩，文的武的，雅的俗的，來者不拒，她都玩得風生水起，興致勃勃。

身材挺拔鶴勢螂形，穿男裝尤其帥氣，不想得意忘形得過了頭，自擺烏龍，一頭栽倒在泥水裡，可惜了一身公子裝扮。

大雪天和寶玉在蘆雪廣裡吃自助燒烤，煙燻火燎不亦樂乎，被黛玉嘲謔為「叫化子」。她毫不客氣反唇相譏：「妳知道什麼！『是真名士自風流』，你們都是假清高，最可厭的。」

划拳行令、吟詩填詞湘雲無所不能，又是個急性子，聯詩對句重量不重質，別人寫一首詩的工夫，她一口氣扔出兩首，對句時她拚搶最凶，自己都說：「我竟是搶命呢。」吃酒時，小姐們文文雅雅地玩「射覆」，這是個很費腦力的工作，沒有相當文學素養的人是玩不了的，湘雲不是不會，是嫌麻煩，還因幫香菱作弊捱了罰，她說這個「垂頭喪氣悶人，我只划拳去了」，因為划拳「簡斷爽利」，合她的脾氣。

捲起袖子划拳，喝醉了就隨便躺在園子裡青石凳上大睡，這得是多沒心沒肺的人，才能在光天化日之下睡著，果真是有不拘小節的名士風範。

她盡情享受著生活的樂趣，用港片裡爛熟的一句臺詞來說就是：「做人嘛，最重要的就是開心對不對？」

曹雪芹寫湘雲還有神來一筆：這美麗活潑的姑娘竟有缺陷，是個大舌頭，用現代醫學解釋就是舌繫帶過短，不會說「二」。她纏著寶玉左一聲右一聲叫著「愛哥哥」，樣子令人忍俊不禁，反倒有一種別樣的嬌憨。

這樣的湘雲，有誰會不喜歡？怡紅院夜宴群芳，她掣的花箋是海棠，真好似一朵嬌媚的海棠花，雖然無香，卻在枝頭流光溢彩，恣意綻放。

湘雲的個性之美不限於此，還頗有俠義之風，天生從娘胎裡帶著一股

湘雲：向日葵從不自苦

男孩子氣，看上去有點直憨有點「二」。都是寄居者，聽說邢岫煙被下人欺負，林黛玉才感嘆「兔死狐悲，物傷其類」，史湘雲卻要親自上陣替岫煙出氣，被黛玉譏諷為「荊軻聶政」。

似乎，她真的已達到了「本來無一物，何處染塵埃」的快樂無礙境界。

四

別忘了，《紅樓夢》是一部寫實風格的書，曹雪芹當然不會膚淺到去炮製一個不接地氣的人物。關於湘雲，他不只寫她陽光閃耀的笑臉，他也寫她一次次紅了的眼圈，那是不為人知的人生陰影面。

她的苦楚，不是一下子和盤托出，而是藉由側面手法，將真相一點點慢慢呈現。

沒人疼的孩子最渴望的就是親情，遇到一點照拂，就特別感恩。得了幾個不值錢的絳紋石戒指，也不忘給大觀園裡的姐妹們送來，不單小姐們有，小時候服侍過她的丫頭們也一個不落，襲人為此說：「戒指能值多少，可見妳的心真。」她也情不自禁地說，假如自己有一個像寶釵這樣的親姐姐，就算沒了父母，也沒什麼大礙。說罷，紅了眼圈。

第三十二回，寶釵問襲人：「雲丫頭在你們家做什麼呢？」襲人說：「我讓她幫忙給做雙鞋。」寶釵連忙嗔怪她不該讓湘雲做事，襲人方知道湘雲雖是個小姐，平日裡在家卻被當僕婦使喚，一家大小的穿戴都要她做，常常熬夜趕活到三更天，十分疲累。

在家裡完全做不了主，第三十八回，一時興起要做東請客，手頭拮据到還得寶釵接濟。

沒人疼、被驅使、手裡窮，這才是湘雲在家的真實境遇。反是作為親戚的賈府，倒成了她尋求溫暖的港灣。她時不時過來住一陣子，權當度假放鬆。平日太累太壓抑，所以每次到來，都不眠不休嘰嘰喳喳個沒完沒了，像鳥兒出了籠子一樣無拘無束。家裡人來接她時，她不想走，卻不敢說不走；明明眼淚汪汪的，在家人跟前，又不敢顯露出十分委屈。可憐巴巴地悄悄囑咐寶玉：「便是老太太想不起我來，你時常提著打發人接我去。」

後來叔叔史鼐做了外省大員，要攜家眷去上任，身為湘雲的監護人，他理應把湘雲也帶走，這意味著湘雲從今後連出門散心的機會都沒有了。賈母這回不再沉默，出面把湘雲留在了身邊撫養，才給了她一段無憂無慮的幸福時光。

她原是最該自傷的人，但是，無論裡子面子，她都把自己人生裡的那份酸楚嚥下去，守口如瓶，不向人傾訴，有淚也忍住。

嬸娘把家裡人的穿戴活計都壓在她頭上，襲人不知底細還煩她打十根蝴蝶結子，她也一概應承下來，還抱歉自己打得太粗；寶釵關切問起，她強忍眼淚，嘴裡愣是含糊其辭。心疼她之餘，她的要強堅韌也令人刮目相看。

知道了她的底細，再看她平日裡的天真爛漫，覺得這個女孩子真是不簡單，小小年紀，竟然懂得努力挖掘快樂，用笑容驅散心靈上空的陰霾。這樣的湘雲，算是獲得了對苦難的初始免疫力。

如果穿越到「壓力山大」的現代社會，湘雲會是打不垮的小堅強一枚，是一度被推崇的「向日葵一族」：嘴角習慣性上揚、善於發現生活中的小幸福，感恩的心態、抗壓力耐打擊、充滿熱情、擁有豐富的內涵……一條條對照，史湘雲幾乎全部達標，不禁令人莞爾。

外表雖似海棠般嬌豔欲滴，骨子裡卻是一株秀頎結實的向日葵，生氣勃勃地綻放，將陰鬱不快盡力拋諸腦後，高高仰起頭，只朝著有陽光的地方看。

紅學界公認到後四十回，陪寶玉共度潦倒的人正是湘雲，這樣的收梢不意外，也只有她才能擔此重任，個性中的達觀和堅韌是她應對苦難的兩大利器。（而湘雲的原型，據說正是曹雪芹身旁紅袖添香的「脂硯齋」，這符合曹雪芹的習慣，他最喜歡用筆端映照現實。）當日湘黛二人中秋聯句收官時，湘雲說「寒塘渡鶴影」，黛玉說「冷月葬花魂」，這裡面已有關於命運的暗示：湘雲想的是「渡」，意即度過，而黛玉用的則是「葬」，直指死亡，堅韌與脆弱一目了然。

所以，當命運之舟開始顛簸，嬌弱的女一號黛玉第一個被丟擲了艙外，溫和的女二號寶釵也沒能控制得住自己……昔日的豪門閨秀一一陷落。唯有湘雲，「眾芳搖落獨暄妍」，她頑強地熬滿了人生的四季。

賈母：女人該怎樣老去

題記：女人到底該怎樣老去，看看《紅樓夢》吧，賈母就是最標準的答案。

一

大明星伊能靜曾經憧憬過自己七十歲時的樣子：「造一個房子，養著一批文藝青年，笑著看年輕的孩子砸碎我最貴的茶杯。」

就把人生當作一場修行

　　這簡直竭盡所能描繪了七十歲女人能擁有的最好的人生願景：足夠的錢，不錯的健康，好的心情和品味，遠離了夕陽西下的孤獨寂寞，在熱鬧歡樂中度過最後的時光……這說的，不就是《紅樓夢》裡的賈母嗎？

　　賈母成長於四大家族鼎盛時期，是真正見過世面的人，她本人則像一部四大家族興衰人形編年史，是道地道地的貴族。「阿房宮，三百里，住不下金陵一個史」。賈母本係世勳史侯家大小姐，強強聯姻嫁給賈府榮國公之子。出身好，嫁得好，一輩子錦衣玉食，僕婦成群，真真是天之驕女。從最初的名門閨秀一路享福，直到成為滿頭銀髮的「老祖宗」。

　　這老祖宗的家底，說價值連城也許有點誇張，但是鬆鬆快快養幾輩子兒孫絕對沒問題。張愛玲的奶奶是李鴻章的閨女，她死後，所留的嫁妝被幾房瓜分，分到兒子手裡的那一份使其終生衣食無憂，還夠他買公館抽鴉片養小老婆盡情揮霍，就這樣都一直惠及第三代的張愛玲。同樣出身世家的賈母，身家也應該深不可測。賈府財務青黃不接時，賈璉就央求鴛鴦「暫且把老太太查不著的金銀傢伙偷著運出一箱子來，暫押千數兩銀子支騰過去」。窺此一斑，老太太有多少個人財產就可想而知了。

　　鳳姐成天耀武揚威，因經常應付宮裡的事，自覺很不含糊，又很以自己的出身為榮。賈蓉來借玻璃炕屏，想來那是她的嫁妝。「也沒見你們，王家的東西都是好的不成？你們那裡放著那些好東西，只是看不見，偏我的就是好的。」可如此厲害的一個人，一到老太太面前就成了土鱉。「昨兒我開庫房，看見大板箱裡還有好些匹銀紅蟬翼紗，也有各樣折枝花樣的，也有流雲卍福花樣的，也有百蝶穿花花樣的，顏色又鮮，紗又輕軟，我竟沒見過這樣的。」鳳姐便打算拿它來做被子，「想來一定是好的」。不料賈母聽了笑道：「呸，人人都說妳沒有不經過不見過，連這個紗還不認得呢，明兒還說嘴。」

賈母：女人該怎樣老去

　　且聽老太太緩緩道來：「那個紗，比你們的年紀還大呢。」這句話，就像一口斑駁的樟木箱子被掀開，香氣陳舊而醒神。眾人禁不住肅然聆聽，彷彿是在月光下圍坐著聽老祖母講故事。原來紗的正經名字叫軟煙羅，只

就把人生當作一場修行

有四樣顏色：藍色、淺橄欖色、深綠色、淡紅色。但是老太太講解得更精到更文藝，帶著滄桑華麗的年代感：「一樣雨過天晴（這顏色汝窯瓷器的專屬顏色），一樣秋香色，一樣松綠的，一樣就是銀紅的……那銀紅的又叫做『霞影紗』。如今上用的府紗也沒有這樣軟厚輕密的了。」然後就吩咐道：銀紅的，給外孫女做窗紗；青色的，送劉姥姥做蚊帳；剩下的，做了坎肩讓丫頭們穿。鳳姐眼裡那麼寶貝的東西，就被老太太口氣輕鬆地處理了：糊窗子，送窮親戚，做工衣給下人，因為怕「白收著霉壞了」。鳳姐忙著答應，再不提做被子的事了。

對待物質的態度就該當如此，既不當敗家子，也不做守財奴，不拘形式物盡其用就是。鳳姐不識軟煙羅，也在暗示賈府青山遮不住的頹勢，而賈母的做法正蘊含著順天而行的智慧：面對必將逝去的輝煌，得放手時需放手。軟煙羅，應該叫「試金羅」才對，一下子鑑定出了誰不過就是個財大氣粗沒文化的土豪，誰才是從容大氣的真貴族。

二

物質上的豐饒會慣縱出驕奢之風，同樣也會滋養出高雅之氣，賈母屬於後者。

在衣食住行的諸多生活細節上，賈母處處彰顯著非同一般的品味。她簡直就是骨灰級文藝女生一枚。林黛玉身上的唯美感，追根溯源，就是來自她的遺傳。

劉姥姥二進榮國府時，眾人隨賈母暢遊大觀園，恍似上了一堂關於庭院家居藝術的見習課。賈母像一個淵博的老教授，一路走一路閒談，並不刻意顯擺，卻句句精闢，字字珠璣。

在林黛玉的瀟湘館，看到綠窗紗舊了，她不滿意院中花木與窗紗的配色，便提點王夫人：這個院子裡又沒有個桃杏樹，竹子已是綠的，再糊上這綠紗真是不配。沒有桃杏樹，就意味著缺少粉紅爛漫的花朵，換上銀紅霞影紗，正可彌補。這真是神來之筆，在滿眼翠綠中，有幾幀柔柔的粉色做點綴，於幽靜中又多了柔美，很符合林黛玉的身分。

探春房中，賈母隔著紗窗看後院，說後廊簷下的梧桐不錯，就是細了點。如果把紗窗看作畫框，後院的風景就是一幅畫，中國畫構圖法則講究疏密與繁略，梧桐樹太細，可能會留白太多，或者主賓不明，使整體美感受到影響。賈母觀景如賞畫，完全是下意識地看出了美中不足，對美的感知和鑑賞已經完全滲透在她的血液中，不知不覺間就帶了出來。

無獨有偶，想當初黛玉選瀟湘館居住的理由是：「我心裡想著瀟湘館好，愛那幾竿竹子隱著一道曲欄，比別處更覺幽靜。」幾竿翠竹，一道曲欄，是一幅雅緻沉默的畫，她也是從構圖取景的審美角度來選住處，無怪乎鳳姐說她的氣質竟不像賈母的外孫女，是「嫡親的孫女」。

到了寶釵的住處，眾人驚詫於寶釵居室的寒素，一問方知是寶釵不喜陳設。賈母說：我最會收拾屋子的，讓我替妳收拾吧，包管又大方又素淨。便送給了寶釵四樣東西：石頭盆景、紗桌屏、墨煙凍石鼎、水墨字畫白綾帳子。這幾樣東西全部以黑白色調為主，有文化氣息，高雅而低調，大氣含蓄的風格與寶釵的脾性很搭。老太太真不愧是室內裝飾方面的高手，有化腐朽為神奇的藝術天分，簡單幾樣東西，讓寶釵的居室變得簡約又貴氣。她在庭院家居裝修裝飾上的修為真令人嘆服。

賈母的藝術天分還遠不止此。

聽戲。她會別出心裁地隔著水聽，因為「藉著水音更好聽」，讓樂聲

就把人生當作一場修行

穿林渡水，緩衝過濾後，少了聒噪，多了純淨。

品茶。除了一早宣告不喝六安瓜片，會特意詢問用的是什麼水，知是雨水才品了半盞，很是內行。

中秋賞月。她說：「賞月在山上最好。」便領全家到山脊上的大廳裡去。的確，山頂視野開闊，無所遮擋地望月，最是闊朗明淨。月至中天，她又說：「如此好月，不可不聞笛。」年輕時的賈母，想必一定讀過「長溝流月去無聲，杏花疏影裡，吹笛到天明」的句子，否則怎知笛聲和月色是雅美到極致的標配。

當樂工們前來時，賈母又道：「音樂多了，反失雅緻，只用吹笛的遠遠的吹起來就夠了。」朗月清風，天空地淨，笛聲嗚咽悠揚，從遠處的桂花樹下傳來，眾人萬念俱消，忘我地沉浸其中。大家都讚跟著老太太玩兒長見識，老太太卻說：「這還不大好，須得揀那曲譜越慢的吹來越好。」天哪，如此講究，她還讓不讓別人活了？

就連聽書她都毫不含糊。說書的剛剛開場，便被她按鈴叫停，批評寫書人沒有想像力，三觀不正，常識匱乏。才子佳人的「都是一個套子」，既是佳人怎麼會那麼隨便，「只一見了清俊的男人⋯⋯便想起終身大事來」，「自然這樣大家人口不少，奶母丫鬟服侍小姐的人也不少，怎麼這些書上，凡有這樣的事，就只小姐和緊跟的一個丫鬟」，這些批評就是放到今天某些電視編劇身上也同樣對症。賈母又分析了這些編劇的心理，歸納起來一是忌妒汙衊，二是代入意淫。毒舌完畢，又堅決與三俗劃清界線：「我們從不許說這些書，丫頭們也不懂這些話。」

有還要懂，知道好賴，庸俗吝嗇的邢夫人和無趣木訥的王夫人，這種高大上的精神生活她們也在天天過，但她們「萬花叢中過，片葉不沾

身」,永遠無感,從不思考。賈母這個達人,卻能巧妙地把生活與藝術連結在一起,將生活藝術化,將藝術極致化,這就是能耐和功底。

三

有一個情節令人過目難忘,第四十回,李紈摘了鮮花給賈母梳頭用,滿滿一大翡翠盤子的各色折枝菊花,賈母只揀了一朵簪於鬢上,她挑的是大紅色。一個年過古稀的老太太,心態得有多健康,才會在自己滿頭銀髮上簪一朵火般濃烈的花朵?放在今天,賈母也會是一個活躍的潮奶奶,對時尚的理解不會比任何一個年輕人差,對生活的投入甚至連年輕人都比不上。

她會倚老賣老地對客人們說:「恕我老了,骨頭痛,容我放肆些,歪著相陪罷。」自己歪在榻上,讓琥珀拿著美人拳捶腿,一副傲嬌相。卻在下雪天玩興大發,不顧年高瞞著王熙鳳私自跑出來賞雪,「圍了大斗篷,帶著灰鼠暖兜,坐著小竹轎,打著青綢油傘,鴛鴦琥珀等五六個丫鬟,每人都是打著傘,擁轎而來」。如此出場,畫面感十足,又氣派又文藝。

她喜歡和年輕人在一起,孫子孫女圍著她說笑享天倫之樂,家裡來了年輕孩子,她就會出面留在府裡長住短住,無論是富貴之家的薛寶琴、李綺、李紋,還是出身貧寒的邢岫煙,或是喜鸞、四姐兒,她都一視同仁。當然,越是漂亮有氣質她就越喜歡,她可是資深「外貌協會會長」。

愛熱鬧,卻也有分寸。去探春屋子參觀時,她對薛姨媽說:「我們走罷,他們姊妹們都不大喜歡人來坐著,怕髒了屋子。我們別沒眼色。」雖是玩笑話,也展現了老人家的涵養,即便貴為老祖宗,也守禮識趣不招人煩,尊重別人也是自重。再看寶玉昔日的奶媽李嬤嬤,動不動跑到寶玉屋

裡裝模作樣拿東拿西招人厭棄，相比之下，雲泥立現。越是真正的貴族越愛惜自己的羽毛，行事越是自律，即使對方是自己的親人，也不會不顧對方的感受而越界，這是行為習慣使然。

有錢有閒有品味受人尊敬，人人都誇老祖宗有福。福氣這東西就像水，只要源頭在，便會綿綿不絕。老祖宗有福，卻也時時在積福，她的積福方式是「施」，施財施物施愛心，施比受有福。賈母憐貧惜弱，最是慷慨仁善。款待劉姥姥，鳳姐拿劉姥姥取笑，賈母一再制止；對劉姥姥的「小尾巴」板兒也是照顧有加，又是給吃的又是給錢；元宵夜聽戲，她會叫戲子們歇歇：「小孩子們可憐見的，也給他們些滾湯滾菜的吃了再唱。」

貧寒之家的喜鸞、四姐兒在賈府小住時，賈母專門讓李紈出去吩咐：「到園裡各處女人們跟前囑咐囑咐，留下的喜姐兒和四姐兒，雖然窮，也和家裡的姑娘們是一樣，大家照看經心些。我知道我們家的男男女女都是『一個富貴心，兩隻體面眼』，未必把他兩個放在眼裡。有人小看了他們，我聽見可不依。」

在清虛觀，一個小道士不小心撞了鳳姐，被氣焰囂張的鳳姐一個耳刮子打得栽倒在地，在一片「打打打」聲中連滾帶爬。賈母聽到了，說：「快帶了那孩子來，別唬著他。小門小戶的孩子，都是嬌生慣養的，那裡見過這個勢派。倘或唬著他，倒怪可憐見的，他老子娘豈不疼的慌？」叫他別怕，還吩咐給點錢讓他買零食吃，千萬別難為孩子。「老吾老以及人之老，幼吾幼以及人之幼」，如此慈悲為懷，賈母必定有一張慈祥美麗的臉。

如果不是家族發生變故，賈母會穩穩當當頤養天年直至壽終正寢，可惜賈家一朝敗落，如同莫文蔚的歌：「忽然之間，天昏地暗，世界可以忽

然什麼都沒有。」覆巢之下豈有完卵，賈府人人自危。這時，已過耄耋之年的賈母站了出來。高鶚的書續得是公認的爛，但是後半程的賈母寫得倒十分出彩。被抄家後，她開箱倒籠，將自己一生的積蓄財產都拿了出來，讓賈家度過難關，發言堪比精神領袖：你們別以為我是享得富貴受不得貧窮的人，家裡外頭好看內裡虛，我早就知道。如今家裡出事正好收斂整頓家風，大家要齊心協力重振家門。讓人覺得：只要有老祖宗這個定盤星在，這個家的氣就不會散。

人前顯貴，人後也免不了如履薄冰，榮華富貴之下也有暗流湧動，但整體來看，賈母這一生也算福壽雙全。滄海橫流方顯英雄本色，當呼啦啦大廈將傾，她就成了一根老而彌堅的棟梁。曾如牡丹一般雍容華貴，如今也能像老梅一樣虯枝鐵幹不畏酷寒。

每一個年老的婦人都曾是昔日的妙齡少女，在走向衰老的必經之路上，美貌、健康乃至財富都會被歲月一點點勒索殆盡，然而高雅的品味氣質內涵卻會永存。劉嘉玲有一次接受採訪時大致說過這樣一段話：如果問我現在願不願意回到十八歲，我告訴你我不要，因為那時的我雖然比現在年輕，也比現在漂亮，但是太無知，我還是比較喜歡我現在的狀態。的確，如果有些東西終將要逝去，不如來和歲月做一場交易，用它們來換取睿智、仁慈和擔當等等可以保值的品格，這樣，變老便不再可怕，而成為在人生的河流上從容笑看風景的一次航行，「兩岸花柳全依水，一路樓臺直到山」。

就把人生當作一場修行

賈蘭：風一樣的逐鹿少年

一

正是春天，花草散發著嶄新的清香。他手持一張小弓，從小山上風一樣跑下來，追逐前面兩隻驚慌失措的小鹿，就像一頭初試身手的小豹子。

這是小少年賈蘭，他的出現，讓瀰漫著陰柔氣息的大觀園頓時升騰起一股英氣。令人彷彿在昏昏沉沉的宿醉裡，聽到了一聲清脆而稚嫩的口哨，陡然精神一振。

正無精打采在園子裡閒逛的叔叔寶玉，問他在幹嘛，他很懂禮貌，連忙站住說：這會子不念書，就練習一會騎射。寶玉挖苦了一句：把牙磕掉就不練了。說完直接找黛玉去了。賈蘭則朝著小鹿逃跑的方向狂奔而去。他們背道而馳。

這情景彷彿就是寶玉和賈蘭的人生小對照：一個遊手好閒「逛吃逛吃」，一個目標堅定發奮圖強。一個看不懂對方的辛苦上進，另一個則不屑於和前者一樣渾渾噩噩，早早就有人生規畫並著手實施：從今天起，做一個有抱負的人，讀書，習武，累積能量。

這是賈蘭唯一一次出現在園子裡，從他的答話便知這個孩子平常都躲在屋裡讀書，輕易不出來玩耍。如果給這一場戲起個戲名，應該叫──「逐鹿」，是對賈蘭未來人生走向的一次重要暗示，看懂了這一段，他後來的有出息就一點都不奇怪。

賈蘭是榮國公嫡傳第四代繼承人，賈母的長重孫，賈政的長孫，寶玉的親姪子。他父親賈珠是長子，可惜早死，賈蘭算是「十畝地裡一棵苗」，

賈蘭：風一樣的逐鹿少年

理應備受重視，但事實卻是他成了小小的邊緣人，人們的注意力都在他小叔叔寶玉身上。也是，死了老大還有老二，和賈蘭比起來，寶玉的年齡占優勢，更能早一點承繼家業，又貌似聰慧靈秀，自然占盡風頭，所以大家更願意把寶押到他身上，也是一種投資。

就把人生當作一場修行

如果賈珠不死，必定襲官晉爵，有模有樣，下了朝堂入廳堂，是眾人不敢怠慢的「珠大爺」。看父敬子，賈蘭的境遇必定會溫暖很多。可是人死茶涼，大家都走開各忙各的，他的世界裡，就剩了母親李紈一人溫柔相待，即使身在富貴之中，又有僕婦成群伺候，卻仍會生出相依為命的淒涼之感。

在這種環境中獨自長大的賈蘭，性子自斂內向，比不得寶玉開朗活潑。他清醒而警覺，會下意識地與周圍的人保持距離；懂得自保，和自己無關的事，絕不跟著起鬨瞎摻和。

第九回，寶玉和金榮一干人在學堂裡爭風吃醋打起了群架。「城門失火，殃及池魚」，硯瓦飛到了賈蘭和賈菌一對好朋友的桌子上，賈菌要還手，賈蘭一手按住「武器」，極口勸道：「好兄弟，不與我們相干。」一看就有頭腦不跟風，是個叫人省心的好孩子。

二

好孩子不等於永遠好脾氣。

第二十二回闔家團聚，獨不見他。賈政問起，李紈非常有教養地站起身，笑著回答：「他說方才老爺並沒去叫他，他不肯來。」大家笑這孩子有個性，2008版電視劇《紅樓夢》中的王熙鳳說：「這孩子真是牛心古怪。」其實，原文是「牛心孤拐」才對。「牛心」是說他倔，「孤」是說孤僻，「拐」是指心思曲裡拐彎，想得多。曹雪芹借這四個字，道出了賈蘭心重、敏感、自尊心強的一面。可惜眾人不解，只道這小孩子不懂事。

是，賈蘭不懂事，李紈呢？何苦要一字不改地照搬原話？這笑意盈盈的回答中，似乎飽含著母子二人一腔怨氣，他們被忽視得太久了。元宵

賈蘭：風一樣的逐鹿少年

家宴跳出的這個小插曲，是漸漸長大的賈蘭用半是「自覺」半是賭氣的方式，向無視他的長輩們傳遞不滿和委屈。未可知母親李紈是不是在替兒子正式地討要榮國公正牌玄孫的地位，但是在那笑容背後，卻有一個母親毫不掩飾的自豪：看哪，我的兒子有自己的小骨氣。

都說「隔輩親」，賈政此刻是一個慈愛的祖父，他忙派人去請，賈蘭方才到場。連賈母也感到了一絲歉意，半是安慰半是補償，破天荒的頭一回讓賈蘭坐到了自己身邊，猜想賈蘭坐在賈母身邊這飯吃得也不會太自在，但是有心人會明白，以後面對這位小公子時，可得掂量著點。不管這是不是賈蘭本意，但這一招的確重刷了存在感。

為什麼是賈母招呼賈蘭，王夫人哪兒去了？奶奶最疼孫子，賈母偏心寶玉有目共睹，王夫人也應該最疼賈蘭才對。賈蘭又是長子的遺孤，可是事實上她也跑去疼寶玉去了，張嘴閉嘴「我通共一個寶玉」，彷彿兒子死了，媳婦、孫子全成了外人。

在他們眼裡，賈蘭只形同於賈珠的遺物，找個保險箱放起來，別磕著碰著就行。唯獨忘了，只要是人就會有感覺有情緒，有想法有反應。在一度引發熱議的科幻恐怖電影《人工進化》(*Splice*) 中，科學家研究出的基因雜交怪物因為有了感情卻得不到滿足，繼而開始報復自己的始作俑者。獸類尚且如此，何況於人？任何時候，都不能忽略人的感情，物質上的富足，永遠無法代替精神上的孤寒。

和賈蘭一樣被忽視或者更甚的，還有賈環，這一對小叔姪因為同病相憐，生出了一種別樣的親厚，在需要應酬的場合，他們像連體人一樣形影不離。賈蘭賭氣不參加宴席那次，賈政派人去請，派的人不是寶玉是賈環。去給賈赦請安，寶玉是獨自去，賈蘭和賈環是結伴而來。邢夫人厚此

就把人生當作一場修行

薄彼，對寶玉百般摩挲疼愛，賈蘭和賈環在一旁當觀眾，沒過多久就很識趣地走了。曹雪芹寫賈蘭本不想走，是賈環對賈蘭使了眼色他才走的，好像賈蘭是被賈環調唆的。然而事實明擺著，傻子也看得出，邢夫人的確是冷落了他們，後面的話簡直就是逐客了：今天這裡人多，我嫌吵，就不留你們吃飯了。一回頭卻把寶玉留下吃飯，還送玩具。

人心勢利，概莫能外。結伴走出邢夫人屋子的小叔姪兩個，焉能心內不傷不恨不落寞？寶玉卻渾然不覺，處在風頭上的人，沒空去想自己站在有光的地方，會帶給別人陰影。五十七回他犯完痴病，賈環和賈蘭前來探視，寶玉道：「就說難為他們，我才睡了，不必進來。」連見都懶得見。六十二回他過生日，這二人前來拜壽，是襲人接待的，寶玉說乏了，歪在床上，連話都沒得半句。

是呢，他成天忙著照應姐姐妹妹，哪裡有空搭理手足幼姪。他們與他疏離隔閡，高高在上的他，從另一角度看，其實早已被孤立。若干年後，當他有難求援，他們袖手旁觀似乎也情有可原。

三

有因皆有果，各人的果又各盡不同。

二十四回邢夫人的冷落彷彿成了一個節點，之後第二十五回，賈環就用蠟油燙傷了寶玉的臉，趙姨娘又央求馬道婆施了巫術加害，差點要了寶玉的小命。而在第二十六回，就有了賈蘭逐鹿，小人家已立志成才。

一個決意報復，欲將假想敵置於死地而後快；一個臥薪嘗膽，苦練立身之本只待厚積薄發。原來同樣一件事情，既可以誘發出可怕的負能量，也可以激發出滿腔的正能量，之所以大相逕庭關鍵在於他們的母親，一個

是見識鄙陋的趙姨娘，一個是出身大家的李紈，不同的教育成就了不同的孩子。賈蘭應該慶幸自己有一個好母親的引導，才沒有走了害人不利己的陰暗路線。

歌德（Johann Wolfgang von Goethe，西元1749年至1832年）說：「橡樹在什麼環境下長得最好？在土壤肥沃、陽光充足的地方，橡樹長到一定階段就會分出很多枝椏，不再向上生長。只有長在稍微貧瘠但又不是極端惡劣環境裡的橡樹，歷經風霜雪雨，根系不斷往下深扎於土，樹冠不斷向上尋求陽光，才會長得粗壯挺拔。」這個環境理論同樣適用於人的成長：得到太多愛的孩子容易不思上進，而缺乏足夠安全感的孩子往往勤奮。寶玉和賈蘭，他們就這樣在不同的環境裡各自成長著。

到第七十五回時，中秋家宴，賈政命寶玉和賈蘭寫詩。賈政讀了寶玉的默不作聲，讀了賈蘭的卻喜不自勝，很明顯，賈蘭此時的才學已開始超過寶玉，連賈母都歡喜得叫賈政賞他。

尚還鐘鳴鼎食烈火烹油的賈家，不知道自己馬上就要面臨「樹倒猢猻散」的境遇了，誰也想不到，在這棵病樹的枝頭，竟還存了一叢沉默的新綠。

「紅日初升，其道大光」，若干年後，賈蘭終於「學成文武藝，貨與帝王家」。「戴簪纓，懸金印」，戰功赫赫，成了一名武將，早年的逐鹿騎射演習總算沒有白演。寶玉當初的風涼話也一語成讖：「把牙栽了，那時才不演呢。」賈蘭是把命丟了，功成名就後戰死沙場，如煙花般只綻放一瞬。

曹雪芹在判曲裡寫李紈時，有掩飾不住的嘲諷口氣：「雖說是，人生莫受老來貧，也須要陰騭積兒孫。」暗指賈蘭早亡，李紈表面風光內裡孤苦。想來在看不到的後四十回原著裡，寶玉和李紈之間一定有過齟齬，所

> 就把人生當作一場修行

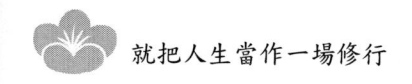

以才會如此幸災樂禍，並借判詞說人家是：「枉與他人作笑談。」

是，就算人家是笑話，然而鐵打的事實不容無視，那就是你寶玉因年少時虛度光陰，以致成人以後一無所長，肩不能扛手不能提，在困境面前一籌莫展，生存都岌岌可危，「寒夜圍破氈，冬月噎酸虀」，比較起來，這麼毫無尊嚴地活著恐怕更痛苦吧？而賈蘭，至少還有過短暫的輝煌，並且為最愛的母親李紈賺回一個衣食無憂的晚年。

逐夢從來要趁早。在很久以前的那個春天，當還是小少年的賈蘭，手持小弓風一般追逐小鹿時，那愈來愈遠的背影彷彿就已經在說：「我追逐的不是鹿，是夢想。」

李紈：我有我的姿態

一

有句話說李紈是：「沉靜，從容，卻也滄桑。」極準。這句話也可反過來說：滄桑難免，貴在從容。

所以亦舒才有一句名言：女人活著，姿態最最重要。

李紈青春守寡，不曾再嫁，是榮國府的一座人形貞節牌坊。「居家處膏粱錦繡之中，竟如槁木死灰一般。」這話說的！不知道是誇還是諷，是說她貞潔自持，能飽暖不思淫欲呢，還是在嘲諷她掐滅人倫，心甘情願做個清心寡欲的活死人？羅素（Bertrand Arthur William Russell，西元1872至1970年）曾說「一切過於自制的道德家，都是自戀狂」，曹公似有此意。他

李紈：我有我的姿態

對李紈的態度，很能展現人性的幽微複雜。一寫到李紈，他那輕易不出惡語的筆底，總掩不住一股酸溜溜的味道。李紈判詞的最後一句是「枉與他人作笑談」。乍看彷彿是在表達人生虛空，再品又覺得有點不對勁，隱約透著一絲幸災樂禍。

李紈和寶玉代表著榮國府賈政一脈的兩房宗室，在前八十回裡，二爺占盡風頭，大奶奶退守一隅。三十年河東三十年河西，在後四十回，他們恰調了一個個兒，寶玉潦倒不堪，李紈則鳳冠霞帔揚眉吐氣，因為她兒子爭氣。寶玉與李紈之間，後來應該還另有一段不太愉快的故事，雖說族人之間的矛盾不外是親情與利益混合的一筆糊塗帳，但李紈到底是做了什麼，才會讓曹雪芹如此刻薄？難道真的應了那句話：「會咬人的狗不叫？」

兩府裡的三個妯娌，性格各有千秋，都很不簡單。鳳姐精明狠辣不讓人，天下人都被她算計了去；尤氏風趣開朗又隨和通達，是個進退有度的明白人；和她們一比，寡居的李紈顯得清湯寡水無作為，外表柔弱還總是做好人，人送外號「大菩薩」——純粹教養使然，其實她極有頭腦。一路做弱者只配得到同情，幸災樂禍的人反而通常都有兩把刷子。反覆讀「紅樓」，會讀出李紈溫良恭儉之下的韜略與清醒，甚至柔中帶剛的傲氣。

如果賈珠活著，榮國府的家當仁不讓應該讓李紈來當，誰知天地不仁，賈珠完成了他傳宗接代的任務就去向閻王交差了。囿於身分，李紈只得退居幕後，讓位給高調潑辣的鳳姐。賈珠的房裡本來還有兩個小妾，賈珠死後，她們生出各種不自在。她知道她們的不甘心：正房奶奶守寡是天經地義，我們憑什麼呀？強扭的瓜不甜，李紈「放生」了她們，開啟籠子讓她們飛，留她自個兒守著。沒了男人撐腰，又失了左膀右臂，最親的人還是個嗷嗷待哺的嬰兒；娘家是名門吧，但按規矩嫁出去的女兒就是外人了，連迎春被孫紹祖虐成那樣賈家都沒人出面，李紈的娘家自然也不好來過問

就把人生當作一場修行

她的生活。這麼多理由在手，李紈大可理直氣壯地顧影自憐，沒人說不應該。賈府又是厚道的大戶人家，不會無故苛待她，會好吃好喝地養著讓她等死，這一輩子大約就是這樣了。

不過，總得讓她找點事做吧？榮國府的長輩們為她安排了一份沒責任也沒壓力的工作：照看小叔子小姑子們。李紈沒推脫，愉快接受了。

這就是李紈的大家氣派：如果厄運選中的是我，我就全盤接受吧。不因死了丈夫便成天把哀怨掛在臉上惹人煩，了解生活還要繼續，便用了一種順應又積極的態度，來應對長日寂寞的寡居生活。

二

第三十七回，寶玉和眾姐妹商量著要起海棠社，李紈馬上興奮地自薦掌壇，還興沖沖替寶釵起了「蘅蕪君」的雅號。又考慮到迎春、惜春和她一樣，也不會作詩，便讓她們兩個當詩社副社長，一個管出題，一個管謄錄，不讓一個人因沒事幹而失落。知人善任使之各得其所，皆大歡喜，活動辦得熱鬧，充分展示了李紈的召集能力和大局觀念。

她當評審評詩，非常有主見，當寶玉說她評得不公時，她霸氣地回道：「原是依我評論，不與你們相干，再有多說者必罰。」雖是玩笑，卻口齒鋒利，哪裡像出自一個素以綿善著稱的女子之口？讓寶玉去櫳翠庵討紅梅，她不假辭色地說「可厭妙玉為人，我不理他」。口氣直接得讓人詫異。李紈與妙玉井水不犯河水，不會有實質過節。她看不慣對方，實乃一個低調卻心氣極高的人對另一個心氣也高卻不低調的人的一種下意識的排斥。這兩次令人跳戲的大白話，都是李紈在主持詩社期間脫口而出的，當看作是人在興頭上時失控忘形的本性流露，而她平日的委婉，不過是為情勢所迫隱藏了鋒芒而已。

李紈自謙說不會作詩，但是每次評詩都能說得頭頭是道；幾個姑娘聯句聯得剎不住車時，是李紈及時吟出一句才收了口；元春省親之夜大家

就把人生當作一場修行

奉諭寫詩，李紈竟也能湊出「綠裁歌扇迷芳草，紅襯湘裙舞落梅」這樣綺麗動感的句子。她兒子賈蘭讀書寫詩很開竅，應該與她的優良基因不無關係。

通常來說，與一個寡婦相處，人是會有壓力的，不知道哪句無心之語會觸到她的傷痛，哪個細枝末節會引發她的黯然，因為顧忌和悲憫，在她面前很難不小心翼翼。李紈的不凡之處在於，她不露痕跡地跨越了這個障礙，與周遭以平常心互對。

掣花籤時，幾個未嫁的姑娘互相打趣，說什麼「必得貴婿」之類的，還把李紈也拉進來：「大嫂子順手給她一下子。」在一個無法再嫁的年輕寡婦面前談關乎婚配的事，已經有失厚道。但是大家沒有意識到，李紈也不在乎：「人家不得貴婿反捱打，我也不忍的。」這種超然的氣度與幽默，讓人高看她一眼。

所以，賈蘭後來的優秀一點也不奇怪，因為他有一個很棒的母親。

三

概括李紈這一生，寥寥數語卻無盡悲辛：青春年華守寡，隱忍獨育幼兒；終有翻身一日，哪料老來喪子。「長的是磨難，短的是人生。」這句話簡直就是為李紈量身打造的。從青絲到白頭，在表面熱絡實則各自為政的榮國府，李紈怎樣將這一寸寸的光陰獨力捱過，又怎樣面對痛不欲生的結局，將心比心，不寒而慄。

第七回，周瑞家的送宮花給各處，李紈因為身分特殊沒有資格領受，但是曹雪芹還是安排了一個意味深長的鏡頭給她。這一路走來，接花的人基本上都在享受生活，迎春與探春在下棋，惜春在與智慧玩耍，黛玉是在

和寶玉玩九連環。唯獨路過李紈的院子時,玻璃窗內,李紈歪在炕上睡覺。周瑞家的從她後窗走過,又進入了鳳姐的院子。一牆之隔,鳳姐與賈璉大白天的正在享受魚水之歡。這種對照的寫法,讓孤寂與甜蜜的人生對比異常強烈。

和李紈一樣在睡覺的,只有鳳姐的女兒巧姐兒。多麼諷刺,她必須無事可做。年輕人的生活她參與不進去,和她同齡的呢,都是有枝可依。讓人不禁聯想到,她的夜晚也許是孤枕難眠,所以才白天睏倦需要補眠;也正可以解釋,為什麼她對小叔子小姑子們的社團活動那麼有興趣,那是因為她有必須要打發掉的芳華。

她住在大觀園的稻香村,一處紙窗木榻刻意簡樸的處所,卻隱隱透出幾分臥薪嘗膽的意思。正是在這裡,賈蘭在她的悉心教導之下日漸長大,他懂事也孤傲。二十二回闔家夜宴,賈蘭因為賈政沒叫他便不肯來,李紈也不勉強,賈政問起時,李紈站起身,笑盈盈據實告知,這對母子彷彿已經達成一種默契。

如果那天賈政沒有注意到賈蘭缺席,李紈的涵養決定了她絕不會說什麼,不過在心裡會更多一份清醒,知道今後唯有他們自己才是自己的指靠。她掣的花籤上,那一枝題著「霜曉寒姿」的老梅,已經很能點明實質:這對母子根本不需要同情,他們隱忍圖強的姿態令人肅然起敬。

四

然而,再堅強的人都會有暴露脆弱的一剎那。第三十九回,李紈攬著平兒吃酒,閒談之間,對鳳姐擁有平兒這個幫手流露出各種羨慕忌妒恨,言語都有挑撥之嫌了。她又流淚提到當初賈珠死後打發走的兩個小妾:

「若有一個守得住，我倒有個臂膀。」這是實話，如果有個平兒這樣的好幫手，哪能輪到鳳姐如此張狂？李紈在這個府裡又何至於活得如此邊緣化？

一向矜持的李紈怎麼會突然失態？原因有二：一是她吃螃蟹時喝了點黃酒，酒精讓腦子失去平日的理性克制；二是因為張羅詩社，詩社裡無拘無束的快樂生活讓她釋放了壓抑許久的天性，看世界的眼神詩化了，真心話便衝口而出。

但是，聽眾們的表現卻令人寒心，大家說：「又何必傷心，不如散了倒好。」然後就洗了手各自走開。在場大多都是未婚的少年男女，未經世事風雨的他們，恐怕無法完全體會到李紈的不易，所以，李紈的哭訴在他們眼裡似有煞風景之嫌。當趙姨娘抱怨自己在屋裡熬油似的熬著時，猥瑣如馬道婆尚會說「將來熬的環哥兒大了，得個一官半職」這樣的寬慰之語，真是「我們只有經歷苦難，才懂得安慰他人」。有點人生經驗還是好，會讓人學會共情。

有一兩個懂事的，比如平兒與寶釵，她們竟然也保持著沉默，大概自認對李紈的困境無能為力，倒不如迴避的好，所以便裝聾作啞不接話。其實李紈哪裡是有什麼奢求？她不過是想要幾隻傾聽的耳朵，或者借給她痛哭一場的肩膀，甚至貪心一點——有一雙陪她流淚的眼睛。可惜，她們辜負了她珍貴的袒露，縱然李紈的反常讓她們猝不及防，可她們的冷漠又何嘗不是一種殘忍？

當眾人漠然散場棄她而去，想像那一刻李紈的表情，應該是訕訕地收住眼淚，嘴角泛起一抹自嘲而蒼涼的笑才對吧？從此之後，任何時間任何場合，都未見她再流露過一絲一毫的脆弱與張皇，永遠素衣素面，得體嫻雅，不爭長短，受人尊敬。對於一個骨子裡傲氣又明理的大家閨秀而言，

冷遇尷尬一次就夠,她不是祥林嫂,不會再自討沒趣。之後的漫長歲月裡,就算命運不仁,用奪走賈蘭再次重創她,至少在自己的能力範圍,她努力活好了自己。寧要人妒,不要人憐,這就是她的姿態。

就把人生當作一場修行

好姑娘
不愁沒人愛

好姑娘不愁沒人愛

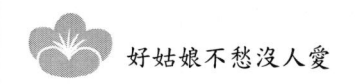

邢岫煙：好姑娘不愁沒人愛

一

邢岫煙這個姑娘出場時並不驚豔，她和寶琴、李綺、李紋四個人一起，在賈府「有朋自遠方來，不亦樂乎」的鬧哄哄中集體亮相，宛如美少女組合，被眼高的晴雯喻為「一把子四根水蔥兒」。寶玉在見過她們後回到怡紅院跟襲人感嘆：「你們成日家只說寶姐姐是絕色的人物，你們如今瞧瞧她這妹子，更有大嫂嫂這兩個妹子，我竟形容不出了。老天，老天，祢有多少精華靈秀，生出這些人上之人來！」對另外三個姑娘讚賞有加，卻對岫煙隻字未提，可見她的外表，並未讓人留下深刻的印象。

不是她不美，而是其他三位的實力都太強，跟她們站一起，分組上比較吃虧。特別是寶琴，美得空前絕後，把寶釵都比下去了，賈母一見就愛不釋手，逼著王夫人認了做乾女兒，她太過耀眼的光芒，完全遮住了岫煙的存在。如果要給岫煙的姿色評級，應在上乘中較為靠後的位置，相當於學生成績單中的「A-」。

同是串親戚，其他三位姑娘皆是路過小住，家裡都是非富即貴。只有岫煙，是日子過不下去了跟著父母來投奔姑母的。這樣的身分，平白又矮了一截。據她的叔叔邢傻舅有一次吃多了酒抱怨，說是家裡原來也是有些底子的，都讓邢夫人出閣時帶走了，現下把持著不放，要也要不出來，弄得有冤無處訴。且不說真假，就算是真的，清官難斷家務事，又時過境遷，怪只怪自己不中用罷了。

邢岫煙：好姑娘不愁沒人愛

　　邢傻舅是薛蟠的酒肉朋友，是個很不入流的酒鬼。那岫煙的父母怎麼樣？書裡雖然沒有明說，也和明說差不多了，借鳳姐兒的眼光露了一句：「冷眼敁敠岫煙心性為人，竟不像邢夫人及他的父母一樣，卻是溫厚可疼的人。」這一句話，就把邢岫煙父母之為人交代了個七七八八；邢夫人這個姑母就更

101

好姑娘不愁沒人愛

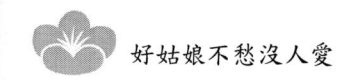

不用提了。這群長輩，每個人都忙著替自己打算，沒人顧得上關心她。

人們先入為主地將岫煙歸到了邢夫人的陣營，對她持保留觀望的態度，甚至還有些不待見。一無驚人的美貌，二無顯赫的家世，三無親人的疼愛，岫煙這個「三無」女生，就是在這種眼光裡，入住了大觀園。

二

慘是真慘。

因為她是邢夫人的內姪女，鳳姐兒便耍了個滑頭，安排她和迎春一起居住，反正迎春是邢夫人名義上的女兒。「倘日後邢岫煙有不遂意的事，縱然邢夫人知道了，與自己無干。」有了事也賴不著她。

迎春用興兒的話說就是個「二木頭」，是個會出氣的死人，自己尚還被下人們欺負，對邢岫煙何談庇護？岫煙住在迎春房裡，一個月統共二兩銀子，她要先拿出一兩來接濟父母，剩下的一兩，要隔三岔五拿錢給嘴尖性刁的下人們打酒買點心，以求換得一點太平。最慘的時候，她把冬衣當了。

下雪天眾人賞雪，大家紛紛穿上避雪之衣，不是猩猩氈就是羽緞羽紗，齊刷刷一色兒的大紅色，站在雪地裡好不齊整壯觀。特別是林黛玉，她穿的是「掐金挖雲紅香羊皮小靴，罩了一件大紅羽紗面白狐狸皮的鶴氅」，紅衣紅靴，頭上又戴著雪帽，十足一個可愛的紅色洋娃娃。

李紈和寶釵例外些穿得相對素淨，但保暖性一點不差：一個是哆羅呢，一個是做工考究的鶴氅。湘雲和寶琴，有老太太特別關愛：給湘雲的是一件「貂鼠腦袋面子、大毛黑灰鼠裡子、裡外發燒大褂子」，簡而言之就是給了件上好的貂皮大衣；給寶琴的更絕，是一件金翠輝煌的斗篷，這

是老太太壓箱底的好東西，沒捨得給寶玉倒給了她，竟然是「野鴨子頭上的毛作的」，放到今天應該算是一件限量版的天價羽絨衣。

一個比一個暖和，一個比一個奢華，彷彿是在開一場名媛冬季時裝釋出會，爭芳鬥豔，目不暇接。

最最例外的，是「三無女生」邢岫煙，因為只有她沒有防寒服，「仍是家常舊衣」，凍得「拱肩縮背」。在那些天之驕女們面前，她活像一隻可憐的醜小鴨。

那天還發生了失竊事件，平兒的蝦鬚鐲丟了，人們把岫煙的丫頭定為頭號嫌疑人，理由是她家「本來又窮，只怕小孩子家沒見過，拿了起來也是有的」。這話聽起來實在太欺負人，彷彿貧窮是原罪。好在後來查明是寶玉房裡的墜兒偷的，才還了岫煙一個清白。

老太太曾說府裡人是「一個富貴心，兩隻體面眼」，別怪他們勢利，勢利原本就是人性的一部分。當富人們用居高臨下的眼神打量窮人時，那種骨子裡的懷疑是藏也藏不住的。亦舒在《喜寶》裡說：「窮人受嫌疑是很應該的。」因為他們物質短缺，有作案動機。

寶玉過生日宴請群芳，請這個請那個，三姑娘雲姑娘琴姑娘寶姑娘林姑娘，都是能詩能文的，邢姑娘也能，卻沒有請。他並沒有把她劃在自己的圈子裡。

她原本就不屬於他們的世界，只是一個寄身者。

■ 三

那呵護備至的幸福是他們的，不是她的；

那恣意揮灑的青春是他們的，不是她的；

好姑娘不愁沒人愛

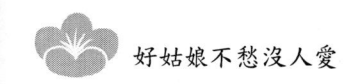

　　那神采飛揚的快樂是他們的，不是她的。

　　多年以後，當寶玉湘雲們老了，回望曾經，大觀園裡的生活應恍若夢幻，美麗如繁花錦繡，快樂得不真實。而當時的岫煙，卻彷彿是那段錦繡生活褪色的邊角料，與他們格格不入，無法縫綴為一體。

　　他們也一定忘不了：那位開頭潦倒的姑娘，後來嫁入豪門做了少奶奶，配了一位「才貌仙郎」，完成了自己的一次人生逆襲，不聲不響地華麗轉身，飛上枝頭做了鳳凰。

　　這是大觀園版灰姑娘的故事：薛姨媽提親，賈母做媒，邢岫煙嫁給了寶釵的堂弟、寶琴的哥哥薛蝌。薛家有根基，是大富之家，這位薛蝌，模樣俊秀，人品端方，是《紅樓夢》裡數一數二的好男子。

　　《紅樓夢》裡，嫁得如意的女兒並不多，元、迎、探、惜這四位，迎春嫁給孫紹祖被虐待致死；探春名為王妃，實為頂包遠嫁；惜春乾脆做了姑子；元春嫁的是當朝天子，說起來風光，但也是滿肚子委屈，稱皇宮是「不得見人的去處」，幸福指數並不高。剩下的黛玉、寶釵、湘雲，結局更令人唏噓慨嘆。而嫁給薛蝌的岫煙，就算後來四大家族一損俱損，但是想來有愛人陪伴的生活，也不會差到哪裡去。比較一下，她還算是命好的。

　　人們總習慣於評論命運，尤其是對那些能過得幸福的女人，喜歡以「命好」一言蔽之。他們忽略了，那些過得好的女子，首先是自己足夠好，才配得到好的人生；其次自己足夠強，才能把握住好的命運。

　　走近岫煙才會發現：正是她身上諸多美好珍貴的品質，才成全了她自己的人生。

四

「岫煙」這個名字，取得就好：「雲無心而出岫。」遠處山巒上的一抹雲煙，輕靈飄逸，若有若無。曹公能起這麼別緻優雅的名字給這個女子，她雲煙一樣的氣質，一定給他留下了別樣印象。女人再美，沒有氣質，便少了底蘊；若有了氣質，便能彌補外貌上的稍稍不足，雖不夠攝人，卻既見之忘俗又宜家宜室。想來岫煙，正是這樣的氧氣美女。

曹公借寶玉的眼寫她走路：「顫顫巍巍的迎面走來」，她的原型也許是個踩著花盆底鞋的旗裝女子，也許是個漢族女子，但卻裹了腳──總之，岫煙施施然走路的樣子一定讓他印象深刻，不同於老頭老太太衰老式的「顫顫巍巍」，她的顫顫巍巍充滿了搖搖擺擺弱柳扶風的美感。

岫煙有一場重頭戲，充分展現了自己的風采，這是和寶玉的一場對手戲，還穿插了一個人──妙玉。

在沁芳亭前，寶玉把妙玉的「檻外人」帖子拿給岫煙看。岫煙一眼就看穿了妙玉的矯情，話語間流露出對妙玉的知之甚深，又帶出點小小的不以為然。當寶玉急著替妙玉辯解說她是「世人意外之人」時，岫煙的表現很有意思：她「且只顧用眼上下細細打量了半日」，這種上下打量帶著饒有興味的探詢，因為身為妙玉的姊妹淘，她已經看明白了，寶玉正是妙玉的春閨夢裡人。隨即她教給寶玉回帖要自稱「檻內人」，小小地施以援手，飄然而去。

「迎面顫顫巍巍」的高挑印象在寶玉心理上又一次得到印證：岫煙對寶玉，在精神上真還有幾分俯視的意味。她冰雪聰明，完全看得懂寶妙之間的微妙感覺，在她超脫的一笑面前，這二人在文字上玩的那點小把戲顯得特別幼稚。

同時，面對賈家這樣一個富貴逼人的家族，棲身於其中，一般人很難

做到心靜如水，連黛玉那麼高的出身，都要時不時多心一下。但是岫煙就做得到，她既不刻意逢迎，也不自卑避世，不瘟不火坦然以對，既不曾低了架子，也沒有失了禮數，時時處處都大方舒展、姿容秀逸。

沒有因為下雪天少了一件雪褂子就不出門，叫賞雪就賞雪，即使凍得哆嗦也從頭到尾地奉陪。

沒有因為身旁諸位是名門閨秀就氣短，叫寫詩就寫詩，得了「紅」字賦紅梅：「看來豈是尋常色，濃淡由他冰雪中。」詩如其人，一派隨遇而安的姿態。

沒有因為面對的是同齡男子就行動瑣碎，叫指教就指教，不卑不亢。寶玉忍不住讚她「舉止言談，超然如野鶴閒雲」時，她連謙虛之詞都未有一句，照單全收。

一個小門小戶的姑娘身上，天然流露出一副大家閨秀才有的氣度，怎不令人刮目相看？

越讀越覺得：岫煙不光是「好」，還很「強」。內心強大之人，往往面目溫和，心境穩定，不見得非要張牙舞爪鋒芒畢露，相反，那樣極可能是色厲內荏的表現。岫煙平和淡然，從不無故尋愁覓恨，那些為賦新詞強說愁的孩子和她比起來，委實不在一個段位上。

原來，她不屬於他們的世界，是自有自己的另一個世界。

五

一開始還怕惹麻煩的鳳姐，到後來放下了戒備之心，對她倒比別的姊妹還要多疼些。平兒看到她沒有雪衣，特意送了一件大紅羽紗的給她。看

到她的難處，寶釵「暗中每相體貼接濟」，還不敢讓邢夫人知道。

縱然她們是出於同情，但是這同情裡也有敬惜的成分。

直至有一天，命運的大手將她從窘迫中徹底打撈了出來：「因薛姨媽看見邢岫煙生得端雅穩重，且家道貧寒，是個釵荊裙布的女兒，便欲說與薛蟠為妻。」又覺得薛蟠實在太差，別白瞎了人家岫煙。躊躇之際，想到薛蝌未娶，覺得這二人怎麼看都般配，「是一對天生地設的夫妻」。看來富人家娶妻也不見得一定要挑門第，只要姑娘自身條件夠好，他們一樣趨之若鶩。如果自己的兒子配不上人家，照樣會自慚形穢。而薛蝌，因為之前見過岫煙，彼此印象很好，十分合意，遂定了下來。這正是「當我足夠好，才能遇見你」。

一樁美好婚姻的開頭就是如此吧：你喜歡我，而我也中意你，還得到了周圍所有人的祝福。岫煙的婚姻開了一個好頭。

這之後沒多久，寶玉竟然眼望「綠葉成蔭子滿枝」的杏樹，想起邢岫煙，感嘆她擇了夫婿，「又少了一個好女兒」，從一開始對岫煙的視若無睹到後來的流淚嘆息，岫煙的人格魅力可見一斑。而此時的岫煙，她沒有像《傾城之戀》裡的白流蘇那樣，因為看到了新生活的希望，便解恨又自得地對那幫勢利小人暗自冷笑：「你們以為我完了，早著呢！」跟先前相比，岫煙雖然拘泥了些，但「幸他是個知書達禮的，雖有女兒身分，還不是那種佯羞詐愧一味輕薄造作之輩」，照樣寵辱不驚地過活。

窮困也還是沒有得到徹底的緩解，手頭還是緊，她拿出平民女兒懂事、能忍耐的特有品性，咬緊牙關獨立承當，即便把衣服當了也不訴苦不求援，不給迎春添麻煩。寶釵知道後讓她有難處來找自己，她低頭答應了，但那多半是為了不拂寶釵的面子，並不會真去找，她有自己的尊嚴。

好姑娘不愁沒人愛

　　寶釵看到她帶著探春送的玉珮,竟然拿出大姑子的款兒來,將岫煙教訓了一頓,還拿自己做例子:「……妳看我從頭至腳可有這些富麗閒妝?然七八年之先,我也是這樣來的,如今一時比不得一時了,所以我都自己該省的就省了。將來妳這一到了我們家,這些沒有用的東西,只怕還有一箱子。我們如今比不得他們了,總要一色從實守分為主,不比他們才是。」這彷彿是寶釵最討人嫌的一次,滿嘴大道理,其實她是居安思危,有點怕岫煙窮人乍富忘了本的意思。岫煙的性情穩定再一次彪悍展現,她不辯解,只笑道:「姐姐既這樣說,我回去摘了就是了。」寶釵馬上意識到了自己的過分,忙笑道:「妳也太聽說了。這是她好意送妳,妳不佩著,她豈不疑心。我不過是偶然提到這裡,以後知道就是了。」

　　寶姑娘小題大做,是對另一個階層躋身自己階層後本能地不放心。其實岫煙從小到大,節儉意識已經在骨子裡扎實生根,你讓她像寶釵的親嫂子夏金桂那樣,每天殺幾隻雞鴨,將肉賞人吃,只單以油炸焦骨頭下酒,這樣的「胡造」她還真不會哩。她擅長過的,正是那種細水長流的本分日子。

　　岫煙算不上什麼勵志偶像,但是她的故事卻在闡述一個最樸素的道理,這道理古今通用:好飯不怕晚,好貨不怕放。好姑娘永遠別自輕自賤,就算有一時的不順遂,只要沉住氣好好生活,不愁沒人愛。要知道你的好,總有人能看得見,而你生命裡的峰迴路轉風清雲暖,在無法預知的下一秒,會自動地向你靠過來。

紫鵑：好姊妹淘可遇而不可求

一

《紅樓夢》第三回寫林黛玉進賈府，透過黛玉的眼睛描寫賈府，一個細節都不漏過，包括廊下掛著的各色鸚哥畫眉鳥——在中國傳統文化裡，許多富貴人家都喜歡養鸚哥，來作為茶餘飯後的消遣寵物，有趣雅氣，是安逸有閒生活的標配。

林黛玉住進來後，也入鄉隨俗地養了一隻，調教得口出人言，既會吟〈葬花吟〉，又會使喚雪雁「打簾子」。不止如此，她還得了一個名叫鸚哥的丫頭。

鸚哥本是賈母屋裡的人，老太太享了一輩子的福，又很懂生活情趣，總喜歡用身邊的物件名幫丫頭們取名字，且是成對的取，珍珠對琥珀，鴛鴦對鸚哥，都是隨意又別緻討喜的字眼。而珍珠和鸚哥，又分別被指派給了寶玉和黛玉。

這兩個丫頭易主以後，珍珠被寶玉改名為花襲人，香豔旖旎引人遐想，符合富貴風雅公子的調子；鸚哥則改名紫鵑，書裡雖沒說是誰改的，但想來應該是黛玉，唯美的文藝女孩，肯定覺得鸚哥這個名字太直俗，便以自己帶來的丫頭雪雁為參照改叫紫鵑，雪（白）對紫，雁對鵑，倒也齊整雅緻。

這名字起得別有深意：鵑鳥又名「子規」，有思鄉之意，「紫」為顏色，加在一起極易令人聯想到「子規啼血」，隱含愁苦，和之前富貴喜氣的「鸚哥」反差強烈，符合林黛玉平日的情緒基調。看來主觀心態決定一切，連

109

好姑娘不愁沒人愛

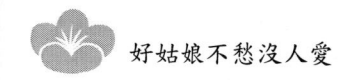

取名字都不能逃脫各人的潛意識支配。

當然也許不是這樣,作者只覺得該給她取一個美麗靈氣的名字,才配得上做「世外仙姝寂寞林」的侍女。

紫鵑：好姊妹淘可遇而不可求

「想知道一個人是什麼樣的人，看看他的朋友就明白了。」

鴛鴦曾經跟平兒提起過，她們小時候有一個無話不說的「姐妹淘」，紫鵑也位列其中。除此外，還有襲人、琥珀、麝月、彩霞、翠縷、茜雪等等，有的剛有的柔，有的通透有的天真，雖是性格各異，但一個一個數過來，竟都是可愛的好姑娘。「物以類聚，人以群分」，紫鵑必定也是錯不了的。

賈府裡向來僕以主貴，看看寶玉的秋紋碧痕們便知。就連懦弱如迎春的丫頭司棋，都敢派人到廚房裡點單炒，要一碗「燉的嫩嫩的」雞蛋來耍點特權，被拒之後惱羞成怒，帶領一幫丫頭群起而砸之，一洩心頭之憤。主子的近身侍女以「副小姐」自居，是賈府不成文的規矩。王夫人就替她們說過話：「這也有的常情，跟姑娘的丫頭原比別的嬌貴些。」

林黛玉因有老太太罩著，排名比本家小姐們「三春」還靠前，府裡人也不敢輕易怠慢。紫鵑作為黛玉的發言人，又是老太太欽點的，卻從不仗勢欺人，更不四面樹敵。相比晴雯動不動把「我原是老太太屋裡的人」這句話掛在嘴邊的張狂，她顯得知進退，懂分寸，為人圓融有禮，遇事點到為止，沒讓黛玉招半點非議。

抄檢大觀園，曹雪芹將每一個年輕主子身邊人的應對都寫到了：寶玉的晴雯倒箱子，痛快剛烈；探春的侍書敢對嘴，口風犀利，被鳳姐讚為「有其主必有其僕」；惜春的入畫哭哭啼啼；迎春的司棋被揪出來卻面不改色──唯有黛玉的紫鵑是笑臉相向。

看到黛玉收藏寶玉的東西，王善保家的得意揚揚，以為拿住了證據，想借題發揮。紫鵑笑道：「直到如今，我們兩下裡的東西也算不清。要問這一個，連我也忘了是那年月日有的了。」有鳳姐撐腰，她完全可以趁勢

好姑娘不愁沒人愛

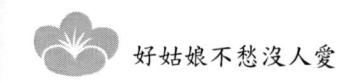

修理這個不知深淺的老太婆幾句，但是她沒有，婉轉又準確地點明了寶黛關係的特殊性，既未得理不饒人又叫對方無話可說。紫鵑姐姐真是個聰明的厚道人。

不得不佩服老太太選人用人的眼光，嘴刁量小的秋紋自己就說，老太太平常不搭理她，她入不了老人家的眼。老人家慧眼一掃，就能把可堪重用的潛力人才離析了出來，凡入了她的眼經她調教過的，個個都不含糊。鴛鴦就不用說了，如果不好也不會留在賈母身邊，一時半會都離不了她。再看被賈母委派出去的三個，哪一個不是出類拔萃？勇晴雯，賢襲人，慧紫鵑。

二

紫鵑的「慧」，表現在她服侍黛玉上。照顧病人不單是殷勤周到就可以，三分在治七分在養，還得根據她的體質做有針對性的防護調理，紫鵑就是個很好的家庭醫師。

第八回，黛玉下雪天找寶釵玩，剛坐下，小丫鬟雪雁就趕著送來一個小手爐，說是「紫鵑姐姐怕姑娘冷」。黛玉體寒，這事有兩個人特別上心，第一個是寶玉，夜宴群芳時，他單單拉了黛玉靠板壁坐，理由是：「林妹妹怕冷。」吃了幾口螃蟹便喊「心口疼」，其實就是胃寒引發的疼痛，寶玉連忙用熱熱的燒酒伺候。除了他，在避寒驅寒這事上，最上心的就是紫鵑了。送手爐是一例，第三十五回黛玉站在花蔭下遙望怡紅院，顧影自憐淚珠滿面時，紫鵑從背後趕過來，喊她吃藥，說「開水又冷了」；並告誡她雖說五月天了，大清早的也別老站在潮地方，防止溼寒之氣上行。

紫鵑的「慧」，還表現在平日裡對黛玉小性子的包容和了解上。她不

是容忍，忍字頭上一把刀，天長日久哪有不口出怨言的？她是根本不以為意。

黛玉經常不識好歹地搶白紫鵑，送個手爐給她吧，她說：哪裡就冷死了我？

催她吃個藥吧，她說：吃不吃管妳什麼相干？

幫她出個主意吧，她不領情反說：妳嚼什麼蛆？

換個糊塗點的早委屈死了，可是紫鵑不，該做什麼還做什麼，你說你的我做我的，左耳進右耳出，只要是自己覺得對的就敢做主，一點也沒有唯唯諾諾的奴才相。說到這裡，不由得要再膜拜賈母一下：她看得上眼的人，個個都沒奴才相，鴛鴦敢在酒桌上宣牙牌令，對著一大幫主子奶奶發號施令：「酒令大如軍令，不論尊卑，唯我是主。」晴雯更是，別人都拿太太的舊衣當恩典時，她卻不屑一顧；襲人表面溫馴，但是「行事大方，說話見人和氣裡頭帶著剛硬要強」。

寶玉和黛玉吵了架後來求和，黛玉說：不許開門！紫鵑說：大毒日頭底下別把他晒壞了。逕自放寶玉進來了。還有一次，寶玉來了要喝茶，黛玉叫紫鵑別理他，先幫自己舀水。紫鵑一點沒為難，笑道：「他是客，自然先倒了茶來再舀水去。」

紫鵑和黛玉，哪裡像主僕，完全是兩個同住一屋的姐妹，一個跟男朋友鬧了彆扭，另一個就幫忙打圓場撮合他們和好。

黛玉跟寶玉冷戰，她會私下派黛玉的不是：妳太浮躁了些，論錯寶玉占三分，妳占七分。說得黛玉嘴雖硬心卻服。

責備基於了解，黛玉的刀子嘴豆腐心，無助飄零之感，和由此生發的偏激與敏感，紫鵑都盡收眼底。面對走入感情迷局的黛玉，身為一個清醒的

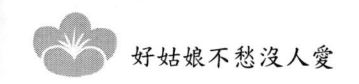

旁觀者，時時點醒勸解，讓她不為情所苦。這個「慧」字紫鵑當之無愧。

這兩人在性情上是多麼互補：紫鵑的理性可以抑制黛玉的任性，黛玉的隨性恰恰容許紫鵑有更多的個性。黛玉空靈，紫鵑聰慧，兩個女孩子有說有笑你來我往，相依相伴著共度了一段相濡以沫的閨中青春，像范范的歌：「一個像夏天，一個像秋天，卻總能把冬天變成了春天。」

李紈、寶釵、探春聊天時，說府裡有幾對公認的主僕好搭檔，默契十足水乳交融：賈母和鴛鴦，鳳姐和平兒，王夫人和彩霞。其實，她們該再加上一對兒：黛玉和紫鵑。

寶玉開玩笑誇紫鵑說：「好丫頭，『若共妳多情小姐同鴛帳，怎捨得疊被鋪床？』」後來，又對紫鵑發誓賭咒說：「我只告訴妳一句薑話：活著，我們一處活著；不活著，我們一處化灰化煙。」完全把紫鵑與黛玉視為一體。

身體上悉心照顧宛如親人，精神上指點迷津形同知己，早已超越了普通的主僕關係，兼顧了姐妹的親密與知己的貼心，她們準確地說應該叫姊妹淘。

◼ 三

「人不可貌相」，就是這個老太太嘴裡「伶俐聰敏」的紫鵑，卻做出了一件驚動闔府上下的大事：「情辭試忙玉。」

這一回是紫鵑正傳，說白了就是「紫鵑騙寶玉」。寶玉被紫鵑騙得犯了急性短暫性精神病，這是紫鵑沒預料到的，她闖了大禍。

只說這紫鵑騙人的功夫，那真是出神入化：沒有任何徵兆，談笑間忽

紫鵑：好姊妹淘可遇而不可求

然翻臉，告誡寶玉以後要與她們保持距離，別惹人閒話，扭頭走了。把寶玉直接打蒙，如同澆了一盆冷水，哭開鼻子。她聽說了去哄他，還感謝寶玉幫林黛玉在老太太面前爭取到了燕窩，寶玉說吃上三二年就好了，紫鵑卻馬上說：「等回到家，哪裡有閒錢吃這個？」一句話把寶玉嚇壞了，問：「誰？回哪個家？」紫鵑說：「你妹妹回蘇州家去。」寶玉笑了：「妳哄我，他們家早沒人了。」引出紫鵑下面一大段話。

紫鵑冷笑道：「你太看小了人。你們賈家獨是大族人口多的，除了你家，別人只得一父一母，房族中真個再無人了不成？我們姑娘來時，原是老太太心疼他年小，雖有叔伯，不如親父母，故此接來住幾年。大了該出閣時，自然要送還林家的。終不成林家的女兒在你賈家一世不成？林家雖貧到沒飯吃，也是世代書宦之家，斷不肯將他家的人丟在親戚家，落人的恥笑。所以早則明年春天，遲則秋天，這裡縱不送去，林家亦必有人來接的。前日夜裡姑娘和我說了，叫我告訴你：將從前小時頑的東西，有他送你的，叫你都打點出來還他。他也將你送他的打疊了在那裡呢。」

這段謊話編得真是天衣無縫、無懈可擊，更絕的竟是張嘴就來，說瞎話不打腹稿，說得跟真的一樣。張愛玲曾說：「若是女人信口編了故事之後就可以抽版稅，所有的女人全都發財了。」

紫鵑是早有預謀還是即興發揮，應該是後者居多，因為誰也無法提前排練而決定從哪個話題切入，全憑個人應變能力。她的「慧」再一次玲瓏剔透地呈現。

她為什麼要這麼做？因為當時的情勢實在令人擔憂。把前後時間關聯起來，就有了答案。「試玉」在五十七回，時間是新年年頭，在舊年年尾時，半路上殺出了薛寶琴。

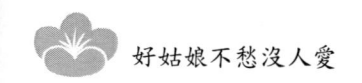

薛寶琴第四十九回才出場，一上來就占盡風頭，連寶釵都被比了下去。一會王夫人認了乾女兒，一會老太太給了天價斗篷，又是叫別拘束她又是問生辰八字貌似要提親……不由得紫鵑為黛玉捏一把冷汗，不得已「鋌而走險」，這一試，試得寶玉丟了魂，也試出了寶玉的真心。紫鵑這一著棋，既險又高。

紫鵑，字面上是一隻紫色的杜鵑鳥。鵑鳥又叫布穀鳥，在春日裡「布穀布穀」叫著，一聲一聲，催促農人們抓緊耕種，因為機不可失。多麼像她勸誡黛玉時的樣子：要抓緊時間，趁老太太明白時節，做定了大事要緊。

在寶玉病癒之後得到寶玉的肯定答覆後，她又「心下暗暗籌劃」。晚上回到瀟湘館裡就寢時苦口婆心敦促黛玉：「我倒是一片真心為姑娘，替妳愁了這幾年了……」看來剛才跟寶玉說話時她又撒了謊，寶玉問她為何要騙他，她說是替自己打算，不願離開家人跟林黛玉回蘇州，所以才出此下策。原來她是顧及著黛玉的臉面，把事往自己身上攬呢！

沒過幾日，薛姨媽開玩笑說要替寶黛做媒，她馬上打蛇隨棍上，跑來笑道：「姨太太既有這主意，為什麼不和太太說去？」表現急切，老辣的薛姨媽反守為攻，反問她這麼急幹嘛？是不是要急著嫁人呢？直接把她臊跑了，小姑娘還是嫩了點啊！

紫鵑為了黛玉的幸福，可謂十八般武藝用盡，真是把心都掏出來了。她彷彿是上天派來守護黛玉的天使，陪在她身邊寸步不離，彌補了黛玉生命中的缺失。

真正的姊妹淘，為了對方，會全心付出不計得失，「比情人還死心塌地」；境遇遭逢感同身受，比親人更懂得傾聽。她是真正「悲傷著你的悲

傷，快樂著你的快樂」的人，是「背你逃出一次夢的斷裂」的人。人類最美好的感情有三種：親情、愛情和友情。親情有局限，愛情會無常，姊妹淘情作為友情裡的小品種，它的純淨無私令人格外動容。

黛玉與紫鵑，能遇見是彼此的福氣。「我並不是林家的人，我也和襲人鴛鴦是一夥的，偏把我給了林姑娘使。偏生她又和我極好，比她蘇州帶來的還好十倍，一時一刻我們兩個離不開。」一句話道出了人與人之間那參不透的奇妙緣分，原來好姊妹淘從來可遇而不可求，比愛情更需要感覺。

鴛鴦：當我說「不」時我在想什麼

一

真正的美女從來不拘形式。不見得非要臉白得踏雪無痕才算美女，只要整體夠好，即使臉上長點雀斑也無妨，瑕不掩瑜。舒淇、米蘭達·寇兒（Miranda May Kerr, 西元 1983 年），臉上的雀斑不但沒減色還成了特色，是，雀斑不好，那也得看長在誰臉上。

「只見他穿著半新的藕荷色的綾襖，青緞掐牙背心，下面水綠裙子。蜂腰削背，鴨蛋臉面，烏油頭髮，高高的鼻子，兩邊腮上微微的幾點雀斑。」這個也長雀斑的姑娘叫鴛鴦，是賈母的貼身侍女。此刻，邢夫人受了老公賈赦的委託，正在說服她做賈赦的妾。用大老婆的目光打量小老婆人選，當然一點瑕疵都不會放過。

❁ 好姑娘不愁沒人愛

　　一個身材長相不俗的姑娘就這樣呼之欲出。這是一種素氣的美，不凜然不妖豔，是一種宜家宜室的可人，腮上的雀斑更讓這種美接了地氣，彷彿能讓人多一層放心，消解了邢夫人心中同性天然的忌妒。

鴛鴦的衣服也穿得很對，不像晴雯那樣打扮得花紅柳綠，貌似家常，細看就發現有種低調的講究：藕荷色上衣，水綠裙子，都是蜜柔的顏色，兼有一點明暗對比，青緞背心和諧過渡，這種搭法就是放到今天也很符合色彩搭配法則：「從頭到腳不超過三種顏色。」另外，這青緞背心還是「掐牙」的，聽起來玄乎，就是鑲邊，用錦緞疊成細條，嵌在衣服的夾邊上，有一種含蓄的精緻。

到底是什麼讓鴛鴦吸引了八竿子打不著的賈赦？不得而知。也許是在家宴上，鴛鴦伶俐俐落的接應；也許是傳話的不經意間，那種落落大方的態度；也許，什麼都是不是，和心動半毛錢關係都沒有，他只不過是有「集郵」的嗜好，就像襲人說的那樣：太好色，略平頭正臉的，他就不放手了。總之，是被他盯上了。

鴛鴦家世代在賈府為奴，在賈赦眼裡鴛鴦就是奴才秧子，能看上她那是給她臉，哪有不樂意的道理？虧得這姑娘模樣中看，還體貼能幹，把老娘賈母照顧得十分好。如果能納她做妾，床上床下都能把他伺候熨帖，一半是小妾一半是保母，真是一舉兩得。

歐吉桑賈赦越想越美，色壯人膽，便派邢夫人運作來了。

他根本就沒想到鴛鴦會回絕。

縱然是邢夫人、鴛鴦嫂子、哥哥三個人輪番上陣的車輪大戰，仍宣告無效。面對死活不買帳的鴛鴦，自尊心受不住的賈赦做出了這樣的判斷：「『自古嫦娥愛少年』，他必定是嫌我老了。」女人怕老是怕失去吸引力，男人怕老是怕失去能力，側重點不同。鴛鴦的拒絕，正好觸痛了賈赦深藏在心的自卑。

源源不斷地納妾，表面上看是好色，更深層的原因說穿了是一種對老

好姑娘不愁沒人愛

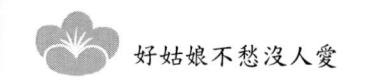

之已至的恐懼和排斥。有點像張藝謀電影《大紅燈籠高高掛》裡的老爺，正因為老了，才拚命占有年輕女子，彷彿死拽著她們，就能將他引渡到歲月河的另一岸。

賈赦發飆發出了人間真理：是人都怕老，男人更甚。

這人最奇葩之處在於，人家不從就噁心人家，拿「大約他戀著少爺們」做文章。「多半是看上了寶玉，只怕也有賈璉。」惱羞成怒的人口不擇言，親姪子親兒子，氣急敗壞地都扯了進來，全然不顧他們是自己的至親晚輩，此刻分明都是和他爭女人的雄性假想敵。還放出一大堆狠話，字字威脅：「……叫她早早歇了心，我要她不來，此後誰還敢收？」逼得鴛鴦以其人之道還治其人之身，也噁心了他一把，還噁心得驚天動地。

鴛鴦跑到老太太面前跪下，當著一屋子主子奴才外加親戚，和盤托出，並剪髮明志。賈母氣得渾身亂戰，當然不是氣鴛鴦，是氣賈赦：「有好東西也來要，有好人也要，剩了這麼個毛丫頭，見我待她好了，你們自然氣不過，弄開了她，好擺弄我！」這是一個掌權人物特有的警覺，她馬上從另一個角度對這件事定了性：是來牟利奪權的！敲山震虎連王夫人也罵一通。這樣一來，誰還敢替賈赦說話？

老太太最後讓邢夫人說：留下她服侍我幾年，就如賈赦服侍我盡了孝的一般。從孝道的高度出發，讓賈赦無話可說，灰溜溜找了個叫嫣紅的替代品收在屋內，鴛鴦自保宣告成功。

■ 二

大家都說鴛鴦這麼做很有反抗精神，反抗不反抗的說得有點大，其實就是看不上唄。

鴛鴦：當我說「不」時我在想什麼

鴛鴦是什麼人？是會拿自己衣服給劉姥姥換洗的實在人，是鳳姐眼裡的「正經女兒」，是老太太嘴裡「她說什麼……家下大大小小，沒有不信的」可靠丫頭，是發現司棋私通後主動立誓「我若告訴一個人，立刻現死現報」的仗義姑娘，是在牙牌桌上宣令時面對一眾主子敢朗朗笑說「不論尊卑，唯我是主」的揚眉女子。

賈赦是什麼人？是家裡有了大事「只在家高臥」偷懶躲自在的大老爺，是為了幾把古扇逼得石呆子家破人亡的惡霸權貴，是兒子賈璉不肯害人便劈頭蓋臉打得他臉上掛綵的混帳父親，是老太太嘴裡「左一個小老婆右一個小老婆放在屋裡，沒的耽誤了人家。放著身子不保養，官兒也不好生作去」的不孝子，是秋桐心裡最恨的「年邁昏憒，貪多嚼不爛」的老色鬼。差不多就快趕上無惡不作了。

一個是奴才，卻人人高看一眼；一個是主子，卻口碑又臭又爛。從身分上，她沒法跟他比，但是在人格上，她也的確有資格嫌棄他。所以，鴛鴦不是嫌賈赦老這麼簡單，是根本看不上他這個人。「別說大老爺要我做小老婆，就是太太這會子死了，他三媒六聘的娶我作大老婆，我也不能去。」真從了他，那就是「如同一盆才抽出嫩箭來的蘭花送到豬窩裡去一般」。不依？不依就對了。

雖則暫時安全，但是賈赦不是說過嗎：「憑她嫁到誰家去，也難出我的手心。除非她死了，或是終身不嫁男人，我就服了她！」鴛鴦自己做了兩手準備的對應，既有權宜之計——老太太活著她就安全，老太太死了還有三年的孝，等過三年還不知道是個啥情形；也有魚死網破的辦法——不嫁人做姑子去或是以死相拚，的確夠剛烈。讓人以為鴛鴦最後的結局似乎出不了這兩條。

好姑娘不愁沒人愛

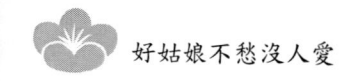

鴛鴦有沒有第三條出路？應該是有。

曹雪芹拖著篇章踽踽前行時，會習慣性地往身後撒下零星的路標，指引讀者一路追蹤。

第三十八回，鳳姐跟鴛鴦開玩笑時，忽然沒頭沒腦來了一句：「妳和我少作怪。妳知道妳璉二爺愛上了妳，要和老太太討了妳作小老婆呢。」

第四十六回，平兒說：「妳只和老太太說，就說已經給了璉二爺了，大老爺就不好要了。」

那麼鴛鴦本人的意願如何？她中意賈璉嗎？

她啐道：「什麼東西！妳還說呢，前兒妳主子不是這麼混說的！誰知應到今兒了。」佯怒之中，顯然對這個玩笑很上心，彷彿有一種甜蜜的受用。

人人都知道，鴛鴦是老太太的一把總鑰匙。身為一個有實權的奴才，比一般的主子混得都強。賈璉身為榮國府的當家人，平日裡免不了會與她有事務上的來往配合。賈璉情商極高，又極懂女人心，一定很會哄鴛鴦開心，鴛鴦對賈璉的印象一定也錯不了。

在邢夫人跟鴛鴦提親時的遊說之中，老曹一共寫了她N次「低頭不語」，這個過程很耐人尋味。邢夫人第一句話是「我特來給妳道喜來了」，鴛鴦「猜著三分，不覺紅了臉，低了頭不發一言」，邢夫人要拉著她去見老太太時，「鴛鴦紅了臉，奪手不行」。邢夫人再三勸服，鴛鴦只是低頭：「低了頭不動身」「只管低了頭，仍是不語」。這是一個有趣的心理過程，從一開始到最後，鴛鴦的心情就像坐雲霄飛車一樣，從高到低，從熱到冷。

邢夫人「道喜」，她已猜到是要給她提親，這時的她有少女的羞澀，完全沒有牴觸；等到邢夫人說是給賈赦提親，鴛鴦「奪手」顯示出一種抗

拒；後面的兩次「低頭」，實在況味複雜。

她猜到了是要給她提親，但她卻以為提的是另有其人。有鳳姐玩笑在先做鋪陳，今日邢夫人前來，以她的身分似乎只有替兒子討妾才名正言順……然而，沒想到啊沒想到，竟然是這樣。鴛鴦被打蒙了，一下子回不過神來，只剩下了「低頭不語」。誤以為是鳳姐算計她，還揚言要和鳳姐去鬧一場。

她對老太太轉述賈赦的話：「大老爺越性說我戀著寶玉。」後面發毒誓「我這一輩子莫說是『寶玉』，便是『寶金』、『寶銀』、『寶天王』、『寶皇帝』，橫豎不嫁人就完了！」只拿寶玉說事兒，慷慨激昂之間，卻把賈璉輕輕地、輕輕地繞了過去。

三

這又是個有趣的心理現象：沒戀著寶玉，所以心裡沒鬼，敢堂堂正正地提。對賈璉隻字不提，只能說明她心虛，怕暴露了自己。

畢竟一個姑娘家，主動愛人是可恥的，更何況對方又是主子，如果被人發覺並傳揚開去，那簡直就是世界末日，還不如一頭撞死──她的自尊心讓她本能地把賈璉「私吞」了。

她後面還發毒誓：「日後再圖別的，天地鬼神，日頭月亮照著嗓子，從嗓子裡頭長疔爛出來，爛化成醬在這裡！」鴛鴦好像特別喜歡發誓，後來安慰司棋也發過誓：「立刻現死現報。」這兩個毒誓前後一對比，輕重一目了然。這個誓，看起來聲勢浩大，其實根本無關性命，就是個咽喉發炎化膿，吃幾劑梅花點舌丹就好了，這個藥她自己手頭就有，還送過劉姥姥。老曹這麼寫，是給鴛鴦留著後路呢！

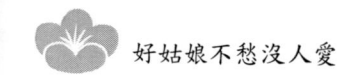

真相無非如此：**轟轟**烈烈地表忠與反抗，不過是被賈赦言中心事之後，用力過度的否認和掩飾。

她看不上賈赦是真，她心儀之人是賈璉更是真。

那麼一個口齒鋒利、大方從容的女漢子，一見賈璉，立即縮成了一個羞澀拘謹的小女孩。第七十二回，賈璉央求鴛鴦「暫且把老太太查不著的金銀傢伙偷著運出一箱子來，暫押千數兩銀子支騰過去」。監守自盜偷老太太東西，就算事後要還回去，也絕對絕對是一件違反鴛鴦做人原則的事，除了賈璉能忽悠，但就鴛鴦而言，好歹也是個有見識的，卻連個「不」字都說不出口，只能強裝鎮定，難道這裡面真就沒有一點喜歡的成分在嗎？

而賈璉，也在無意間幫鴛鴦度過難關。賈赦要討鴛鴦時，讓賈璉把鴛鴦的爹叫來，賈璉駁得頭頭是道：「上回南京信來，金彩已經得了痰迷心竅了，那邊連棺材銀子都賞了，不知如今是死是活，便是活著，人事不知，叫來也無用。他老婆又是個聾子。」問一他能答十，知道得門兒清，搞得賈赦大怒：「下流囚攮的，偏你這麼知道，還不離了我這裡。」父子二人一個急火攻心焦頭爛額，一個不明就裡卻像存心阻撓，令人捧腹。

風波過後，老太太開玩笑叫鳳姐把鴛鴦「帶了去，給璉兒放在屋裡，看妳那沒臉的公公還要不要了」。以老太太的睿智，說不定真會在自己即將離開人世時，替鴛鴦物色一個可託付之人，最關鍵的是，這個人要讓賈赦沒法開口爭搶，除了賈璉還能有誰？鴛鴦姓金，賈璉名字從玉，他們兩個貌似還是一樁金玉良緣。

鴛鴦後來真的跟了賈璉了嗎？她曾對襲人和平兒說：「妳們自為都有了結果了，將來都是做姨娘的。據我看，天下的事未必都遂心如意。」可見

對於被提前安排好的命運，鴛鴦並沒有那麼樂觀。她的眼光與見識，使得她對於未來有著深刻的憂患。對一個有主見也夠剛烈的姑娘來講，不排除在人生被逼至絕境時，她的選擇會很極端；但也說不定會置之死地而後生，打一個漂亮的翻身仗。

她的結局是怎麼樣的？不知道，不知道，唯一可以叫好的是，至少當下，她的不妥協讓自己免於了一場玷汙，至於未來，走著瞧吧，如郝思嘉所言：明天又是新的一天。

平兒：我永遠知道我是誰

一

沒有人會不喜歡平兒，但凡和她打過交道的人，都會喜歡上她。如花似玉，蕙質蘭心，表裡俱美，她是金陵十二釵一干正冊、副冊、又副冊裡最無可挑剔的女子，都說《紅樓夢》裡無完人，平兒就是唯一的一個完人。曹雪芹幾乎是飽含著欣賞憐愛的態度來寫這個人物的，他對平兒，當真句句敬惜。

第四十四回賈璉偷腥，鳳姐潑醋，鬧翻了的兩口子，用尤氏的話說就是：「兩口子不好對打，都拿著平兒煞性子。」鬧劇的男女主角竟然都拿不相干的平兒出氣，一塊打她。平兒委屈地哭，哭得「哽咽難抬」。「哽咽難抬」，這才是平兒的哭法，她不會像鳳姐那樣撒潑乾號，也不會像黛玉那樣悲戚抽泣，她是連抽泣都要盡力克制的，把無法宣洩的憤和怨哽在喉嚨處，抽噎得連頭都抬不起來。

好姑娘不愁沒人愛

　　這一回的回目很顛覆:「喜出望外平兒理妝。」平兒受了那麼大委屈,怎會還有「喜」可言 —— 喜的是那位「無事忙」的怡紅公子。經這一鬧,他居然得以親近了平兒。

平兒：我永遠知道我是誰

寶玉把平兒拉到怡紅院，替璉鳳二人向平兒道了歉，又建議平兒再打扮打扮，順理成章地伺候平兒理了妝：又是遞茉莉粉，又是呈玫瑰胭脂，還給她鬢上簪了枝並蒂秋蕙。平兒走後，他「歪在床上，心內怡然自得」，小少年美滋滋，一副心滿意足的模樣。

平兒向來自重，因為她既是賈璉的愛妾，又是鳳姐兒的心腹，她很知道自己的身分，懂得避嫌，平日輕易不與寶玉親近；在寶玉眼裡，平兒是個「極聰明極清俊的上等女孩兒，比不得那起俗蠢拙物」，卻苦於無從接近，「深為恨怨」，這回終於得逞了，不喜出望外才怪！

在伺候理妝一償夙願之後，趁著襲人不在，寶玉竟然還為平兒傷感地哭了一場。因為他忽又思及平兒身世可憐，「比黛玉猶甚」，便自作多情地給平兒熨燙弄髒了的衣服，疊好；洗淨她留有淚痕的手絹，晾上。這般勤獻的，有明有暗，有始有終。

平兒的身世也的確堪憐，她本是鳳姐的陪房丫頭，連她在內一共四個，死的死，嫁的嫁，只剩了她一個。她好像是個孤兒，沒有親人，襲人過年還能回家看看，她卻無處可去，這也是她死心塌地跟著鳳姐的原因之一。

鳳姐似乎也待她不薄，讓她做了賈璉的妾，與自己共事一夫。

真相全然不是這麼回事。

對這段來歷知根知底的興兒說，鳳姐給賈璉納妾，「一則顯他賢良名兒，二則又拴爺的心，好不外頭走邪的」。鳳姐的想法很天真：她以為在家裡把賈璉餵飽，他就不會出去打野食了。她還真是不了解賈璉。

她也心虛：按賈家的規矩，爺們未娶親之前，屋裡會先放兩個通房大丫頭，賈璉也不例外。鳳姐過門之後，找碴讓她們都「開路」了。別人先

不用說什麼，自己臉上就先過不去，按古代婦德標準，這是女人好妒的表現，屬德行有虧。既然遲早短不了要納妾，不如納個自己人，也放心，鳳姐就盯上了平兒，讓她做房裡人，以圖把場面交代過去。她先是好言誘惑，平兒原先不依，她立刻翻臉，說平兒「反了」——軟硬兼施，強逼平兒就了範。

這是鳳姐使的障眼法：讓平兒做妾，就是讓她擔個虛名。鳳姐防平兒和賈璉像防賊一樣，兩人一兩年才能相聚一次，還要被鳳姐「口裡掂十個過子」。賈璉為此多有怨言。

好在平兒於此事不會太在意，用興兒的話說就是：「那平姑娘又是個正經人，從不把這一件事放在心上，也不會挑妻窩夫的，倒一味忠心赤膽伏侍他，才容下了。」

讓陪房丫頭做妾，在《紅樓夢》裡還有一例，就是「心中的丘壑經緯，頗步熙鳳之後塵」的夏金桂。她也是為了絆住薛蟠、擺布香菱，讓自己陪嫁的丫頭寶蟾做了妾，結果引狼入室，寶蟾竟不是個省油的燈，「不肯低服容讓半點」，撒起潑來滿地打滾尋死覓活，刀剪繩索無所不鬧，家裡雞犬不寧。兩相比較，得了平兒，真是鳳姐的造化，連寶玉都感嘆：「賈璉之俗，鳳姐之威，他竟能周全妥貼。」平兒善解人意，將這爺和奶奶二位伺候照料得舒舒服服。正是靠她的容讓隱忍，三人行的小日子才大體上過得風平浪靜。

當然了，這種微妙的角色，可不是人人都能扮演好的，太強了固然不行，太弱也無法生存。夾在賈璉與鳳姐這赫赫揚揚的一對活寶中間，平兒也練就了一身騰挪閃展的功夫。

面對「唯知以淫樂悅己」的賈璉，平兒盡量躲避他，不與之獨處。他在屋裡，她就去窗外，並振振有詞，「難道圖你受用一回，叫她知道了，

又不待見我」；面對捕風捉影陰陽怪氣的鳳姐，氣本就不打一處來的平兒毫不嘴軟，「別叫我說出好話來了」，摔了簾子甩臉子。賈璉說「我竟不知平兒這麼利害，從此倒伏他了」；鳳姐也無可奈何，因為「天下逃不過一個理字去」，別把人逼急了，平兒也是有脾氣的。

二

在小家裡搞得定，在大家裡也玩得轉。李紈說平兒是王熙鳳的一把「總鑰匙」，意即鳳姐離不開平兒。要管好府裡冗雜的事務，鳳姐就是長八隻手也忙不過來，多虧平兒從旁協助，才有她的斐然政績。能幹的CEO，再配上一個得力助手，真是如虎添翼。

雖然身為奴才協理治家，但是兩府上下，有誰能挑出平兒的一點不是來？在關係錯綜複雜的賈府，眾口難調之下做到人人認可，其情商之高絕不在寶釵之下，寶釵也總是當面背後地誇她，「百裡挑一」、「是個明白人」，與之惺惺相惜。

府裡上至照應主子，下至鎮撫奴才，出則迎來送往，入則分發月錢，更別提賈府裡向來重視的各種節氣，一年總要置辦各種應景物件及慶祝安排，要管好這一大攤子，鳳姐的操勞有目共睹。實則平兒也是忙得腳不沾地，操的心一點也不比鳳姐少。府內諸事，沒有她不知道的，甚至於姑娘們房裡每月二兩銀子的脂粉頭油支出，其中的來龍去脈，她都能說得頭頭是道。

她不僅僅是鳳姐的「總鑰匙」，也是鳳姐的喉舌和眼睛。常常代鳳姐發號施令，身為「欽差大臣」，眾人見到她無不恭敬有加；鳳姐偶或有一兩處看不明白的，她總能及時點醒。有一陣子，老有幾家僕人不時來奉承

鳳姐，又是送禮又是請安，鳳姐一頭霧水，還是平兒一語點醒：金釧兒不是死了嗎？剛好騰出一個位置，這幾家人的女兒都在王夫人屋裡，是急著想頂這個空缺呢。鳳姐這才恍然大悟。可見平兒也是個「水晶心肝玻璃人兒」，什麼也瞞不過她。

鳳姐初見秦鍾，未來得及備禮。平兒知道鳳姐與秦可卿關係厚密，便自作主意，拿了一匹尺頭、兩個「狀元及第」的小金錁子讓人送了過來，「鳳姐猶笑說太簡薄等語」，可見這份見面禮實際十分不薄，令鳳姐頗有面子。雖是一件小事，平兒的心思活、會辦事可見一斑。

平兒對鳳姐十分忠誠，凡事都替鳳姐著想，按理說她與鳳姐共事一夫，多少存在著天然的競爭關係，但是在她心裡，她始終是鳳姐的人，不是賈璉的。鳳姐拿公款私自在外放利錢，送利錢的人來時，正逢賈璉在家，平兒忙在外屋攔住，對裡屋打了個馬虎眼瞞過去了，絕不讓賈璉知道。不得不讓人覺得：平兒愛鳳姐，比愛賈璉多。

主僕齊心，其利斷金。這一主一僕，相得益彰，一個精明強幹，一個通透婉轉，靠著自小培養出來的默契，齊心協力把榮國府治理得井然有序，比寧國府不知強出多少倍。曹公忍不住誇：「金紫萬千誰治國，裙釵一二可齊家。」

不過，二人的管理風格卻大相逕庭。鳳姐是強勢的鷹派，以嚴厲著稱，對犯錯的下人動輒「攆出去」、「打四十板子」；平兒是溫和的鴿派，「小的們凡有了不是，奶奶是容不過的，只求求他去就完了」。她待人寬和，對犯錯的奴才們，以教育為主，目的是讓他們接受教訓以不再犯，這麼做往往會收到更好的效果。

第六十一回，王夫人屋裡丟了瓶玫瑰露，鳳姐的做法是：「依我的主

意,把太太屋裡的丫頭都拿來,雖不便擅加拷打,只叫他們墊著磁瓦子跪在太陽地下,茶飯也別給吃。一日不說跪一日,便是鐵打的,一日也管招了。」手段狠毒。平兒猜出此事是彩雲所為,便將她叫來,並不點破,曉之以理動之以情地旁敲側擊,終於讓彩雲慚愧地認了錯。寶玉要跳出來兜攬,平兒便順水推舟地把案結了。鳳姐不依,平兒卻認為,「得放手時須放手」,要少與人結怨。

有個小廝母親病了,來找平兒請假,平兒有難處,但最終還是允了:「明兒一早來。聽著,我還使你呢,再睡的日頭晒著屁股再來!」小廝歡天喜地地回去了。對待煩人的年輕下屬,平兒的巴掌總是高高舉起,輕輕放下,所以,他們在背後,都親切地管她叫「平姐姐」。

這位平姐姐,也並不只會一味送人情做好人,她可是個有主心骨的人。辦事有自己的獨立判斷,不會人云亦云,什麼都逃不過她那一雙黑白分明的秋水眼。

她批評那些在背後攛掇趙姨娘去拆探春臺的人,說她們鬧過頭了,大家都往趙姨娘身上推,深諳人性的平兒卻說:「罷了,好奶奶們。『牆倒眾人推』,那趙姨娘原有些倒三不著兩,有了事都賴他。」趙姨娘的口碑很差,是陷在汙泥裡的人,誰都可以去踩上一腳,但是平兒並不聽信眾人的誣賴,她清醒而自律,從不隨便欺負人,一便是一,二便是二,替可憐的趙姨娘說了句公道話。

茯苓霜事件,管廚房的柳嫂子因受了牽連剛被關起來,管家婆子林之孝家的便讓秦顯的女人接手。原來,這秦顯家的便是司棋的嬸娘,司棋曾因一碗燉雞蛋與柳嫂子大動干戈,此次純屬公報私仇。平兒得知後,一語雙關地笑道:「哦,妳早說是她,我就明白了。」又笑著對林之孝家的說:

「妳派得太急了。」然後馬上叫秦顯家的捲包走人，讓蒙冤的柳嫂子官復原職，將司棋氣了個倒仰。平兒彎彎的笑眼背後，是一顆明察秋毫的心，誰也別想在她面前弄鬼，她也有膽量維持公正，不讓小人得逞，管叫邪不壓正。

除了做好自己的本職，她還時時留心鳳姐工作中的疏漏，發現問題及時補臺，就算受點委屈也不計較。探春理家要拿鳳姐開刀立威，連珠炮式地指責平兒「你們奶奶」如何如何，平兒一一替鳳姐承擔的同時，也一樣樣地替鳳姐解釋：她既不奉承三姑娘，也不說自家奶奶才短想不到，更未曾唯唯諾諾；橫豎三姑娘一套話出，她就有一套話進去；總是三姑娘想到的，她奶奶也想到了，只是必有個不可辦的緣故，不亢不卑間還不忘緩和拉近彼此的關係。一番話下來，說得探春沒了脾氣，連寶釵都忍不住要瞧瞧她的「牙齒舌頭是什麼作的」。

她表現得有理、有利、有節，對答如流，語氣懇切。如果沒有一顆對主子的赤膽忠心，她大可以置身事外，只做傳聲筒即可，沒必要捨身為鳳姐辯解；如果沒有一顆圓融的七竅玲瓏心，斷無法應對如此敏感微妙的局面，弄不好既壞了事，還裡外不是人；同樣，如果沒有一顆思辨清晰的責任心，對家族事務糊里糊塗，也不會說起話來頭頭是道，無懈可擊。這一切，也只有冰雪聰明的平兒能達到。

三

平兒的頭腦和才能有目共睹，但是最難得的是她的正直、善良和為人處世色色替他人考慮得周全。

對因幾把古扇就坑得石呆子家破人亡的賈雨村，她咬牙切齒痛罵；

對沒有冬衣的窮人家女兒邢岫煙，她憐愛有加，主動送給岫煙一件大紅羽紗的雪褂子；

對來打抽豐的劉姥姥，她十分體恤，臨走還偷偷贈予劉姥姥不少衣物，別人給東西都是居高臨下地給，只有她說「妳要棄嫌我就不敢說了」，這才是真正的尊重；

對被鳳姐百般折辱的尤二姐，平兒背地裡雪中送炭地送飯接濟，為此還捱了鳳姐的罵，連尤二姐死後的發喪銀子也是她出的；

發現了賈璉藏在枕套中的一綹青絲，這可是他在外偷腥的罪證，讓鳳姐知道了可不得了，平兒取笑歸取笑，還是偷偷替他藏了起來，讓他躲過一劫；

她的蝦鬚鐲子被盜，因為做賊的是寶玉房裡的丫頭墜兒，她怕傷了寶玉的面子，對鳳姐謊稱是自己丟在草根底下了，悄悄將此事掩蓋了過去；

玫瑰露事件，她知道彩雲背後的主使是趙姨娘，卻說，「如今便從趙姨娘屋裡起了贓來也容易，我只怕又傷著一個好人的體面……我可憐的是她，不肯為打老鼠傷了玉瓶」，一面說，一面伸出了三個指頭——她指的是三姑娘探春，思慮周全之後，她不戰而屈人之兵，將此事圓滿化解。

就是靠著這種真誠善良的為人，她的人緣非常好。和她好的，上有尤氏、李紈、探春、寶釵、黛玉等主子；下有襲人、琥珀、麝月、紫鵑、彩霞等大丫鬟。人人都願意和她說知心話，她是她們最信任的姊妹淘。

做好人難，做聰明人更難，做一個聰明的好人難上加難。平兒做到了。

有才的人大多都狂，特別是那些起點偏低的人，有點成就後難免會沾沾自喜，再加外界他人的追捧，一時忘情飄飄然也是尋常。平兒的最可貴之處在於，即使憑藉實力才幹到了半個管家的份上，她也從不託大，從不倨傲。

好姑娘不愁沒人愛

因為身分特殊，眾人常不免奉承她，平兒總是以禮相待。環境的力量很可怕，換一個人，這樣經年累月下來，想不拽都難。秋紋、司棋乃至玉釧兒之流，自己就是奴才，可是使喚教訓起年老的嬤嬤、年幼的小丫頭們頤指氣使，自覺高人一等。若是她們到了平兒的位置，不知會得意忘形成什麼樣子呢！

第五十五回，平兒在議事廳外等人去請寶釵，那些媳婦們巴結平兒，用手帕揮石磯，叫平兒坐，又來了兩個婆子拿個坐褥鋪下，平兒的表現是「忙陪笑道：『多謝。』」又有人獻茶，平兒「忙欠身接了」。兩個「忙」的小細節，顯示出了平兒為人處世的修養，面對別人的禮敬，平兒總是以禮還敬。怪不得下人們愛戴她，因為從她那裡，能得到上層裡其他人從不給予的尊重。

寶玉過生日，平兒按規矩過來磕頭，襲人說今天也是平兒的生日，眾人詫異怎麼從未聽說過，平兒說「我們是那牌兒名上的人」，生日悄悄過去就好了。

她從來不過生日，因為被說了出來，下人們自然爭著給這個大紅人拜壽。先是柳嫂子，一個頭就磕了下去，「慌的平兒拉起他來」，她是真心覺得自己受不起。緊接著，送禮的人絡繹不絕，上中下三等家人連三接四地來拜壽。面對這些人，「平兒忙著打發賞錢道謝，一面又色色的回明鳳姐兒，不過留下幾樣，也有不收的，也有收下即刻賞與人的」。對鳳姐的畢恭畢敬，對下人的禮數周到躍然紙上。她還不貪圖財物，象徵性地收幾樣，這些說不定還不夠她打賞的呢！哪怕是探春等要替她過生日，她也不會得意忘形，「忙了一回，又直待鳳姐兒吃過麵，方換了衣裳往園裡來」。伺候完了主子，這才去赴自己的生日宴。

和寶玉一天生日的奴才還有四兒,她可不是這個說法,她說:「同日生日就是夫妻。」因為這句話,她後來的結局很慘——所以,任何時候,低調點總是沒錯的。平兒從來不犯這等低級錯誤。

在六十二回,平兒還說過一句治家名言:「大事化為小事,小事化為沒事,方是興旺之家。」單此一點,她的心胸見識便遠在鳳姐之上。

李紈曾經半真半假地開玩笑說:鳳姐給平兒拾鞋都不配,她們兩個該換一下位子才對。其實,這是李紈的真實看法,在書裡有好幾處展現。有一次同桌吃螃蟹,她愛憐地攬著平兒說:「可惜這麼個好體面模樣兒,命卻平常,只落得屋裡使喚。不知道的人,誰不拿妳當作奶奶太太看。」不是她存心挑唆人家主僕關係,這是真的。劉姥姥初進榮國府,一見平兒的容貌氣質,以為她是鳳姐,差點口稱了「姑奶奶」。

李紈是個寡婦,守著幼子過日子,身邊沒有一個得力的人,心中孤苦。她曾流淚說亡夫的小妾們若有一個能守得住,她倒「有個臂膀」。所以,對於擁有平兒還不知珍惜的鳳姐,她又羨慕又忌妒又不平,有機會總想著替平兒撐撐腰出出氣,打壓打壓鳳姐兒的囂張氣焰。

李紈說那些話時,眾人一笑而過,鳳姐也不在意。平兒聽得懂,卻只笑著說:「我禁不起。」

她的身分是硬傷。

她是低人一等的奴才,這刻在身上的烙印,像胎記一樣與生俱來。王夫人拿著繡春囊來找鳳姐,一進門就喝道:「平兒出去!」可見在真正的主子們眼裡,她就是個被呼來喝去的奴才而已。

論身分,她也許真的禁不起;可是論人品,她完全受得起。她的心地、頭腦、見識、為人,樣樣出眾,這些足以抵償她出身低微的缺憾。

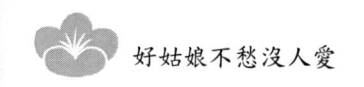

她說：「我禁不起。」這句話，是表示她認命。

襲人不認命，有「爭榮誇耀之心」；晴雯不認命，臨死都不服；四兒不認命，變著法兒籠絡寶玉；五兒不認命，一心要進怡紅院當差；司棋不認命，與表弟潘又安私訂終身；鴛鴦不認命，就是剃了頭髮做姑子去也不給糟老頭子賈赦做小老婆。

她們都有要把握自己命運的渴望，這值得肯定。

不認命不是一件壞事，但是認命卻也不見得就不好。

平兒無法選擇自己的出身，時代所限，她也無從走出家門改變自己的命運。她被鳳姐連結，不得已與之休戚與共；她被迫給賈璉做妾，但這位花花大少卻「並不知作養脂粉」，平兒從他那裡也得不到多少溫暖。饒是這樣，她也從不抱怨，而是順從命運的安排，欣然充實地度過每一天。多栽花少栽刺地聰明做人，盡心意盡氣力地踏實做事，笑意盈盈、隱忍低調地與生活做著各種周旋，甘苦自知，卻不與人言。

心高的人，因為不滿足，所以不容易幸福；認命的人，有時候因為不爭不搶，隨遇而安，韜光養晦不折騰，命運反而會給予他們一份額外的獎賞。

在八十回後的情節中，鳳姐被休之後，平兒被賈璉扶了正，也算是眾望所歸。其實這些暗示在書中早有多處，不是連鮑二家的都曾建議賈璉，等鳳姐死了就把平兒扶正嗎？平兒是曹雪芹極為憐愛心疼的人物，大概他也不捨得讓她一直委屈，做受人驅使的奴才，徒有虛名的妾。

平心靜氣地接受現實，心平氣和地為人處世，平淡平穩地經營生活，雖只是丫頭，在光彩上卻與鳳姐平分秋色，在品行上足以與之平起平坐，這個有著平衡之美的女孩，她叫平兒。

四

　　平兒的品性離不開後天的環境鍛造，尤其與鳳姐有關。她自小跟著鳳姐長大，性格強勢、臉酸心硬的鳳姐，不會容許她有自己的個性，所以平兒一早就學會了逆來順受；鳳姐的精於算計、精明果敢令她心悅誠服，潛移默化間，平兒也成長飛快。鳳姐自信滿滿地忽悠小紅跳槽時曾說：「妳明兒伏侍我去罷……我再調理調理，妳就出息了。」可見「強將手下無弱兵」，平兒跟了鳳姐一場，「出息」就是最大的福利；至於鳳姐的虛榮要強、陰狠歹毒，以及由此而產生的負面因素，她也都看在眼裡，聰明如她，自然會從中吸取教訓，加以自戒，正所謂青出於藍而勝於藍。

　　若是生在今天，平兒無論從事哪個行業，以她的睿智才幹、為人處世，都不會是平庸之輩。

　　《紅樓夢》包羅永珍，想要從中讀取職場祕籍，推薦先看平兒。看懂了平兒，就明白了職場。職場中絕大多數人都無背景無後臺，沒實力「拚爹」，要靠自己經營打拚。在這一點上，無依無傍的平兒與常人最為接近，所以，她的成功對人們更有可借鑑性。

　　她成功的關鍵在於，她知道自己是誰，總能找得準自己的位置，清楚自己該扮演什麼樣的角色，所以，她總能得到上司的持續信任。

　　比如：探春理家時，殺雞給猴看，故意讓平兒可憐巴巴地站半天。平兒心知肚明，有心配合，故意做小伏低，上前挽袖卸鐲，伺候探春洗臉更衣，還有意替探春訓斥下人，讓探春擺足了小姐架子。這次「演出」很成功，明著是探春立威，其實真正的主角是平兒，是她的乖巧伶俐成全了探春。大家都是聰明人，聰敏如探春，會記著平兒的好的。

　　鳳姐打了她，賈母叫鳳姐跟她賠不是。當著眾人的面，平兒卻主動走

上去給鳳姐磕頭：「奶奶的千秋，我惹了奶奶生氣，是我該死。」鳳姐兒羞愧落淚時，她又說：「我服侍了奶奶這麼幾年，也沒彈我一指甲。就是昨兒打我，我也不怨奶奶，都是那淫婦治的，怨不得奶奶生氣。」沒有得理不讓人，而是設身處地地理解鳳姐，替鳳姐開脫，顯得她又賢惠又識大體。鳳姐聽了能不感動？眾人看在眼裡怎會不嘆服？這一行為又為她加了不少分。表面上看，她是受了委屈吃了虧，然而她卻以退為進，賺足了人心。

人在成功之後，很容易被勝利衝昏頭腦。許多費盡周折好不容易才小有成就的人，常常會莫名其妙地栽了跟頭，丟了前程。究其原因，多半是因為他們忘乎所以，做出了令上司不滿甚至不安的舉動。

即使面對最熟悉的鳳姐，平兒也絕不逾禮。有一次她伺候鳳姐吃飯，兩人打趣笑謔間，後者對她說：「過來坐下，橫豎沒人來，我們一處吃飯是正經。」平兒便恭敬不如從命。曹雪芹在此寫了一個小細節：平兒不是大喇喇地上炕坐著去吃，而是「屈一膝於炕沿之上，半身猶立於炕下，陪著鳳姐吃了飯，服侍漱盥」。

看，這就是平兒，無論何種境況下，她永遠都知道：我自己是誰。因此，她笑到了最後，也笑得最好，一直到高鶚續寫的最末第一百二十回，她還在，好好的。

晴雯：躺著也中槍

一

　　晴雯死了，她孤獨地死在一條冰涼的土炕上，怡紅院裡那些熱鬧事再也沒她的份了，可惜了。

　　臨死那晚，她直著脖子喊了一夜的「娘」，不是「寶玉」。

　　一個生命的逝去，對於人丁眾多的大觀園來說，實在算不了什麼。晴雯的死，頂多是給了寶玉一個舞文弄墨的機會，寫了一篇辭藻堆砌的誄文，然後和林黛玉從文藝審美的角度探討推敲了一下遣詞，引得黛玉兔死狐悲。人們再不肯輕易提及晴雯，她被人們心照不宣地忘記。

　　風依舊吹，花依舊開，雨依舊下，月依舊圓。

　　人們該幹嘛還幹嘛。

　　但是她畢竟「原是跟老太太的人」，王夫人終究得給賈母個交代，含糊其辭地輕帶一筆過去，說晴雯「不大沉重」，頗有「莫須有」之風。然後說「若說沉重知大禮，莫若襲人第一」，趁機推薦自己內定的花姨娘，別忘了，襲人原也是老太太屋裡的，若說前面攆晴雯是傷了老太太的面子，而推薦襲人恰是抬老太太面子，一負一正，恰好抵消。晴雯之冤就此靜靜蓋過。

　　王夫人拿襲人和晴雯做對比，說襲人沉穩守禮，卻不知襲人早在第六回就跟寶玉初嘗雲雨，是典型的「悶騷」；晴雯表面上輕浮騷躁，可實際上就是一不解風情的傻丫頭。寶玉叫她一塊洗澡，她笑著忙說：「罷，罷。」更不會故意討寶玉的好。跌了扇墜子寶玉說她幾句，她比寶玉跳得還高，不會像襲人那樣忍辱含氣，更不會雨打梨花地裝可憐。平日只知一味橫衝

139

好姑娘不愁沒人愛

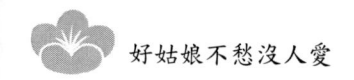

直撞,把人得罪光了都不知道。

她一直拿怡紅院當自己家,所以才任性妄為,直到被一棍子打醒:「不料痴心傻意,只說大家橫豎是在一處。不想平空裡生出這一節話來⋯⋯」

晴雯：躺著也中槍

等她醒悟，已經晚了。

想當初她上一回生病，何等尊貴。「三四個老嬤嬤放下暖閣上的大紅繡幔，晴雯從幔中單伸出手去。大夫見這隻手上有兩根指甲，足有三寸長，尚有金鳳花染的通紅的痕跡，便忙回過頭來。有一個老嬤嬤忙拿了一塊手帕掩了。」嚇得太醫以為她是位小姐。藥方是寶玉反覆確認的，藥也是放在寶玉屋子裡煎的，唯恐有一點差池。李紈派人來說，怕她是癆病，讓她出去，別傳染了主子。結果她大喊起來，大意是：我根本就沒得瘟病，憑什麼說我傳染！我走就走，有本事你們一輩子都別有點頭痛腦熱！結果，一語成讖，她最後堂而皇之被攆的理由正是說她得了癆病。上一次讓她出去的主子是李紈，她沒走成；這一次換了王夫人，她就沒那麼好運了。這麼寫僅僅是湊巧嗎？

她的智商和小紅根本沒法比，小紅早都看得透透的：千里搭涼棚，沒有不散的筵席，不過三五年的光景，誰還守誰一輩子呢？小紅很懂得及時調整目標，調轉方向，早早地為自己尋好了退路和歸宿。

晴雯終於後悔說早知今日擔了個虛名落到如此境地，不如早做打算，這打算說白了就是抱住賈母的大腿，也謀個姨娘噹噹，不像如今叫天天不應，叫地地不靈。

如果當初她善於發揮自己的特長投賈母所好，比如利用自己的女紅優勢，多為賈母繡上些小玩意討賈母喜歡，時不時託鴛鴦去問個好請個安，想方設法多露臉兒，在賈母心裡站住一錐之地，足矣。事到臨頭，賈母怎會不為她多說句話？她說自己「閒著還要作老太太屋裡的針線」，多半是託詞，並沒真的做，看她那留了三寸長的紅指甲，像是做事的嗎？

她鄙視一切討主子喜歡的行為，對於那些有事沒事往主子跟前湊的人，

141

好姑娘不愁沒人愛

　　她一律嗤之以鼻：暗罵襲人，挖苦秋紋，譏諷小紅——都打這上邊來。自覺行得端走得正，活得理直氣壯，卻不知：自己一直都走在懸崖邊上，一不小心便跌得粉身碎骨。心比天高，卻忘了身為下賤，奴才的命向來由不得自己，主子想要她的命，比捏死一隻螞蟻還容易。

　　不過是一個從小沒了爹娘的女奴，幸而標緻伶俐，小嘴爽利、能幹靈巧、女紅一流，就被當小寵物一樣，被頭一個主人送給了第二個主人，是惹人喜歡，卻沒人真心疼惜。美麗靈巧、爽利能幹是她行走於這世間的資本，她以為有這兩樣就足夠了。她對未來的期許，就是老死在怡紅院，順便也能賺上一個月二兩銀子的份例。

　　她不知道的是：即使她拿上了份例當上了姨娘，她的日子也不見得會好過，就算賈母肯罩著她，等老太太一死，她照樣得掉到王夫人手裡。

　　想要平安度日，除非讓王夫人永遠別看到她。

二

　　王夫人忌憚一切頗有姿色、愛和寶玉調笑的丫頭，覺得她們都是來勾引、調唆寶玉學壞的。

　　金釧兒，開玩笑叫寶玉去看賈環和丫頭的好事，王夫人一個嘴巴子扇過去：「下作小娼婦，好好的爺們，都叫妳教壞了。」當即被攆，再苦求也沒用，趕了出去，逼得金釧兒跳了井。

　　說芳官：「唱戲的女孩子，自然是狐狸精了⋯⋯妳就成精鼓搗起來，調唆著寶玉無所不為。」

　　罵四兒：「難道我通共一個寶玉，就白放心憑你們勾引壞了不成！」

　　金釧兒事件時，曹公用第三者的口吻說她「今忽見金釧兒行此無恥之

事,此乃平生最恨者」,到了晴雯那兒,乾脆讓她自己說話:「我一生最嫌這樣人」⋯⋯

因為王夫人在這上面吃過大虧:趙姨娘的前身就是賈府的丫頭,一個水靈標緻、掐尖要強的丫頭。

正是趙姨娘的出現,毀了王夫人與賈政舉案齊眉的夫妻之樂。王夫人和趙姨娘之間的仇恨,是女人之間不可調和的敵我矛盾。

「一朝被蛇咬,十年怕井繩」,因此,都攆出去,寧可錯殺一百,絕不放過一個。

攆她們都有根有據:她親耳聽到了金釧兒跟寶玉嘰嘰咕咕了些不堪入耳之話;也有話質問四兒:「他背地裡說的,同日生日就是夫妻。這可是妳說的?」

對芳官時同樣有話說:「妳還強嘴。我且問妳,前年我們往皇陵上去,是誰調唆寶玉要柳家的丫頭五兒了?」

這些都是鐵證,她們沒法抵賴,可以拿到桌面上講的。

唯獨到晴雯這裡,這些類似的證據她一概沒有,只憑藉見過人家兩次印象不好,外加別人三言兩語,便將之不顧死活地拖出去,實在與王夫人素日憐貧惜弱的為人不符。

寶玉也實在是想不通,他痛哭流涕,說不知晴雯犯了何等滔天大罪,想來想去只有一種解釋:「想是她過於生的好了。」

這解釋太牽強,生得太好賈府裡就容不下了?

在七十四回裡,王夫人談及家裡每況愈下時,還感嘆說如今連丫頭們的品貌水準都降低了,像「廟裡的小鬼」。因為太美而被開除的理由根本站不住腳。

好姑娘不愁沒人愛

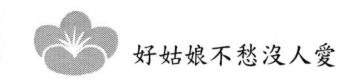

不是因為晴雯長得太美，是因為她長得太像一個人。

她像年輕時候的趙姨娘。

三

書裡雖然從未正面提及過趙姨娘的長相，處處是對她平日行事舉止的惡劣描畫，然而關於她的美貌仍然有跡可循。

她的親生女兒，探春就生得很美，被小廝們私下稱為「玫瑰花」。「削肩細腰、長挑身材、鴨蛋臉面、俊眼修眉……」試問女兒如此，母親醜得了嗎？

削肩細腰，可是當時人們對女人身材的審美標準。書裡明說還擁有這種身材的，只有晴雯。

晴雯的身材與探春是同一版，而探春的削肩細腰多半是遺傳自其母。說白了，晴雯的嫋娜身形酷似當年的趙姨娘。

晴雯被王夫人開始盯上，是源自王善保家的告黑狀。在那一節裡，重點是一而再地提到王夫人想起「往事」。「往事」是指什麼？當然是暗指與趙姨娘有關的往事。

第一次：本來王夫人一開始對王善保家的話很不以為然，認為丫頭們輕狂情有可原：她們是伺候主子小姐的，原比別人嬌貴些，還替她們說話呢。等到王善保家的一提晴雯平日的模樣做派，王夫人就「猛然觸動往事」，便問道：「有一個水蛇腰、削肩膀」，首先特別提到這幾個字，可見她對這種削肩細腰的女孩子有多敏感。便命把晴雯找來，一見對上號了，果然就是她：「好個美人，真像個病西施……」

第二次:「今既真怒攻心,又勾起往事」,注意,用「勾起」當然是指較久遠的事,這「往事」即指當初趙姨娘就是靠這副慵懶嬌俏的模樣迷惑了賈政。不想如今自己的親兒子寶玉身邊也多了一個這樣的丫頭,怎不叫人鬧心。不愧是父子,骨子裡都好這一款。

　　寶玉是她最後的依託,絕不能叫歷史重演,否則後患無窮,她已經失去了丈夫,不能再失去兒子。於是新仇舊恨一起湧上,一向吃齋念佛樂施好善的人也不說積德了,把晴雯從病榻上拉下來拖出去,只撂給貼身內衣,其他的好衣服都留給「好丫頭們」穿;死了也不讓她入土為安,燒了。

　　她對晴雯有多狠,就對趙姨娘有多恨。

四

　　除此之外,還另有玄機。

　　王夫人在聽了晴雯述說自己的來歷後,曾說:既是這樣,就等回過賈母之後再處理她。然而事實上,她是先把晴雯拖出去,然後方跟賈母彙報。

　　這種先斬後奏的方式,是一個訊號。意即在寶玉的終身大事上,她不會再任由賈母一手遮天了,就算晴雯是賈母為寶玉選中的姨娘,她一樣有否決權。

　　在跟賈母彙報時,她故意輕描淡寫,話說得委婉得體,把一場公開的叫板行為迂迴粉飾得有禮有節。先說晴雯是生了癆病,為預防傳染要把攆她出去的理由說得很充分,捎帶說她平日「淘氣」、「懶」,點到為止。賈母聽了點了點頭,說自己本來對晴雯的印象很好,預備給寶玉做姨娘的,「誰知竟變了」。「竟變了」這句話是獨立的一句,並不是指晴雯變了,而

好姑娘不愁沒人愛

是指王夫人改變了她最初的打算，含蓄地表達著自己的不滿。王夫人連忙又解釋又奉承說老太太看人的眼光本不會錯，我本來也很看重她的，只是考察了幾年，發現她「不大沉重」，話說得很是懇切，她撒謊，其實她剛知道有晴雯這個人才幾天啊。然後話鋒一轉，用了個「圍魏救趙」，把話題從晴雯成功引至襲人身上，達到了自己的目的。一場原本危險的談話化解得如此不露痕跡，王夫人從容自如，堪稱高手，若換了邢夫人，情形會是怎樣都不敢想像。

賈母很傻嗎？這個老太太，是揣著明白裝糊塗。讓人覺得晴雯雖好，賈母卻並沒真拿她當自己人看。

人家賈母的自己人，是自己的嫡親外孫女兒林黛玉。寶玉的婚事一直懸而未決，是賈母和王夫人暗自較勁的結果。王夫人和元春母女中意寶釵，而老太太卻擺明了要為黛玉「保駕護航」，雖然元妃貴為皇妃，但是懾於賈母威嚴，並不敢明言，老太太便也裝作不知道，在各種場合公開撮合寶玉和黛玉，為他們兩個的結合造勢。而榮國府未來的女主人，也直接關乎這個家裡下一步的權力格局，細說起來竟是十分複雜。

賈母和王夫人，表面上媳孝婆慈，實則各懷心事。邢夫人要替賈赦討賈母的貼身丫頭鴛鴦做妾，賈母在罵了邢夫人之後，突然向王夫人發難，這是在敲山震虎；這一次，是王夫人借晴雯之事，向賈母申明自己的主權。

晴雯被攆，賈母也許已經知道，但她愣是不聞不問，沉著性子等王夫人解釋，並對王夫人的決定舉雙手支持，顯得極為大度。

真正的政治博弈高手，不會計較一城一池的得失，他們很會抓主要矛盾。王夫人畢竟是寶玉的正牌母親，寶玉的婚事是繞不過她的，自己樣樣說了算也不大現實，多少也要給王夫人一點置喙空間，方顯得好看。在寶

玉的妻和妾上，如果只能取其一的話，當然是捨晴雯保黛玉。賈母讓這一步，是權衡之後的丟卒保車，以退為進，博得一個寬厚讓權之名。而等到了寶玉的正室人選上，於公於私，她是斷斷不會再讓步了。正如她所言：「幾時我閉了這眼，斷了這口氣，憑著這兩個冤家鬧上天去，我眼不見心不煩，也就罷了。」這表明她是一定要管到底的。

只是可憐了晴雯，太無辜。

五

不要忘了，王夫人在跟王熙鳳提及晴雯「水蛇腰、削肩膀」時後面還緊跟了一句：「眉眼又有些像妳林妹妹的。」身材像了趙姨娘，臉蛋像了林黛玉，正好是她不喜歡的兩代女子的組合，晴雯「病西施」的樣子她怎麼可能會不厭惡至極？

晴雯多麼倒楣，在怡紅院裡活得好好的，沒招誰惹誰，卻「躺著也中槍」。只怪她長得像誰不好，偏偏像了趙姨娘和林黛玉；最無城府心計之人，卻成了家族兩方勢力內鬥的犧牲品。這個美麗的女孩，比竇娥還冤。

曹雪芹多麼狡黠，對於王夫人恨殺晴雯的真實緣由，愣是不肯正寫，當是顧及她大家閨秀的出身和慈愛端莊的面目，也是對原型「不肯為尊者諱」的惻隱之心，只用因晴雯「生得太好」將人輕輕瞞過。他忘了，只要是女人，在婚姻幸福面前，對來分享的第三者，誰都不會真正大度；在事關子女的終身面前，誰都無法置身事外；而在利益身家面前，又有幾人會輕易讓步？這無關時代禮教，無關身分修養，是人的天性使然。

好姑娘不愁沒人愛

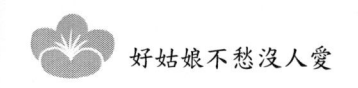

襲人：暗香浮動的占有者

一

襲人和晴雯不同。

晴雯是從一開始就被賈母當作好苗子，刻意植入寶玉生活的，預備將來陪寶玉終老。而襲人，因為她辦事還算可靠，也被指派了過去，更像是賈母發現田畦有一處空缺，就隨意補撒下的一顆種子，起初並不在意，等發現時已根深蒂固。

她像一株不知名的藤蔓植物，不動聲色地延伸、鋪展、攀爬、占據，茂密的葉片間扶疏地開著白花，有幽香，必須湊得很近才能聞見，之後便令人吸毒般欲罷不能。根鬚隱祕地扎進土地深處，絲絲縷縷牽牽絆絆地綑紮住了泥土，如果拔除，疼的一定先是泥土。

那泥土便是寶玉的心。

對寶玉，她首先是在肉體上，再漸漸地到精神上，最後不知不覺嵌入他的生命——直至悉數占有。

第六回，寶玉夢遊完太虛幻境開了蒙，醒來後被她發現，而寶玉一直就喜愛她的柔媚嬌俏，機緣湊巧，兩個情竇初開的少年男女便偷嘗了禁果。有過肌膚之親的人，自然會在感情上比別人更近一層。跟晴雯相比，這件事上襲人的確占了先機。寶玉從此便對她另眼相看，而她伺候寶玉更加用心，並沒有恃寵而驕。

她比他大，比他懂事，便無微不至地照顧著他，體貼著他，包容著他。

襲人：暗香浮動的占有者

　　賈政一叫寶玉過去，襲人便在家坐臥不安，唯恐他受罰，一直「倚門立在那裡」，一直要看到寶玉「平安回來」才作罷。

　　大熱的天，整個大觀園裡鴉雀無聲，大家都在午睡，怡紅院房裡的丫頭們在床上睡得「橫三豎四」，連院子裡的兩隻仙鶴都在芭蕉下睡著了。

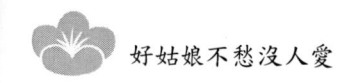

只有襲人，坐在睡著了的寶玉床邊守候，手邊放著白犀麈，趕一種據說會「從這紗眼裡鑽進來」的小蟲子，怕叮了他。

防他晚上睡覺貪涼晾了肚子，那麼大的人了，她愣是要幫他戴上肚兜，他不肯，她便花大工夫為他繡得鮮亮可愛，哄著他戴上。白綾紅裡的材料，鴛鴦戲蓮的圖案，紅蓮綠葉、五色鴛鴦繡得活靈活現，連寶釵看了都忍不住讚嘆，禁不住手癢去繡上兩針。

他惱了，發了少爺脾氣，一腳踢到她吐血，她的「爭榮誇耀之心盡皆灰了」，也不肯埋怨他半句。

她為他真是把心都掏出來了！

特別是第九回，寶玉要上學了，一早起來，看到襲人正坐在他的床邊發呆，他的文具早都收拾得妥妥貼貼了。寶玉以為襲人是怕冷清所以捨不得他走。襲人卻很是知理地說：讀書是好事，不讀書怎麼行？一輩子沒出息。之後，襲人跟寶玉交代了一大通話，口吻令人聯想到諸葛亮的《出師表》：「只是念書的時節想著書，不念的時節想著家些。別和他們一處頑鬧，碰見老爺不是頑的，雖說是奮志要強，那工課寧可少些，一則貪多嚼不爛，二則身子也要保重，這就是我的意思，你可要體諒。」殷殷之情溢於言表：一面希望寶玉好好用功讀書，另一面又不放心，怕寶玉累著。很是矛盾。

書裡寫：「襲人說一句，寶玉應一句。」想像那情景，家常溫馨得幾乎令人落淚。

襲人又交代了生活細節：大毛衣服我都幫你包好了，學校裡冷，不像家裡老有人管你，你自己要記得穿上；腳爐手爐裡的炭我也幫你帶上了，你讓小廝們常添。那一幫懶傢伙，你不說他們就不動，別把你凍壞了——

嘮嘮叨叨千叮嚀萬囑咐。這哪裡是主僕，分明是長姐和幼弟，慈母與獨子。不就是去上學嗎？一會還要回來呢！倒像是要走一年半載似的。彷彿能看到：寶玉走後，襲人一手扶門框，一手搭涼棚，含淚凝望依依不捨，一直到寶玉的背影看不見了為止……

多提一下：寶玉臨走時，當然沒忘了去跟黛玉辭行，那另是一種氣氛——黛玉當窗對鏡理妝，頭都懶得回一下，脆生生地嘲謔道：「好，這一去，可定是要『蟾宮折桂』去了。我不能送你了。」這回可是寶玉嘮叨個沒完：好妹妹，妳要等我放了學回來一塊吃飯，妳的胭脂膏子也等我回來幫妳調……半天才要走，這時黛玉把他叫住了，酸溜溜地刻薄道：你怎麼不去和你寶姐姐辭個別啊？書裡說：「寶玉笑而不答。」這是一種只可意會的甜蜜，迥然於襲人那「令人落淚的溫馨」。

到了第十九回，襲人被母親接回去吃年茶，早上走晚上就回來，不過一天的工夫，寶玉就等不得了，對茗煙說：「我們竟找你花大姐姐去，瞧她在家做什麼呢。」一路騎著馬就找到襲人家去了，唬了襲人一大跳：「你怎麼來了？」寶玉笑著說自己「怪悶的，來瞧瞧妳做什麼呢。」襲人不敢讓他多待，忙讓哥哥把他送回了賈府。他一回來，馬上就派人去接襲人回來。連襲人的母親兄長都能看出：此時的他已經離不開她了。只是他自己還沒意識到。

從賈母屋裡「鋸了嘴的葫蘆」似的的小丫頭珍珠，到怡紅院被寶玉更名為花襲人，擁有了這個曼妙的名字。這個女子，用「潤物細無聲」的方式，她一步一步，穩紮穩打，不知不覺成了寶玉眼裡最不可或缺的人。在暗香浮動間，將寶玉攬入了自己溫暖的懷抱。

好姑娘不愁沒人愛

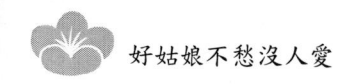

二

　　如果以為襲人只是單憑溫柔就俘獲了寶玉，那未免就把她看得太單純了。「枉自溫柔和順，空雲似桂如蘭」，溫柔和順，似桂如蘭，沒那麼簡單，她還是個占有欲極強的小女人。

　　這怪不得她。出身自小門小戶的女孩兒，從小被賣身為奴，在偌大的賈府裡做小伏低，殷勤服侍主子，早早便體嘗到生存的不易，因此對於自己好不容易打拚得來的東西，便格外看重珍惜，絞盡腦汁地要攢在手裡。

　　她要拿捏的頭一個，自然是寶玉。

　　哄著騙著，嗔著惱著，哭著勸著，用盡了各種辦法，用無盡的耐心教導、引領，無非就是希望寶玉這個小男人能聽她的話，快點成熟長大，早日成為她今生的依靠。

　　從寶玉跑到她家看她那一次，她就知曉了寶玉對她的感情。因此，她便虛設一計，謊稱自己要贖身回家來試探寶玉（其實她早跟家裡說死也不回去了）。寶玉一哭，她心裡就十拿九穩了。用感情做籌碼，拿離開相威脅，叫寶玉依她兩三件事。寶玉慌忙說就是兩三百件他也依。果然，她提了幾條箴規，寶玉都一一答應，藉機約束了寶玉。

　　不想沒過幾天，就發生了一次「梳洗事件」：寶玉竟然賴在瀟湘館和湘雲黛玉玩到很晚才回去，第二天一大早臉都不洗就又跑去了，那二位還沒起床呢。寶玉乾脆就地洗了臉，還讓湘雲幫他梳了頭。等襲人過來看時，一切都搞定了，她轉身就回去了。花大姐姐生氣了：幫寶玉梳洗本是她的特權，怎能假手他人？

　　正逢寶釵過來，明知故問寶兄弟去哪兒了，襲人含笑答道：「寶兄弟

哪裡還有在家裡的工夫！」醋勁十足，那笑想必也是酸溜溜的。接著，她掩飾道：姊妹們和氣，也應當有個分寸，不能這麼白天黑夜地在一起吧？這話深得寶釵之心，於是便開始坐下來，以聊天之名慢慢觀察她。兩個價值觀相近又善於偽裝的女子就此惺惺相惜，心照不宣地結為同盟。

一會寶玉回來，見襲人臉色非常難看，便問她怎麼動了真氣？襲人冷笑道：「我那裡敢動氣！只是從今以後別進這屋子了。橫豎有人服侍你，再別來支使我……」寶玉「深為駭異」，他弄不懂她為什麼生這麼大的氣，連忙勸慰，襲人卻不買帳，寶玉也生氣了。襲人卻並沒因此讓步，再次冷笑：「你也不用生氣，從此後我只當啞子，再不說你一聲，如何？」寶玉氣得說：「我又怎麼了……一進來妳就不理我……只見妳生氣了。」襲人道：「你心裡還不明白，還等我說呢！」兩人就此打了一場冷戰。

冷戰期間，寶玉只叫四兒伺候，四兒見到這千載難逢的機會，趕忙賣弄殷勤，把寶玉籠絡得十分高興，這又給襲人添了點堵，也為後來被攆埋下了禍根。第二天是寶玉主動求和，襲人仍然不依不饒，叫寶玉「睡醒了，你自過那邊房裡去梳洗，再遲了就趕不上」。又冷笑著說寶玉「那邊膩了過來，這邊又有個什麼『四兒』、『五兒』服侍……」寶玉終於讓步了，摔了根玉簪子起誓：「我再不聽妳說，就和這個一樣。」襲人這才轉怒為笑，開始給寶玉梳洗。這一折，她又贏了。

都說黛玉好妒，貌似溫順的襲人姐姐才是真正的大醋罈子呢。更何況她又能軟能硬，一手拿棒一手拿糖，既會轄制又有柔情，更會掌控火候、見好就收，若論馭夫之術，不在黛玉之下。

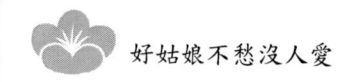

三

愛是自私的。

自從襲人與寶玉在身體上彼此擁有之後,她便將寶玉視作自己的夫婿,對周圍一切適齡女子都存著戒心。寶玉既然會與她越界,當然也有可能與別的女子越界。按她的邏輯:她跟寶玉不算越禮,別人就算。

她要照看好寶玉,不能出了岔子。

表面上樸素隨和的她,再不會讓其他任何女子輕易接近寶玉。怡紅院裡能和寶玉接近的,算過來算過去就只有麝月秋紋那幾個舊人,都是她的心腹,她們把寶玉圍得密不透風,還不忘伶牙利爪地打壓新人。院子外頭的,即使小時候就和她交好的湘雲也不行,心直口快的湘雲曾說:「那會子我們那麼好,後來……把妳派了跟二哥哥,我來了,妳就不像先待我了。」這絕不是湘雲胡說,是事實:襲人跟了寶玉後,對湘雲就有了戒備,自然要疏遠以減少她和寶玉相處的機會。

至於寶玉最愛的黛玉,她又怎麼可能會喜歡?寶黛二人成天在她眼皮子底下耳鬢廝磨,以她的人生經驗推己及人,再這樣發展下去,遲早要做出「不才之事」,真到了那一步,可怎麼好?襲人姐姐都快愁死了。

再者,黛玉的個性又很各色。雖說妻妾不同路,但是既然將來要在一個屋簷下共事一夫,誰願意伺候個一房專寵、小性刻薄的正房奶奶?所以她言語間經常會流露出對黛玉的不滿。相反,寶釵和她很對脾氣,她便成為「擁釵抑黛」一派,對寶釵十分信任,把寶玉的衣服都交給寶釵做。趨吉避凶是人的天性。

等到三十二回「訴肺腑心迷活寶玉」,寶玉把她誤當作黛玉訴說衷腸時,那種不顧一切的衝動把她嚇得魂飛魄散。這種強烈的感情是她未曾經

歷也無法理解的，她只覺得太可怕，怕自己好不容易苦心經營來的局面失控，她需要藉助外部的力量。

於是，在寶玉捱打之後，她才對王夫人說：「論理，我們二爺也須得老爺教訓兩頓。若老爺再不管，將來不知做出什麼事來呢。」這起頭的第一句話，就引起了王夫人的高度重視。

她遠兜近轉地說來說去，只求了一件事：讓寶玉再搬出去住，其實就是把寶玉和黛玉分開，理由是「君子防不然」。她說自己「近來我為這事日夜懸心，又不好說與人，唯有燈知道罷了」，這絕對是真心話。

她自此又進一步，得到了王夫人的徹底信任：我的兒，我就把他交給你了。保全了他，就是保全了我，我自然不辜負你。

想來襲人從王夫人房裡出來的時候，一定是抬頭望天，微笑著長出了一口氣。

不久她就得到了二兩銀子的月例，成了敲定的花姨娘。晴雯只有乾瞪眼的份。

黛玉和湘雲聽說了，兩個天真爛漫的少女，還特特跑來向她道喜。寶玉也喜不自禁：他是真心喜歡她的，願意永遠陷在她的溫柔鄉裡。

這個原本毫不起眼的丫頭，終於憑藉著自己的努力和一點點順勢而為的心計，走到了半個主子的位置，不吭不哈實現了階層跨越式的轉型。

僅僅的一次告密不會成就她的上位，不可忽略了這些年來她的辛勞付出，那是有目共睹的。李紈曾指著寶玉道：「這一個小爺屋裡要不是襲人，你們度量到個什麼田地！」她被提拔後，連薛姨媽都說：「……他的那一種行事大方，說話見人和氣裡頭帶著剛硬要強，這個實在難得。」可見她在大家眼裡，是當之無愧的姨娘第一人選。

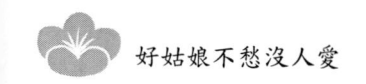

當然,她也有許多短板:大戶人家講究「妻賢妾美」,用納妾的標準看,她不算太美;又不識字、愛嘮叨、死腦筋(跟誰眼裡就只有誰);還疑似耍過心計在背地裡暗算過人。

四

當日晴雯被王善保家的暗算時,書裡明說:「本處有人和園中不睦的,也就隨機趁便下了些話。王夫人皆記在心中。」隨後專門來怡紅院,一氣攆走了三個丫頭:除晴雯外,還有芳官和四兒。

表面上看,丫頭們被攆,是怡紅院之外的人進了讒言所致。

切勿被瞞過。這之後,襲人同寶玉有過一段對話,這段對話非常經典。

寶玉送走王夫人回來,一路上心裡犯嘀咕:「誰這樣犯舌?況這裡事也無人知道,如何就都說著了。」一面想一面進了屋子。這時候,映入他眼簾的是:「襲人在那裡垂淚。」

好戲開始上演,因為女主角已經扮上了。

寶玉這時候也傷心壞了,便倒在床上也哭起來。他是真哭。

襲人知道他別的事上還好,晴雯可是他的心尖尖,便一邊推他一邊勸:先別哭啊,等到太太消了氣再想法子讓晴雯回來就是了。還指了一條路給寶玉:去求老太太。寶玉說了一句:「這也罷了。」表示晴雯之事先放一邊。

咦,他想幹什麼?不是最在乎的是晴雯嗎?看來他是有別的話要說。

寶玉向襲人丟擲了第一個問題:「我們私自頑話怎麼也知道了?又沒外人走風的,這可奇怪。」問得好!王夫人審問四兒時,提的是他們私下裡才開的玩笑「同日生日就是夫妻」。說芳官曾挑唆寶玉要柳家的五兒,

還點明這是前年他們去皇陵上時說的，連時間地點都說得一絲不差。可不就是出了內鬼？而以上提的這些事她襲人都在場，並且能跟王夫人說得上話的也只有她。若說誰是告密者，她的嫌疑很大。

面對寶玉的興師問罪，襲人搪塞道：「你有甚忌諱的，一時高興了，你就不管有人無人了。我也曾使過眼色，也曾遞過暗號，倒被那別人已知道了，你反不覺。」

此刻的寶玉可不是那麼容易糊弄的，不接她的茬兒，又質問她一句：那為什麼太太單單不挑她和麝月秋紋的錯？面對寶玉的步步緊逼，襲人此刻有點慌了，「心內一動，低頭半日，無可回答」，勉強笑著說，說不定是太太這會忙得顧不上，回頭還要找我們的事呢！

得了便宜還賣乖。

這回輪到寶玉冷笑了，挖苦她道：「妳是頭一個出了名的至善至賢之人，她兩個又是妳陶冶教育的，焉得還有孟浪該罰之處！」之後乾脆扯下了襲人的遮羞布，直接道出了那兩個丫頭被攆的真實原因：「只是芳官尚小，過於伶俐些，未免倚強壓倒了人，惹人厭。四兒是我誤了他，還是那年我和妳拌嘴的那日起，叫上來做些細活，未免奪占了地位，故有今日……」寶玉說出這一段往事，襲人無言以對，沒法抵賴，只能是「因嘆道：『天知道罷了。此時也查不出人來了，白哭一會子也無益。倒是養著精神，等老太太喜歡時，回明白了再要他是正理。』」又一次把話題引至晴雯身上，轉移寶玉的注意力。

在這一節，襲人的態度似有似無，很費思索。襲人如果在王夫人面前告過密，那也僅限於四兒和芳官，晴雯之去應與襲人無干，晴雯是老太太的人，襲人不敢輕易下手，在這一點上，寶玉心如明鏡，否則他才不會那

好姑娘不愁沒人愛

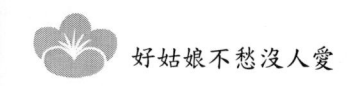

麼容易善罷甘休呢！

也正因如此，襲人在寶玉把晴雯拿海棠花做比時，嘴才那麼硬：那晴雯算什麼東西，她再好，也滅不過我的次序去！不像剛才提及四兒和芳官時那麼心虛了。話說得惡毒露骨，實在與她平日善良嘴拙的形象判若兩人。

不過襲人畢竟是襲人，她擅長的不是鬥狠，是化百鍊鋼為繞指柔。意識到自己的失態，她馬上換上了一副楚楚可憐的表情：想必，是我要死了⋯⋯

寶玉立刻中計：算了不說了，別剛走了三個，又搭上一個。

這正中襲人下懷，她心中暗喜。

寶玉自我寬慰道：從此之後就當她們三個都死了，也省得我掛念了。以前也不是沒死過人，我也沒怎麼樣不是？

雖說是無奈之語，也流露出紈褲本色，他們會為一朵花的凋謝哭半天，對於身邊人因他歷經的劫難卻袖手旁觀。不是他們心硬，是他們對於人生的艱難無從體會，不知道命運的轉折對人來說意味著什麼，自然不會有共情產生。非要等到哪一天輪到自己時，痛苦才會令他洗禮重生。金釧兒曾因他而死，他隨便找個地方撮土為香，拜了拜就心安理得了，愧疚指數低得可怕。

說歸說，心裡還是有些放不下，寶玉又反過來求襲人：能不能把晴雯的東西幫她送點出去，看在你們相處一場的份上？

終於，襲人笑了：你也太瞧不起人了！放心，我會安排送去給她的。你忘了？我是出了名的大賢人啊。

寶玉連忙對襲人「陪笑撫慰一時」，倒像是自己欠了襲人什麼似的，竟把興師問罪的起因給忘了，什麼四兒五兒，芳官臭官，早忘到爪哇國去了。

襲人：暗香浮動的占有者

　　襲人輕輕巧巧，化不利為有利，還倒打一耙，讓寶玉莫名其妙欠了她一個人情。

　　不論智商情商，襲人都吃定了他。

五

　　可是那有什麼關係，他是心甘情願的。

　　對她耍的那些心計，他並非完全不知，卻愣是不肯明說她半句不好。這種密密匝匝牢不可破的感情，類似於親情，親情的本質就是不講理，誰會跟自己的親人太計較？

　　就像他用靈魂愛著黛玉的同時，他現實裡最重要的一塊地方，已經被襲人牢牢占據。他知道自己沒有誰都可以，獨獨不能沒有她，他不能想像沒有她的日子自己該怎麼過。身邊的人一個個消遁，似乎只有她，會永遠站在他身後，勸解著，呵護著，催促著，約束著──占有著他生命的一部分。

　　然而，命運無常，當大廈傾、猢猻散，自保尚無力，更枉談其他。八十回以後，只知道襲人是跟了蔣玉菡，具體過程無考。其實，以寶玉和蔣玉菡的交情，焉知不是寶玉在大難來臨之日，把心愛的女人託付給了自己的朋友？

　　書裡從一開始就交代了襲人的「痴處」：服侍賈母時，心裡眼裡只有賈母一個；跟寶玉時，心裡眼裡又只有寶玉一個。這是曹公留下的一個伏筆：等到嫁了蔣玉菡，心裡眼裡也自然只有蔣玉菡一個了。襲人不是鴛鴦，性子沒有那麼烈，一樣的事情放在鴛鴦面前，是「一刀抹死了，也不能從命」的決絕，換了襲人就是妥協。她是現實主義者，是活在當下的人，不會為了過去就尋死覓活，回憶會令她傷心落淚，擦乾眼淚，她還要愛護如

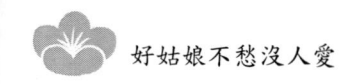

今自己身邊的人。更何況論個性,蔣玉菡應屬食草男系列,是個護花惜花之人,襲人跟了他,也不會受委屈。

襲人的花箋是桃花,上題「武陵別景」,莫非他們最後還真找了個類似武陵世外桃源的地方躲起來隱居了?又說「桃紅又是一年春」,似乎他們過得還很不賴,別說,以襲人的秉性心計,這一點她真能做得到。

這樣的女子能說她不好嗎?外界的道德評判往往會流於膚淺,缺點換個角度看就是優點:低微的出身令她沒有機會念書識字,然而「世事洞明皆學問,人情練達即文章」,自小的歷練令她擁有了一種世俗的智慧;愛嘮叨的本質是愛操心,那種瑣碎的溫暖,是一種異於陽春白雪的家常之美;細挑身材容長臉兒,她的長相也僅屬於中上之列,不會太出眾,卻自有一種「天生成百媚嬌」的女人味,連薛蟠都說她是寶貝。

只有和她共度過的人,才最有發言權,這就是:「堪羨優伶有福,誰知公子無緣。」這不是諷刺,是感嘆。在失掉她之後,寶玉遠遠地悵惘,終生對她念念不忘。

她最終占有的,是他的回憶。

小紅:山不過來我過去

■ 一

大概每個有點志向的人都要經歷一段特別苦悶的時期。

《紅樓夢》第二十六回,小紅滿心鬱悶地拉開抽屜找描花樣子的筆,卻發

小紅：山不過來我過去

現根根都是禿的，彷彿是在映照她那一時期的境遇：處處受挫，處處碰壁。

年齡不小了，已經十七歲，在怡紅院裡，還做著最底層的工作，大丫鬟們誰都可以隨便指派她。好事都是別人的，遇到打賞，這個也有那個也有，就是沒她的，樣樣不比人差，卻愣是被邊緣化了。這還不算，動不動就挨「修理」：在書裡一共才出場三四個回目，被人找碴欺負的「戲」就兩場，她是有多不招人待見。

心灰意冷間，她說出了自暴自棄的話：還不如早些死了乾淨！

她不得志是有原因的。

首先，她原本就不是人家圈子裡的人。她來怡紅院當差在先，寶玉後來才點了這一處居住，一大幫人湧進來，她這原住民反而成了外人。歷來體制合併的一開始，都會有小團體劃分，她屬於非主流。

但是，比小紅來得還晚的芳官卻被主流群體很好地接納了，芳官學戲出身，早通人事，長得也不賴，襲人卻主動給芳官機會叫她為寶玉吹湯。這是為何？襲人當時是這樣說的：「妳也學著些服侍，別一味呆憨呆睡。」這句話表明襲人知道芳官是個不長心的人，不具備多少危險性，可以信任才加以引薦。

而小紅，本是大管家林之孝的女兒，「因她原有三分容貌，心內著實妄想痴心的向上攀高，每每的要在寶玉面前現弄」，是個有上進心、不安於現狀的女孩。「只是寶玉身邊一干人，都是伶牙俐爪的，那裡插的下手去」，秋紋、碧痕、晴雯一幫人們，將寶玉圍得密不透風，根本不給她任何接近寶玉的機會。一年多了，她連寶玉的邊都沾不上。還處處被壓制、排擠，就因為瞅機會倒了一杯茶給寶玉，被秋紋兜臉啐了一口，受了一頓惡話，讓她照照鏡子，看看自己配不配。

好姑娘不愁沒人愛

　　她們排斥小紅,原是因為她過早地暴露出了不安分,引起了她們的警惕與反感,才同仇敵愾地予以防範壓制。

　　這事主觀上講也怪小紅自己,太心急,不懂得掩飾野心,被當作了重

點盯防對象。

她們人多勢眾,她形單影隻,自然落下風挨欺負。偶爾的反抗顯得那麼無力,即使有理也不敢大力分辯,活脫脫成了怡紅院裡的弱勢人群。

二

儘管如此,小紅可不是弱者。

看人一向精準的寶釵,聽到她和賈芸私相傳授手帕的祕密時,竟選擇了退避三舍,理由是:「她素昔眼空心大,是個頭等刁鑽古怪東西。今兒我聽了她的短,一時人急造反,狗急跳牆,不但生事,而且我還沒趣。」情急之下「金蟬脫殼」嫁禍於黛玉。連寶姑娘都要忌憚三分,可見小紅「絕非善類」。

她與寶玉只有一次正面接觸,就是倒了一杯茶而已,短到需要用秒來計算。可她愣是硬生生達到了好幾個目的。

第一,讓寶玉留下了深刻印象。做事乖巧伶俐、說話簡便俏麗,以至於第二天寶玉都起了要點名讓她來服侍的念頭。

第二,藉機告了她的對手們一個小小的刁狀。當寶玉問「妳也是我這屋裡的人……我怎麼不認得」時,她用「冷笑」宣洩自己的不滿,這樣回答:「從來我又不遞茶遞水,拿東拿西,眼見的事一點兒不做,那裡認得呢。」暗示自己被人封殺。寶玉哪裡懂得女人之間的複雜,傻乎乎追問:「妳為什麼不做那眼見的事?」她回答得意味深長:「這話我也難說。」她什麼也沒說,但是比說了還厲害,實在是寶玉太笨了聽不出來。有晴雯的能幹,卻比晴雯有心計;有襲人的細心,卻比襲人幹練。一旦給她點機會,假以時日必不可小覷,是個厲害角色。

第三，她替賈芸回了話。三言兩語，就把賈芸來過兩次的事交割清楚了，還展現了自己的決斷力：「我想二爺不得空，便叫焙茗回他，叫他今日早起來……」

也難怪後面回來的秋紋那樣跳腳大罵，其實是發自內心的驚懼：「一裡一裡的，這不上來了。」秋紋真正要說的是：防不勝防，該如何是好？

想要防範那些既有才能又有韌勁的人，往往是徒勞，因為防得了一時，防不了一世。東邊不亮西邊亮，只要他們不放棄，遲早有機會出頭。

小紅就等來了這個機會。

第二十七回，鳳姐站在山坡上遙遙地一招手，小紅就「棄了眾人」跑了過來，她反應迅速，比別人占了先機，想來沒有人阻攔的感覺實在太好了。

她說話十分得體，讓鳳姐忍不住多看了她一眼，覺得她形象氣質俱佳，印象分很高。

當鳳姐對她的能力表示懷疑時，她坦然笑道：「奶奶有什麼話，只管吩咐我說去。若說的不齊全，誤了奶奶的事，憑奶奶責罰就是了。」又自信又有擔當，讓鳳姐刮目相看。

果然，她把這趟差事完成得十分迅捷漂亮。她來回話時，鳳姐臨時加試了她一道「複述題」，她像說單口相聲一樣，把四五家子奶奶們之間的事兒交代得頭頭是道。

從企業管理理念上講，上下級之間個性的匹配十分重要。鳳姐是個急性子的人，最受不了她手底下那幾個丫頭老婆的就是「一句話拉長了作兩三截兒，咬文咬字，拿著腔兒，哼哼唧唧的，急的我冒火……」雷厲風行的上司，最需要的就是這種頭腦清楚、辦事俐落、說話簡潔的下屬，小紅的行事特點完全符合鳳姐對理想下屬的要求。

鳳姐看出這女孩子是個可造之才，動了要重用她的心：「你明兒服侍我去罷。我認妳做女兒，我一調理，妳就出息了。」小紅先是笑，讓鳳姐誤以為是笑她年輕不配當媽，然後繼續乖巧伶俐地說：奶奶認錯了輩數了，我媽是奶奶的女兒。馬屁拍得迂迴巧妙，充滿了起伏感，並藉機交代了自己的背景——原是林之孝之女，讓鳳姐在感情上和她愈近了一步。

　　鳳姐開始問她個人的意願，她答得十分精妙：「願意不願意，我們也不敢說。只是跟著奶奶，我們也學些眉眼高低，出入上下……」這個女孩子，見識真是不一般，她看到的，是鳳姐這個平臺所能提供的素養歷練，眼光可謂長遠。

　　至此，她跳槽基本上就是板上釘釘了。此前，晴雯還說風涼話挖苦她「爬高枝」：「有本事從今兒出了這園子，長長遠遠的在高枝兒上才算得。」小紅此刻真應該回去對晴雯說：借姐姐吉言，從此果真離了這園子了。

　　「樹挪死，人挪活。」小紅的職場生涯來了個拐點，從此鹹魚大翻身，找到了能發揮自己才能的職位。原以為在怡紅院永無出頭之日，竟靠著一件小差事推開了自己人生的大門，走進另一個嶄新的天地。

▌三

　　小紅在情場的表現也可圈可點。

　　她遇到了來巴結寶玉的賈府宗族子弟賈芸，第一次見面，當他聽說賈芸是本家爺們時，她就敢「下死眼」、「釘了兩眼」，這種大膽舉動可不是一般女孩子能做出來的。跟賈芸說話，外冷內熱，面上冷笑，實際話語裡全是善意的點撥和體恤，叫他別在此傻等，讓剛在舅舅「不是人（卜世仁）」那嘗夠了世態炎涼的賈芸心頭一暖。

她了解他的辛酸與尷尬、方向及所求，因為在本質上他們就是一類人，目的明確，特別知道自己要什麼，都有改變自己命運的迫切熱望。三言兩語間，雙方的磁場便吸引對接上了，屬志同道合式的一見鍾情。

自此，他便屬意於她，而她竟然也做了有關他的夢，在夢裡，他叫的是她的閨名「紅玉」。再見面二人便開始眉目傳情。冥冥中彷彿也有天意，他正好撿到了她丟了的手帕——這不是重點，重點是，賈芸讓墜兒還給小紅的那塊帕子，根本不是小紅丟掉的那一塊，而是他自己的，這是在投石問路。而當墜兒讓小紅確認是不是那塊手帕時，小紅竟然一口咬定說是，並正式地還了賈芸一塊，算作定情信物。一來一往，很有默契，感情推進速度驚人，效率之高令人瞠目。寶玉也曾經送給黛玉幾塊舊帕子，黛玉還要想一想才能明白寶玉的用心，和紅、芸一比，他們的膽量、悟性就遜色多了。

在職場上，鳳姐和小紅算是將遇良才；而在情場上，賈芸和小紅卻是真正的棋逢對手。不出意外的話，小紅未來將成為正式的芸情婦奶，雖非大富大貴，卻也是安安穩穩，以賈家宗族婦人的身分，有事沒事來賈府裡走動走動。而那些曾經不遺餘力打壓她的人們，除了襲人賺到了月銀二兩，其他人，死的死，走的走，剩下的，無非就是被指給哪個小廝，怡紅院裡一派凋零。小紅當年和佳蕙說的氣話成了真：「俗語說的好，『千里搭長棚，沒有個不散的筵席』，誰守誰一輩子呢？不過三年五載，各人乾各人的去了。那時誰還管誰呢？」

選擇很重要。看來，無論是職場還是情場，不跟風不盲從，有自己的主見和頭腦，擠不進的圈子不硬擠，得不到的不強求，適時改變方向，選擇適合自己的才最好。

把握更重要。小紅身上最可貴的品格就是特別善於主動出擊，聰敏、積極，該出手時就出手，事業上不放過任何一個可以表現自己的機會，感情上也不錯過任何一個自己喜歡的人，天道酬勤，她終於重新整理了自己的命運。

曹雪芹心懷悲憫和欣賞，一路成全了小紅的「失之東隅，收之桑榆」，大概就是想藉此傳遞出這樣一種正能量：生存從來都是勇敢者的遊戲，「山不過來我過去」，在逆境中從不坐以待斃，世界就該屬於這樣的人。

香菱：林黛玉是個好老師

美麗的香菱姑娘想學寫詩了，她需要一個領她入門的好老師。

好老師的前提，首先得是博學。懂得不夠多，怎麼教別人？大觀園的女子，誰最博學？當然是寶釵。寶釵博覽群書，知識面極廣，詩詞書畫戲文無一不通，信手拈來她都能說得頭頭是道，連賈政都誇她的學問好。可是，要論起大觀園裡誰最善為人師，林黛玉卻是當之無愧的第一個。

黛玉師從賈雨村時，因年齡小，「身體又極怯弱，功課不限多寡」，賈雨村「十分省力」。按她自己的說法，進賈府時剛念了《四書》，後來才與賈氏姐妹一塊讀書，在讀書數量上與寶釵實不可同日而語。她行酒令順嘴說了一句「良辰美景奈何天」，就被寶釵揪住了小辮子：這是「禁書」裡才有的東西。寶釵的記憶體大得可怕。

好姑娘不愁沒人愛

　　然而，林黛玉有自身的過人之處，她具備超人的悟性，能將書上讀來的東西很快消化、吸收，並生發出全新的東西。不僅如此，她還另有一樣天賦：特別會教。對作詩一竅不通的香菱，經她輕輕鬆鬆一調理，沒幾天的工夫，就入了門，能像模像樣地寫詩了。

香菱：林黛玉是個好老師

香菱央黛玉教自己寫詩，黛玉答：「既要作詩，妳就拜我作師……我雖不通，大略也還教得起妳。」口氣很是不小，可見是胸有成竹。

緊接著，黛玉又「口出狂言」：「什麼難事，也值得去學！不過是起承轉合，當中承轉是兩副對子，平聲對仄聲，虛的對實的……」三言兩語就把寫詩那點事道破了。

能把原本簡單的事說得很細很複雜是一種本事，比如寶釵，惜春準備畫大觀園長卷時，她給開了個用品單子，各類筆墨顏料用品在她嘴裡有條不紊、滔滔不絕道地出，足足有四十五種之多！令聽的人目瞪口呆，特別是她說還要「生薑二兩，醬半斤」時，被林黛玉調笑是要「炒顏色」吃，她解釋道：薑和醬是要預先抹在粗色碟子上防止被火烤炸的。眾人無不對她的學識淵博肅然起敬。

而林黛玉卻能把原本看似很神祕高妙的東西輕而易舉地拆解，深入淺出地講解出來：作律詩這種繁難的事，她用常見的對聯打比方，一下子就講透了。

如果說，寶釵開單子，在有意無意間賣弄的是才學；黛玉教律詩，卻在三言兩語間顯露了自己的見識。才、學、識三者中，最難得的當然是「識」，因為生發於心的真知灼見遠比博聞強記的背誦要珍貴。

黛玉隨後又說，如果有了「奇句」，連平仄虛實都不用對的。這句經驗之談頓時讓正為此而「天天疑惑」的香菱醍醐灌頂。可見黛玉也是一位樂於分享、不會藏私的師傅。

給香菱上的第一課，黛玉就從作詩的根本出發，灌輸了貴在立意和創新的創作理念給香菱。這讓香菱從一開始就處在較高的境界上，少走了很多彎路，不用摸爬探索。黛玉纖手遙遙一指，杏花深處，乃是寫詩的正經去處。

好姑娘不愁沒人愛

　　黛玉還留了課後作業給香菱：熟讀王維、杜甫、李白的名詩，「肚子裡先有了這三個人作了底子」。至於「陶淵明、應瑒、謝、阮、庾、鮑等人的」詩，則是下一階段的作業。無論學什麼都要把基礎打好，黛玉不是一股腦全塞給香菱，而是有步驟地教學，循序漸進地引導。

　　為了幫助香菱更有重點地學習揣摩，黛玉又專門把王維的詩集給了香菱：「妳只看有紅圈的都是我選的，有一首唸一首。」這又省了香菱許多力氣。

　　在第一堂課結束時，林黛玉還不忘激勵一下這位學生：「妳又是一個極聰敏伶俐的人，不用一年的工夫，不愁不是詩翁了！」

　　香菱果然大受鼓舞，廢寢忘食地讀完了，來換杜甫的詩集。黛玉卻沒有馬上給她，而是先叫她說說讀後感，並很有大師風範地說，「正要講究討論，方能長進」，鼓勵她表達。香菱說了一兩句讀後感，黛玉覺得孺子可教，又進一步啟發：「妳從何處見得？」香菱隨即便滔滔不絕，談了王維幾處用詞精準的詩句，連寶玉聽了也說「可知『三昧』你已得了」。而黛玉並不滿足於學生的收穫，又把陶淵明的詩拿出來叫香菱看王維詩句的出處，讓她知其然更知其所以然。

　　第二課結束，黛玉留的作業是寫一首以月為題的詩，教學與實踐結合，讓香菱快速進入了實作階段。

　　香菱寫完後先讓寶釵看，寶釵本來反對香菱學詩，不肯多插手，只說「不是這個作法」，便推給了黛玉。黛玉看了，中肯地說：「意思卻有，只是措辭不雅。」並指出了癥結所在：妳被杜詩縛住了。香菱本有些初學者的拘謹，而寫詩恰恰要求放空心靈，出手才能輕靈灑脫。因此黛玉再次鼓勵香菱放下包袱，把這首丟開，「只管放開膽子去作」，自由發揮。

香菱：林黛玉是個好老師

在黛玉的鼓勵下，香菱交出了第二首。黛玉給予肯定，說難為她能寫成這樣，只是「還不好……過於穿鑿」。寶釵卻注意到這首寫跑題了，寫成了「月色」。她們兩個的不同再一次彰顯了出來：詩如人生，對待人生，黛玉重姿態，更看重意趣；而寶釵重規矩，會顧慮主題，她心裡總習慣了設定一個框框，所以會看出跑沒跑題。這是浪漫主義者與現實主義者的區別。

香菱同學經過一次次地修改和探索，終於交出了第三首，並得到了眾人的高度評價：「不但好，而且新巧有意趣。」皇天不負有心人，她終於成功了。

香菱能快速晉身詩人一族，林黛玉功不可沒，除了誨人不倦的熱忱外，她教得又省力又有章法：先「傳道」，幫其樹立正確的寫詩理念；再「授業」，告之律詩的基本寫法，寫詩需要有一定的閱讀量打底子，黛玉根據香菱的實際情況，有選擇地為其量身打造了階段性閱讀計畫，讓她談讀後感檢驗閱讀效果，鼓勵她大膽創作；然後是「解惑」，疑難問題及時點撥，理解有誤快速糾正，對她的不足辨證施治對症下藥，又準又穩。正是黛玉方法得當才有了香菱的速成。

後來湘雲接手，對香菱進行下一階段的深造，卻是不分晝夜地狂轟濫炸，也不管香菱能不能接受得了，什麼「杜工部之沉鬱，韋蘇州之淡雅，溫八叉之綺靡，李義山之隱僻」，教得撩亂不堪，毫無章法。這樣一來，讓本就不贊成把太多精力放在寫詩上的寶釵，聒噪得受不了，一句話做出了總結：「呆香菱之心苦，瘋湘雲之話多。」原來，好為人師容易，要當一個好老師卻不是那麼容易啊，相形之下，林黛玉真是一位天生的好老師。如果穿越到今天，黛玉從事教育培訓速成班一類的行業，必定是一位業界牛人，會有大批的學生排著隊流著淚要聽她的課，而她也會賺到盆滿缽滿，不會再為吃幾兩燕窩而看人眼色了。

好姑娘不愁沒人愛

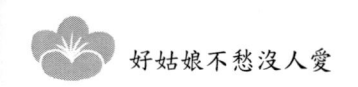

秋紋：庸人靠什麼升遷

大觀園裡的女子，最令人反感的就是秋紋。

怡紅院四個大丫頭，她雖然身居末位，但也算是二等奴才了，擱如今，算是機構裡重要領導身邊的人，位置特殊一些。

寶玉房裡的丫鬟花團錦簇，按理說排在最頭等的四個，模樣人品理應不差。襲人「賢」，晴雯「勇」（能幹），麝月厚道，唯獨秋紋例外，最好欺小弄權。在園子裡碰見一個婆子提著一壺滾水，小丫頭討，自然不給：是給老太太泡茶的。秋紋登場：「憑妳是誰的，妳不給？我管把老太太茶吊子倒了洗手。」頤指氣使，好似自己比賈母都牛。

探春理家正在氣頭上，眾人都不敢上前，秋紋來了，別人告訴她裡面正吃著飯呢，等會。她笑道：「我比不得你們，我哪裡等得。」便直上廳去。

如此張狂，無非仗著自己服務的主子略尊貴些，連帶覺得自己都高人一等了。

小紅不過因房中無人趁勢為寶玉倒了杯茶，被她發現，就朝人家臉上狠狠吐了口唾沫，惡語相向：「沒臉的下流東西！正經叫妳催水去，妳說有事，倒叫我們去，妳可等著這個巧宗兒。一裡一裡的，這不上來了。難道我們都跟不上妳了？妳也拿鏡子照照，配遞茶遞水不配！」潑婦嘴臉，句句如針，最後小紅果然不堪欺侮擠對，跳槽另覓去處了。

晴雯死後，見寶玉穿著晴雯做的紅褲子，因麝月多嘆了一句「人亡物在」，秋紋此時表現頗耐人尋味，她先是拉了麝月一把，然後打岔笑讚寶玉衣服配色漂亮。這「拉一把」大有深意，是叫麝月別勾著寶玉想起晴雯。怎麼著她與晴雯也共事過多年，如今同事暴死，她不哭反笑幸災樂禍。

秋紋：庸人靠什麼升遷

　　論理秋紋這樣的人，行事不及襲人周全，待人不及麝月溫厚，更別提相貌、針線、擔當決斷比不上晴雯。不但氣量狹小、嫉賢妒能，又好仗勢欺人，才、貌、德俱無一長，竟也能躋身怡紅院領導核心，她憑的是什麼？

好姑娘不愁沒人愛

晴雯被攆後，寶玉哭著質問襲人：「怎麼人人的不是太太都知道，單挑不出妳和麝月秋紋來？」一語道破天機：秋紋雖是樣樣上不得檯面，但奈何她會跟人，會來事。

襲人是怡紅院主管，又是她們的最高主管——王夫人的心腹。因此秋紋事事逢迎討好襲人，不像晴雯，仗著自己有些才貌便不服襲人。所以同是對待太太賞賜的舊衣，晴雯不屑一顧，秋紋喜不自禁：「那怕給這屋裡的狗剩下的，我只領太太的恩典。」奴性媚態畢現，哪個主人不喜歡這樣的奴才。及至知道自己無意間罵了襲人，連忙叫著「姐姐」賠不是，襲人焉能不識她為自己人，遇事又怎能不罩著她？至於她如何對待其他人，襲人沒看到，也管不了那麼多。上司都喜歡順承自己的人，誰也不例外。

秋紋早早看準了襲人這支「潛力股」上級，緊密團結在以襲人為核心的小團體周圍，因此襲人吃肉，她能分得一杯肉羹；襲人升遷，她就能連帶著跟進。

這種活法看似省力，並不省心。她活得也累，需得時時眼觀六路耳聽八方，像防賊一樣防著其他人，為一點小事小題大做，看她罵小紅的那幾句話，特別是「一里一里的，這不上來了」一句，正暴露出了她對自身地位的不安全感和焦慮。而小紅俏麗聰敏，是個潛在的對手，秋紋不惜撕破臉皮打壓，正是為了震懾下級，讓她以後安分守己，莫在主管面前顯弄。設若當時是襲人發現小紅倒茶，頂多是嫌「屋裡人都哪裡去了，怎麼沒人照應」，也就算了。而秋紋實力不夠，自然不自信。

晴雯排名在秋紋之前，樣樣比她出色，是寶玉最看重的人。襲人不用說，有晴雯在，寶玉也寵不到她秋紋，她對晴雯忌妒在所難免。晴雯一死，她焉得不樂？又少了一個比她高半格的上級，正好騰出位置，自己晉

升有望。因此有人懷疑向王夫人告密以致抄檢大觀園的,不是襲人是秋紋,也不是沒道理。

當然,秋紋那一套也有不靈的時候,她自己就說老太太不待見她,「不入她老人家的眼」。賈母喜歡的,是鴛鴦、晴雯這型的能幹爽利人,是身子雖然做了奴才,內心卻毫無奴性的磊落女子,縱有一點性格,但瑕不掩瑜。單這一點慧眼識人,就比王夫人強出太多。但可惜「千里馬常有而伯樂不常有」,身在職場,不可能人人都有鴛鴦遇上賈母這樣高水準上司的好運氣。

所以,有才華的「晴雯們」因為個性太強而下場悲慘,庸俗齷齪的秋紋之流卻因為識時務而得以生存保全甚而升遷,這種現象不只大觀園才有。性格決定命運,遠比才華重要。

好姑娘不愁沒人愛

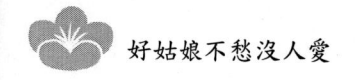

偏偏只愛你

偏偏只愛你

寶玉：可我偏偏只愛你

一

「我也知道我如今不好了，但只憑著怎麼不好，萬不敢在妹妹跟前有錯處。便有一二分錯處，妳倒是或教導我，戒我下次，或罵我兩句，打我兩下，我都不灰心。誰知妳總不理我，叫我摸不著頭緒，少魂失魄，不知怎樣才好。就便死了，也是個屈死鬼，任憑高僧高道懺悔也不能超生，還得妳申明了緣故，我才得託生呢！」寶玉亦步亦趨地跟了林黛玉好長一段路，才終於得到了一個為自己申訴的機會。

他寧肯她與他哭鬧拌嘴，甚至罵他打他都無所謂，最怕的，竟是不理他。這種卑微的求和，恐怕只有戀人之間才會有──不是太在乎，不發此語。

可黛玉偏偏最愛與他慪氣。這一對痴情的兒女，忽而砸玉鉸荷包地惱了，忽而又「黃鷹抓了鷂子的腳」地好了，不明就裡的局外人，怎麼能明白這其中隱晦曲折的心事？賈母為此都氣哭了，說這兩個孩子怎麼這麼不省心，就不能好好相處嗎？老人家真是多慮了：沒有足夠的親厚打底子，他們敢這麼隔三岔五地折騰嗎？

有一次吵到最後，兩個人一不留神都露了真心，一個說：我為的是我的心。另一個說：我為的也是我的心。難道你就知你的心，不知我的心不成？

原來，他們拌嘴，拌的不是嘴，是心；他們鬧彆扭，鬧的不是彆扭，是感情。

寶玉：可我偏偏只愛你

　　有意思的是，每次鬧完彆扭，十有八九都是寶玉俯就賠不是，「打疊起千百樣的款語溫言來勸慰」，「好妹妹」要叫上幾萬聲。饒是這樣，林黛玉還不一定依呢，讓人都有些看不過眼了。

偏偏只愛你

　　大觀園裡的同齡少女中，黛玉不是最美，不是最溫柔，也不是最會來事，她最瘦弱、最愛生氣使小性子，也最清高孤傲，目下無塵。

　　生性也散漫。因為晚上失眠的緣故，她早上常常要睡到日上三竿。閨中女子多作女紅，她倒好，一年工夫才做一個香袋，後來和寶玉一生氣還給鉸了。襲人曾在背後酸溜溜地說她的壞話：老太太怕她勞碌著了，大夫說要靜養，誰還敢煩她做事啊？今年半年了，還沒見人家拿過針線呢！

　　成天弱不禁風地咳呀咳，鳳姐皺眉說她像盞紙糊的美人燈，風吹吹就壞了，只能小心翼翼地保養著。弱到才吃了一點子螃蟹，就「覺得心口微微的疼」「須得熱熱的喝口燒酒」才行。當史湘雲大雪天裡冒著青煙烤鹿肉大快朵頤時，她只有站一旁乾看的份兒，因為她體弱，吃了不消化。老人們都說「能吃是福」，能吃才能保證營養充足體能充沛，才有享受人生的資本。林黛玉缺的恰恰就是這份「福」。

　　不錯，她是有一些過人的才華，可她周圍的人也都不差啊，寶釵、湘雲、妙玉、岫煙個個都身手不凡。聯詩大會上，她第一個先搶不過湘雲。詩作文章向來是見仁見智，她那些別緻的思路立意，一向公道的李紈有時候也不太喜歡，嫌發聲過悲，她自己也承認「傷於纖巧」。上元節省親詩會，她的應景詩作就沒入了主考官元春的眼，人家獨獨對寶釵青眼有加。

　　青春的大觀園裡亂花漸欲迷人眼，更何況還有一個如牡丹般豔冠群芳的薛寶釵，「品格端方，容貌豐美，人多謂黛玉所不及」，為人大度圓融，家底頗豐，又有金玉之說在前。給寶玉選妻，當然是寶釵的條件更優越。可恨寶玉，卻心無旁騖目不斜視，獨獨只愛這個各色的林黛玉。

　　要不人家怎麼說愛情沒道理可講呢？太理性的，多是為著婚姻，而不是為心。

二

然而，在紅學界卻有一些很「權威」的聲音說：寶玉真正愛的並不是林黛玉，甚而乾脆指名道姓地說，寶玉的最愛其實是史湘雲。再說，對所有的女孩子都很體貼，何以見得最愛的一定就是林黛玉？

說難聽點，他照顧女孩就像鳥會飛、魚會遊、母雞會下蛋一樣，都是天性。

湘雲睡覺晾了手臂，他會心疼得掖好被角；晴雯往門上貼字手凍僵了，他忙伸出手來幫著「渥」熱；金釧兒幫太太捶腿實在睏得不行了，他會送上香雪潤津丹；平兒捱了鳳姐的打，他又是替鳳姐道歉又是送溫暖；即便八竿子打不著的尤氏二姐妹面前，來了生人他也要擋在前面護著——的確，他似乎對誰都好，不只是對林黛玉。

可是，把這些好通通加起來，都抵不上對林黛玉的十分之一好。對其他人的好，是出於娘胎裡帶來的憐香惜玉的本能，順風順路順水人情；而對黛玉的好，則是全心全意地付出。

這種付出細緻、綿密，到了忘我的地步，滲透到了點點滴滴、絲絲縷縷當中。從她的衣食住行，到她的喜怒哀樂，他都體貼入微、感同身受。

他永遠把她放到心尖尖上，總是別人沒想到的，他都替她想到了。怕她冷。怡紅院夜宴群芳時，他說：林妹妹怕冷。獨獨把她拉到靠板壁處坐著，又恐硌著，專門拿了個靠背給墊著。

怕她累。連她臉上搽的胭脂膏子他都要操心，上私塾前特意跑來囑咐，一定要等他放學回來調製。

怕她病。這邊剛吃完午飯，那邊就絞盡腦汁地編出個小老鼠的故事逗

她笑，只是為了防她貪睡積了食，或者晚上走了困。對她平日裡吃的藥，他更是十分用心，還撒嬌耍賴地要母親給他三百六十兩銀子的天價，幫她配一副古怪離奇的靈藥，其中有一味竟然是死人頭上戴過的珍珠。

怕她傷心。知道她幼失雙親心內孤苦，總是變著法地哄她開心。寶釵給黛玉帶了點南方特產，黛玉觸物傷情，寶玉便千方百計轉移她的注意力，挨著她坐下哄她開心，「一味的將些沒要緊的話來廝混」。完了又強拉她出去散心。

也怕她傷心發散不出來。聽說林妹妹在祭奠父母，他就晃蕩一會再去。怕去早了，她礙於他在場，不能盡情釋放悲傷；如果不去，又怕無人勸解，哭壞了身子。於是選好時機，「既不至使其過悲，哀痛稍申，亦不至憂鬱致病」。

人前護著她也就罷了，人後他也絕不允許任何人說她的不是，當襲人借仕途經濟之語褒釵貶黛時，他第一個跳出來替她辯解：林妹妹從不說這樣的混帳話，若說這話，我早和她生分了。

事無鉅細地記掛著她。入住大觀園時，黛玉想住瀟湘館，寶玉就一定要住在怡紅院，因為怡紅院離瀟湘館最近。

宮裡端午節賞賜東西，寶釵和寶玉的一樣多，這是元春的意思。寶玉一看自己的賞賜比林黛玉多，馬上就叫人把多出來的東西送了過去。

被父親痛打後養傷時，邢夫人派人送了兩樣果子給寶玉，他第一件事也是叫秋紋把這些東西分一半送給黛玉。

自己都起不來床了，心裡卻還惦念著她，捨不得她為他擔心。派晴雯去看看林姑娘在幹嘛呢？「……她要問我，只說我好了。」晴雯說總不能「白眉赤眼」地去吧，先給個理由。他說就送幾塊舊帕子吧。晴雯不解，

他對懵懂的晴雯胸有成竹地笑:「妳放心,她自然知道。」黛玉果然心有靈犀,一句話沒多問就收下了,過後又暗暗驚心。在古時,送帕子有示愛之意,除了表示「橫也思來豎也思」,還另有深意:「我現在臥病在床不能過去陪妳,贈妳我貼身帶過用過的舊帕子,沾染了我的氣味與體溫,如跟我在妳身邊一樣。」東方式的含蓄,卻有壓抑不住的熱烈,才令黛玉神魂馳蕩。

在第三十回,和黛玉鬧彆扭沒過三天,就屁顛屁顛找上門來了,還賤兮兮地說:「我便死了,魂也要一日來一百遭。」熱烈程度不亞於「星爺」新電影《西遊・降魔篇》裡,唐三藏和段姑娘死別時的表白:「我沒有一天不想妳。」

不知不覺間,黛玉已經成為寶玉生命中不可或缺的一部分,他不能想像沒有她的日子。所以,當紫鵑試探他說,黛玉不用三兩年,就要回蘇州老家去了時,他才如被焦雷劈了一樣,發了瘋病,「眼也直了,手腳也冷了,話也不說了……掐著也不疼了,死了大半個了」,大半天才「噯呀」一聲哭出來,拉著紫鵑說要走連他也帶著走;聽到有姓林的來就以為是來接林妹妹的,混鬧著「除了林妹妹,都不許姓林的」;指著櫃子上的船模子硬說那是蘇州來的船,還十分雷人地把船捂到了被子裡,傻笑著說:這下就走不成了。

看到這裡,有哪個紅學家還敢指鹿為馬地說:寶玉真愛的不是黛玉,而是另有其人?

冰凍三尺非一日之寒,寶玉對黛玉的這些感情,早有徵兆。

還是在那一年林如海病危時,賈璉護送黛玉回了揚州。寶玉便孤單悒惶起來,和誰也不玩,到了晚上索然而睡。即使短暫的分離,也會讓他的

生活缺掉一個角。

當得知林如海的後事已處理完，一干人馬晝夜兼程往回趕時，寶玉「只問得黛玉『平安』二字，餘者也就不在意了」。

待到黛玉回來，他又興沖沖地把北靜王送的鶺鴒香串取出，珍重轉贈黛玉。因為這香串是御賜的，十分珍貴。沒想到黛玉還不領情，嫌是臭男人拿過的，擲而不取。他也不惱，沒趣地乖乖收了起來。

他身上佩戴的那些飾件，荷包扇套子之類的，因為是花了大工夫做的，異常精巧，常被小廝搶去，他從不在意。當黛玉誤以為她做的荷包也讓人搶去而生氣時，他才從貼身的內衣裡把那個荷包解下來，委屈地說：「我哪一回把妳的東西給人了？」這種用心，除了在黛玉這裡，在別人處再遍尋不著。

他的確是在用心地愛著她，不用再懷疑。這是寶玉最迷人之處。

一個人夠不夠愛你，肯不肯像寶玉這樣的全情投入、全心付出，才是一個最嚴格的考驗。別的，都是浮雲。

三

無獨有偶，這樣的愛情模式，還出現在另一本西方名著《小王子》(*Le Petit Prince*) 中。

唯一不同的是，大觀園的寶玉愛的是人，B－612 小行星的小王子，愛的則是一株玫瑰，但他們的心路歷程卻驚人地相似。

寶黛初見，黛玉「閒靜時如姣花照水，行動處似弱柳扶風」的嬌弱氣質，讓習慣了被人照顧的寶玉平白生出了保護欲和憐惜心。自此與黛玉

寶玉：可我偏偏只愛你

「同行同坐，同息同止」「言和意順，略無參商」。

連寶玉自己都說：「當初姑娘來了，哪不是我陪著玩笑？憑我心愛的，姑娘要，就拿去；我愛吃的，聽見姑娘也愛吃，連忙乾乾淨淨收著等姑娘吃。一桌子吃飯，一床上睡覺。丫頭們想不到的，我怕姑娘生氣，我替丫頭們想到了……」

在小王子遇見玫瑰前，也從來沒見過重瓣的花。當看到玫瑰初綻，也頗有寶玉見「天上掉下個林妹妹」時的驚豔。他視它為這世界上獨一無二的花，用心地照管它，為它澆水，除蟲，怕風吹了它，還特意幫它做了屏風和玻璃罩子，每天高度關心，小心翼翼得無以復加。

當他後來離開，不管走到哪裡，他心裡都再也放不下那朵有些做作的玫瑰。怕他不在的日子，玫瑰被風吹，被蟲咬，甚至被想像中的綿羊啃食。哪怕有一天，他遇見了一整座的玫瑰園，裡面有成千上萬朵的玫瑰，明明每一朵都可以與他的那朵媲美，可他還是覺得：它最珍貴。

他說不出這是為什麼。

一隻睿智的狐狸給出了答案：是你為它所花費的時間，才使它變得如此珍貴。

「是你為它所花費的時間，才使它變得如此珍貴。」用這句話來解讀寶玉為何如此深愛黛玉，也一語中的。

如果一定要問：寶釵跟林黛玉相比少什麼？她少的，恐怕除了和寶玉的性情相投之外，最關鍵的，是一段與之共同成長的歲月。在那段歲月中，寶玉對黛玉，如同悉心照料一朵稀世玫瑰。正因了這些經年累月的積澱，傾注了太多的心血，在寶玉眼裡，滿目妙齡少女，才「皆未有稍及黛玉者」。

185

偏偏只愛你

我們愛到最後，常常搞不明白，自己到底是愛著那個人，還是愛著自己的愛；分手時，我們是捨不得那個人，還是如同寶玉滴淚所言的那樣：「誰知我是白操了這個心，弄的有冤無處訴！」不甘心自己的付出就這樣付之東流。

這是一個生生不息的循環：綿綿不絕地付出，終會有一天，由量變到質變，催生出愛；當習慣變成停不了的愛，便會益發無怨無悔地付出。那些失戀時痛不欲生的人，往往都曾愛得奮不顧身。

王蒙曾經在一次講座中說：如果能和林黛玉這樣的女子談一場戀愛，死了都值。這誇張的話引來哄堂大笑。要知道，真心地給，從來不累。當愛著時，付出就是一種幸福，如果克制付出，就是在克制愛。

在《小王子》中，狐狸希望小王子馴化牠，並解釋說：馴化就是「建立連繫」，「如果你馴化了我，我們將互相需要，你在我眼裡將是這世界上獨一無二的，我也將是你的唯一」。

小王子很有悟性，他說：「我開始明白了，有一朵花兒——我想它一定是馴化了我。」

黛玉和寶玉之間，也存在這樣一種相互「馴化」的關係：彼此已經是對方的唯一，別人再插不進去。即使看到寶釵雪白的手臂，寶玉起了想要摸一摸的衝動，但是很快就自覺約束了——如果它長到林妹妹身上才可以。

狐狸還說：對於被你馴化了的，你將永遠負有責任。你要對你的玫瑰負責。

拿這個定律來解釋寶玉何以對黛玉如此用心，也同樣說得通：他把對她好，已經視作了自己的責任。

史湘雲曾氣哼哼地對寶玉說：「這些沒要緊的惡誓、散話、歪話，說給那些小性兒、行動愛惱的人、會轄治你的人聽去！」這是明明白白在影射黛玉，對黛玉平日的那些做派，她早已十分看不慣。

可是，無論黛玉怎麼「作」，她都是寶玉心上唯一的那朵玫瑰。他對她的一切缺點，都能甜蜜安然地擔待，「從未將兒女私情略縈心上」的史大妹子，她怎麼會懂？這原本就是人家兩個人的事情。

安托萬（Antoine de Saint-Exupéry, 西元 1900 年至 1944 年）安排筆下的小王子在做了一次星際旅行後，才明瞭了愛的真諦，最後不惜捨棄肉身，用靈魂去尋找屬於他的那朵玫瑰。這是法國人才會有的浪漫。而曹雪芹，卻用東方人特有的細膩，安排寶玉一直守護在黛玉身邊，一飯一蔬一暖一寒，關愛呵護從不離開。這位寫情的高手，用一支伶伶瘦管，以金彩堆疊的富貴溫柔鄉打底子，愣是一筆一筆描畫出了愛的原始本相：愛是給予，愛是付出——這世界上所有的愛，本質都一樣。

妙玉：寂寞的愛情偷窺者

一

《紅樓夢》裡有個大觀園，大觀園裡有個櫳翠庵，櫳翠庵裡住著一位妙齡尼姑。

這尼姑年方十八，十分美麗，來自「上有天堂，下有蘇杭」的蘇州，「祖上也是讀書仕宦之家」，頗有些出身。尋常尼姑的生活艱辛清苦，凡事

偏偏只愛你

都要親力親為才不枉「苦修」二字,但是這位尼姑身邊卻有兩個嬤嬤一個丫頭,統共三個人服侍她一個,過得小姐一般養尊處優。取了個極旖旎的法號:妙玉。

還有很關鍵的一條：她沒剃度，是帶髮修行。剃度，即是要除去三千煩惱絲剃成光頭，代表自己塵緣已了六根清淨，妙玉卻還留了一頭漆黑長髮。「雲空未必空」，曹雪芹的這一安排很微妙，暗示妙玉雖然身在佛門，卻心繫凡塵。

果然，在第七十六回，妙玉在中秋夜為湘雲和黛玉續詩時就說了一句：「……失了我們的閨閣面目……」注意，她對自己的身分，心裡真正認同的是「閨閣」女兒，而非出家人。

在那一回，妙玉先是躲在暗處聽詩，然後走出來評詩，最後乾脆自己親自上陣續詩。過程非常有趣，不妨場景還原一下：

中秋夜是萬家團圓的時分，大觀園裡自然免不了要歡慶賞月吃喝玩樂，櫳翠庵畢竟還是在園子裡，絲竹之音歡笑之聲聲聲可聞，那是屬於俗世凡塵的溫暖。而這些，身為尼姑的妙玉肯定是不能參與的，但這不代表她不嚮往。心癢之下趁著夜黑風高，她一個人偷偷地從櫳翠庵裡溜了出來，一個人在園子裡蹓躂，有著孩童般冒險破禁的小小刺激。也許，在她內心，還盼望著遇見什麼人吧？比如說，寶玉？

也是湊巧，在凹晶館處，正好是湘雲和黛玉，兩個和她年齡相仿的女孩在聯詩，妙玉便在山石後面駐足聆聽，待聽到兩人聯到高潮處，有妙句迸出「寒塘渡鶴影，冷月葬花魂」時，她終於按捺不住現身了。她這一出現不要緊，倒嚇了那兩人一跳，詫異地問她怎麼到這裡來了？按規矩她是不應該在這裡的。她也不似平日那麼矜持，實話實說道：「我聽見你們大家賞月，又吹的好笛，我也出來玩賞這清池皓月。」隨後，又意猶未盡邀請她們去她住處吃茶。此時，已是半夜了。

到了櫳翠庵，伺候她的老嬤嬤們都睡了，小丫鬟在打盹，她可不管這

些,把小丫鬟揪起來,「現去烹茶」。這時候有人叩門,是黛玉湘雲的下人們找來了,引她們主子回去睡覺。妙玉仍不放人,「忙命小丫鬟引他們到那邊去坐著歇息吃茶」。先把她們打發到一邊,別攪了自己的雅興,真是任性。然後「自取了筆硯紙墨出來,將方才的詩命她二人唸著,遂從頭寫出來」。一個命令的「命」字道出了妙玉的不管不顧、迫不及待。林黛玉看出了她的異樣,忍不住笑道:「從來沒見妳這樣高興。」然後便力邀她續詩。妙玉略作推辭以後,終於技癢難耐,拿起筆「一揮而就」,創作激情高漲。

她的詩續得真是好,風格也與黛湘兩人迥異,刻意扭轉了前半首的悽楚頹敗,情緒趨向上揚,視野也更廣闊:「振林千樹鳥,啼谷一聲猿。」聲勢英氣,沒有脂粉味,是真正的高手。湘黛二人皆佩服不已:「可見我們天天是捨近而求遠。現有這樣詩仙在此,卻天天去紙上談兵。」妙玉對這溢美之詞十分受用,她笑說:「明日再潤色」,現在都回去睡覺。這才算完。

「凸碧堂品笛感悽清,凹晶館聯詩悲寂寞。」此時的賈府運勢,已由鮮花著錦轉入漸次低迴,人人都明白,卻無力拯救,若眼睜睜面對挽不住的流水。雖是中秋佳節,卻處處透著悲音,沒有幾個人高興得起來。而在那夜,真正快樂的人恐怕要數妙玉了,因為她的才華終於有機會展現,個性更是在剎那間得以釋放。

今夜,她不再是一個清心寡欲的尼姑,而是一個天真熱情才華橫溢的少女。

她在詩的末尾四句,先說「芳情只自遣,雅趣向誰言」,那是訴說平日心裡累積的孤寂;然後是「徹旦休雲倦,烹茶更細論」,這是不想再壓抑本真的熱切,酒逢知己千杯少、不醉不歸的感覺。

原來冷若冰霜、拒人於千里之外不過是她的面具，櫳翠庵裡的她：其實很寂寞。

二

妙玉還有兩個特點：一是有些來歷，很神祕；二是她很有點個性。

書裡對妙玉的來歷交代得不會太清楚，她的名字第一次出現，是園子完工櫳翠庵新建成時需要一名住持，透過林之孝家的之口，向王夫人粗線條勾勒了一下她。

櫳翠庵名為尼姑庵，看似獨立，實則是一個名門望族身分地位的象徵，是賈府的精神文化擺設。尼姑入住，名為修行，其實是依附。妙玉是個通透人，又是吃過虧的，她知道自己進入家園子裡當尼姑的尷尬，便說：侯門公府，必以貴勢壓人，決意不去。可是反過來說，想進大觀園裡的櫳翠庵，也不是隨便是個尼姑都行的。和如今考察幹部一樣，要設立一個新部門，對部門幹部的基本情況和履歷，主管要做一個摸底考察，然後再決定用不用。王夫人相中了妙玉的出身和長相，跟挑一個品質上乘、造型優美、做工精巧的擺件差不多。她當場拍板決定錄用，並讓下個帖子去請，給足了妙玉面子。有了一紙代表誠意和尊重的聘書，妙玉這才點頭進了櫳翠庵。

關於妙玉的底細，還有一次是透過邢岫煙之口。說她來到此地是個性原因，「不合時宜，為權勢所不容」，具體真相始末，岫煙十分隱晦。這倒和林之孝家的所言既吻合又有出入，據林之孝家的說：妙玉師父臨終時告誡她「不宜回鄉，將來自有妳的造化」。可見後者是託詞，前者才是真相。從這一層來看，妙玉漂泊離鄉、在外出家，是有自己不得已的苦衷。

櫳翠庵，原是她的避難之所。

　　猜想妙玉對櫳翠庵一定是又愛又恨的，因為它一面庇佑著她的安全，一面也困住了她的身心。

　　園子裡有那麼多同齡的女孩子，還有一個最懂女兒心的翩翩佳公子寶玉，他們可以任意說笑打鬧，高興了既可以風雅地吟詩作畫，也可以豪放地喝酒行令，這些通通是她擅長的，卻獨獨沒有她的份，大好的青春虛擲在白日猶青的龕焰、夜半未燼的爐香裡。不能加入，卻忍不住關注。她時時注意著他們的一舉一動，也留神哪些人可以做自己的朋友乃至知己。因此便好解釋寶玉過生日她如何能得知，還特地送來生日祝福帖；喝體己茶不叫別人，單單挑中了最不俗的黛玉和寶釵。人在明處她在暗，她是一個寂寞的偷窺者。

　　她須得時時提醒自己的身分，在自律與本我之間搖擺，感性與理性常常互搏，心門時而開啟時而緊鎖，由此待人才會時而親熱異常時而清高冷漠。不了解她的人，很是看不慣她。第五十回，一向低調的李紈遣寶玉去向妙玉討雪後紅梅時竟當眾說：「可厭妙玉為人，我不理她。」而懂她的人，彼此不需多言。寶玉去要紅梅花，她出手大方，挑了一枝上好的與他，「……這枝梅花只有二尺來高，旁有一橫枝縱橫而出，約有五六尺長，其間小枝分歧，或如蟠螭，或如僵蚓，或孤削如筆，或密聚如林，花吐胭脂，香欺蘭蕙，各各稱賞。」

　　寶玉做的應景詩「訪妙玉乞紅梅」中，有一句正是「不求大士瓶中露，為乞嫦娥檻外梅」。把她比作嫦娥，當然是誇她的清冷美麗；另有微妙一層，嫦娥是獨居廣寒宮的。

　　嫦娥是寂寞的代言人。

三

賈母帶劉姥姥去櫳翠庵逛，見院裡花木繁盛，便笑道：「到底是他們修行的人，沒事常常修理，比別處越發好看。」賈母是明白人，明白人無意間說了大實話：凡是能把花木打理得好的，差不多都是閒人，忙人有那心思還沒那工夫呢！

妙玉的日常生活就是這樣了吧：除了誦誦經燒燒香，只好修理修理花木，研究研究茶道，來打發漫長無聊的時間，她最不缺的就是時間。也就是只有她，舌尖上才能品出用雪水和雨水泡的茶有什麼不同，不怪林黛玉沒見識（不厚道地說，說不定真就沒什麼不同）。這種功夫，和小龍女被困絕情谷底十六年、練就在蜜蜂翅膀上刻字的絕技同屬一類：不是太過寂寞，是絕對修不成的。

寂寞得狠了，逢到機會宣洩，便會失了分寸。

「寶玉品茶」，其實是妙玉顯擺。

先是炫富：她請寶、黛、釵三人品茶，全用的是古玩奇珍的茶具，哪一樣都是國寶級文物。寶玉才開玩笑說給他喝茶的綠玉斗是俗器，妙玉道：「這是俗器？不是我說狂話，只怕你家裡未必找的出這麼一個俗器來呢。」寶玉連忙改了口氣奉承：「俗話說『隨鄉入鄉』，到了妳這裡，自然把那金玉珠寶一概貶為俗器了。」妙玉聽如此說「十分歡喜」，經不住寶玉這一捧，便找了一個「九曲十環一百二十節蟠虬整雕竹根的一個大」出來——這和小孩子常常一個人在家沒人和他玩，見好不容易來了人，便恨不得把自己的高級玩具都拿出來顯擺一遍，是一樣的情形。

再是炫技。「……這是五年前我在玄墓蟠香寺住著，收的梅花上的雪，共得了那一鬼臉青的花甕一甕，總捨不得吃，埋在地下，今年夏天才開

偏偏只愛你

了。我只吃過一回，這是第二回了。」妙玉如此不厭其煩地細細描述：五年前、蟠香寺、梅花上的雪、鬼臉青的花甕、埋在地下、今年夏天才開……跟王熙鳳對劉姥姥講「茄鯗的做法」有一拚。用十幾隻雞配的茄子到底好不好吃、埋在地下五年的梅花上的雪泡的茶水是不是真好喝，這些並不重要了，要緊的倒是那煩瑣複雜的過程，賣弄的就是那點唬人的優越感，用姿態昭示自己的不俗品味（另外心裡還有氣，下面再說）。

　　三是耍酷。劉姥姥用了的成窯杯子，她嫌髒不要了。寶玉賠笑叫她做了順水人情給了劉姥姥算了，她還「想了一想」才說：幸而這杯子不是她自己用過的，否則就是砸碎了也不給劉姥姥。至於把話說得那麼極端嗎？無非是為了彰顯自己喜潔的個性罷了。寶玉也是個沒成算的，臨走還討好地說等他們走了，他派幾個人抬幾桶水來給妙玉洗洗地，這麼一來，妙玉就更來勁了，更上一層道：「這更好了，只是你囑咐他們，抬了水只擱在山門外牆根下，別進門來。」一副「世人皆濁我獨清」，把潔癖表演到極致的樣子。

　　她被寂寞壓抑得實在太久了，有機會作秀，便難免太過。過猶不及。

四

　　妙玉對寶玉，有著一種特殊微妙的感情。

　　寶玉過生日，身在佛門的她還送了一張賀帖，用的竟是粉紅色的信箋，夠大膽，卻在箋上自稱「檻外人」。這很矛盾。

　　那一紙粉箋是在含蓄地表達欲說還休的心事。而「檻外人遙叩」，是對自己身分清醒的認知和對與寶玉之間距離的劃定。掩不住的淡淡的惆悵，無奈的故作清高。

　　面對這張帖子，寶玉很為難，不知該用何種措辭回覆。太疏，怕傷了

妙玉：寂寞的愛情偷窺者

她的心；太近，又怕唐突惹惱了她。

後來還是聽了邢岫煙的話，回帖上自稱「檻內人」。

只能是這樣了吧？檻內檻外，兩種人生，遙遙相望，卻無交集。

發乎情，止乎禮；起於好感，止於欣賞。他們之間的感情，比朋友多，比戀人少，是最難界定的第三類感情，退一步不捨，進一步不能，只有小心翼翼地保持。

邢岫煙對寶玉的態度很能說明問題，她先是「只顧用眼上下細細打量了半日，方笑道：『怪道俗語說的「聞名不如見面」』，又怪不得妙玉竟下這帖子給你，又怪不得上年竟給你那些梅花。既連他這樣，少不了我告訴你原故——」以岫煙對妙玉的了解，她看出寶玉是妙玉的「那盤菜」，完全符合妙玉對夢中情人的想像。因此，岫煙才肯幫寶玉。

妙玉的日子因為極度冷清，很難不視寶玉為感情生活的唯一寄託；而他的人生卻很熱鬧，所以只視她當佛門裡的紅顏知己。算來，還是妙玉付出得多。多到她處處要「此地無銀三百兩」地去掩飾。

自稱「檻外人」無疑是一種掩飾；還有一處欲蓋彌彰：上一秒鐘還興奮地請寶玉喝茶的她，下一秒鐘就忽然變臉，「正色道：『你這遭吃的茶是託他兩個福，獨你來了，我是不給你吃的。』」寶玉也是個乖覺人，馬上油嘴滑舌地回道：「我深知道的，我也不領妳的情，只謝他二人便是了。」妙玉還煞有介事地說：「這話明白。」其實他是只知其一不知其二，只道妙玉是要避嫌，卻不知女兒家曲折的心事。

吃茶的時候，她有自己的私心，故意把自己平日吃茶的綠玉斗給寶玉用，可見視他親近（或者藉此間接親近）。可恨寶玉不解風情，大煞風景地說她不公平，給寶釵和黛玉用的是奇珍，給他用的卻是俗器。

此一回回目是「賈寶玉品茶櫳翠庵，劉姥姥醉臥怡紅院」。那日在櫳翠庵品茶的人那麼多，況第一個品茶的人又是賈母，若要論擬回目，莫若擬成「賈太君品茶櫳翠庵，劉姥姥醉臥怡紅院」（正好用上兩個老太太的名字），才顯對仗齊整。可是回目裡偏只提寶玉，可見他才是品茶的主角。

可是真正的主角品了茶，卻還嬉皮笑臉地說「我也不領妳的情」，這叫奉茶的人情何以堪？

黛玉不早不晚，恰在此時隨口問了一句這茶水是不是雨水，妙玉瞬間發飆，冷笑道：「妳這麼個人，竟是大俗人，連水也嘗不出來。」「妳怎麼嘗不出來？隔年蠲的雨水那有這樣輕浮，如何吃得。」是啊，她心裡正不自在呢，正好惱羞成怒，藉機把火撒了出來，還用「俗人」二字打擊了黛玉的自尊。本來是興興頭頭被邀來喝體己茶的，卻莫名其妙地被給了難看，黛玉只好很鬱悶地走了，心裡一定想：妙姑娘發的這是哪門子火啊？

這一節在場的共有四個人，有意思的是，卻只有三個人說話，一個人自始至終沉默，未發一語，不是別個，就是薛寶釵。寶釵人情練達心性深沉，把妙玉的那點小心思盡收眼底，因此她只冷眼旁觀，或者抿嘴微笑。寶玉是真糊塗，黛玉是很無辜，寶釵不說話，是心如明鏡卻只做看客，絕不摻和。最受傷的是妙玉，而且還是「內傷」。

後來賈母他們要走，「妙玉亦不甚留，送出山門，轉身便將門閉了。」這「轉身便將門閉了」的舉動實在失禮，是人在氣頭上的表現，可見她有多傷不起。

對了，寶玉當時是在大竹海內吃的茶，是「妙玉執壺，只向海內斟了約有一杯。寶玉細細吃了，果覺輕浮無比，賞讚不絕」。到底也沒有接過她的茶杯吃茶。他對她並無那麼深的用情。

這也是關於命運的暗示。她終究還是寂寞。

尤三姐：他們何曾傾心過

一

　　常常有人為柳湘蓮和尤三姐的錯過扼腕嘆息，其實，發生在他們之間的感情戲，差不多是一場誤會連連的鬧劇，只是因為結局的悲壯，一個自刎一個出家，才平地拔高了他們的形象。

　　沒能真的在一起，才是這二位的福氣。

　　柳湘蓮本是世家子弟，因父母都死得早，導致他無人管教，不好好讀書，養成了一身放浪習氣，「酷好耍槍舞棒，賭博吃酒，以至眠花臥柳，吹笛彈箏，無所不為」。是個有點文藝範兒的浪蕩子。雖然混跡於富二代、官二代之中，底氣卻很虛，他自己都說：「……我一貧如洗，家裡是沒的積聚，縱有幾個錢來，隨手就光的……」他家業上的「一貧如洗」，可不是賈藝那樣的先天不足，而是生生被自己敗光了的。對於女子來講，這種人因為「素性爽俠，不拘細事」，做朋友、藍顏倒還不錯，但選做丈夫卻是件很冒險的事，想要過現世安穩的日子，柳湘蓮還不如賈藝可靠。

　　柳湘蓮還是個個性十分複雜的人。

　　外號「冷郎君」的他，樣子應該很像古龍小說裡的那些冷面劍客。長身玉立，容貌俊美，姿態從容，舉止瀟灑，平時神情冷峻，偶爾展顏一笑卻能奪人魂魄。喜歡在戲臺上扮小生，風花雪月你儂我儂；等卸了妝行走於江湖，便是懷裡抱著一柄長劍，背光而立，他看得見你，你卻看不清他。來無影去無蹤，行蹤詭異，似乎身上背負著什麼不能說的祕密。

偏偏只愛你

他跟寶玉的一段對話,特別值得玩味。

寶玉說:「……知道你天天萍蹤浪跡,沒個一定的去處。」湘蓮道:「……眼前我還要出門去走走,外頭逛個三年五載再回來。」寶玉聽了,忙問道:「這是為何?」柳湘蓮冷笑道:「你不知道我的心事,等到跟前你自

然知道。我如今要別過了。」後來,寶玉想了一想,道:「……只是你要果真遠行,必須先告訴我一聲,千萬別悄悄的去了。」說著便滴下淚來。柳湘蓮道:「自然要辭的。你只別和別人說就是。」說著便站起來要走,又道:「你們進去,不必送我。」

對於自己的行蹤,柳湘蓮諱莫如深,卻話裡有話,曹雪芹將這一回的回目擬為「冷郎君懼禍走他鄉」,乍看以為是打了薛蟠後怕報復才逃跑的,實際上人家早都跟寶玉告過別了,打人只是臨時起意,以他後來一人趕走一夥強盜的功夫,才不會怕薛蟠呢。那麼他出走的真正原因是什麼?如果是「懼禍」,他懼的「禍」到底是什麼?這不得不讓人聯想到曹雪芹想寫卻不敢寫的東西——時局政治。

柳湘蓮明明在第四十七回才第一次出場,書裡卻說薛蟠自上回見過之後已對他念念不忘,很明顯之前那部分已被作者有意刪除了。《紅樓夢》像一個巨大的迷宮,在每一個岔路口,不同方向的探索都會把人引入不同的天地。這裡就此打住,只說人性。

教訓薛蟠算是柳湘蓮的重頭戲。薛蟠誤將他認作風月子弟,亂發輕薄之語,他氣得「火星亂迸,恨不得一拳打死」,但卻能忍了又忍。到忍無可忍之時,他也沒馬上失控,而是「早生一計」,將薛蟠哄騙至無人的郊外好好修理了一回後才人間蒸發。此舉足見他心思之縝密。但是當後來路遇薛蟠有難,他毅然出手相救,是俠義之舉。

可是當賈璉說要發嫁小姨子,薛蟠要幫他做媒時,他的態度就有點太隨性了。他說:我本來是想要找一「絕色」的,既然你們說了,我就聽你們的吧。賈璉說:我小姨子你見了就知道了,品貌天下第一。他一聽「大喜」,想都不想就聽從賈璉的提議,將家傳寶劍做了定禮。講義氣的人愛

犯這樣的毛病，就是朋友說什麼都信，但是放在婚姻大事上未免太草率。

　　果然，他回去一尋思，覺得不太對勁了。特地來找寶玉打聽底細，當寶玉恭喜他找了個「古今絕色」時，他馬上警覺起來：你怎麼知道？寶玉說在東府裡和尤三姐相處了一個多月，柳湘蓮憑直覺斷定，尤三姐必定與東府裡有染：「這事不好，斷乎做不得了……」別了寶玉，一徑去了賈璉的小公館，死活要反悔，斬釘截鐵，沒有回寰。

　　衝動之下擅自定親，衝動之下又非要退親，將滿懷幸福憧憬的三姐重重拋入萬丈深淵。正是他的兩次衝動，釀成了三姐的自殺慘劇。

二

　　長得漂亮的女孩子，不見得會擁有漂亮的人生，她們的人生 K 線圖常常是高開低走。

　　尤三姐就是如此。她爹死得早，她娘改嫁時，她和姐姐被當拖油瓶拖進尤家。當非親大姐做了賈珍的填房後，出身小門小戶的她們，瞬間就被寧國府的富貴奢侈迷住了眼。賈珍賈蓉父子垂涎於她們姐妹的美貌，耍了點尋常紈袴爺們把妹的手腕，將沒見過世面的她們輕鬆哄騙上了手。外加她娘是個糊塗人，又嗜睡，成天迷迷瞪瞪睡不醒，對兩個女兒疏於管教，令她們在自己眼皮子底下就和珍蓉父子陷於聚麀之亂。在男人面前，尤二姐溫柔多情，尤三姐卻是無恥老辣，「仗著自己風流標緻，偏要打扮的出色」，還要做出「萬人不及的淫情浪態」，以哄得男子們迷離顛倒為樂。

　　年少無知的她，虛榮、輕浮，誤將放蕩當魅力，享受著男人給予的物質、感官雙重刺激，失貞的同時，更是壞了自己女兒家的名譽，還揚揚自得，渾然不覺。

尤三姐：他們何曾傾心過

　　姐妹兩個已到了適婚年齡，卻因豔名遠播，有頭有臉的正經人家沒人下聘，而圍在身邊的全都是狂蜂浪蝶，為的是從她們身上舀取一杯情慾之羹。等她們明白過來，一切都晚了：無論走到哪裡，胸前已烙著無形卻耀眼的紅字。「做一個女人要做得像一幅畫，不要做一件衣裳，被男人試完了又試，卻沒人買，試殘了舊了，五折拋售還有困難。」尤三姐如果能在此之前穿越來讀一讀亦舒的這段話就好了。

　　是什麼時候意識到，自己已經被正統世界拋棄了？應該是在賈敬死後，姐姐尤氏將她們接入寧府看家那段時日。周圍人們好奇而鄙視的目光，背後的竊竊私語與指指點點，她們不可能察覺不到。連她們家的丫頭們都敢當面說：「……吵嚷的那府裡誰不知道，誰不背地裡嚼舌說我們這邊亂帳。」

　　尤三姐最先覺醒。而那個真正喚醒她羞恥心的人，正是寶玉。

　　寶玉有別於她之前結識的所有汙穢男子。他們貪戀的是她的美色，用她自己的話說就是花幾個臭錢拿她當粉頭取樂，是玩弄的態度。而同為男子的寶玉卻給予她從未體驗過的尊重。

　　寶玉很紳士。賈敬的葬禮上，他們很近地站在一起，和尚們進來繞棺，寶玉不顧別人說自己「不知禮」、「沒眼色」，執意站在她們前面，替她們擋著和尚，怕髒和尚們的氣味熏了她們。自己用過的茶碗，說什麼也不再讓她們用，說是自己用髒了的，叫婆子們快去洗了再拿來。

　　這就是區別了吧，當他們一心想要骯髒地占有她時，他卻小心翼翼地維護她身為女兒的清潔。尤三姐是個有悟性的人，她終於發現，從前經歷的那些男人，跟寶玉比起來，實在太齷齪噁心了。寶玉為她的世界開啟了一扇窗子，讓她呼吸到了男女之間清新友愛的氣息，這氣息無關情慾，沒

有目的,善意而美好。

當賈璉趁機來撩撥她們姐妹時,二姐十分有意,她卻只淡淡相對。從此刻起,她已經開始作別從前的自己。

當她離開寧府,回頭痛定思痛,痛不欲生。

她變相地發洩著自己的悔恨:把所有罪責都推到別人身上,遷怒於那些勾引過並還繼續褻玩她的人,痛罵他們誆騙了她們寡婦孤女。在家裡更是沒命地「作」:挑吃揀穿,打銀要金,要珠子要寶石,吃肥鵝宰肥鴨,不高興了就掀桌子踢板凳,衣服不如意就拿剪子剪碎,撕一條,罵一句。作踐別人也是在作踐自己。

客觀上說,尤二姐的出嫁也刺激到了她。賈璉明知尤二姐的歷史,卻能既往不咎,一心待之,實在出乎她的意料。最開始並不看好這段姻緣的她,後來也心悅誠服地承認姐姐得了「好處安身」。可是,她的歸宿在哪裡?

她一定是暗戀寶玉的。當興兒賣力地演說榮寧兩府主要人等時,她忽然笑問:你們家那寶玉,平日除了上學還幹點什麼?語氣貌似漫不經心,實則是感興趣地打探。她姐姐打趣她時,她低頭不語。她的心思周圍的人都看得出來,但興兒說:寶玉已經有了黛玉,那是已定了的事。更何況以尤三姐的出身名聲,一定沒戲,對沒希望的事,不如說自己根本就不稀罕:「我們有姊妹十個,也嫁你弟兄十個不成。難道除了你家,天下就沒了好男子了不成!」

她說了:她稀罕的,是柳湘蓮。

柳湘蓮,據她自己說她喜歡了人家五年,這說法根本就不通。試問這五年來,哪有一邊已經有了心上人,一邊卻不停地與姐夫外甥鬼混亂來的?

三

為什麼是柳湘蓮？

他是她急於要與寶玉撇清的擋箭牌，是她靈光一現時忽然認定的情感備胎，也是從實際出發，將周圍見過的男人仔細篩選一遍後得出的最佳人選。

他是真正的美男子，在舞臺上驚鴻一瞥的風姿令她過目難忘。這和天后王菲的觀點有點類似：既然要選，就選個帥點的。她和柳湘蓮在這上面倒是不謀而合，都是「外貌協會」的。

她選他，還因為看低了他。她對他的認知，就是一個串客。串客，用今天的話說就是非專業演員。在古代，戲子是非常下賤的職業，業餘戲子的地位也高不到哪去。她自忖自家門第也應與他相距不會太遠，在她後來與尤二姐的談話中也證實了這一點。

還有一點私心在裡面：她自己已然失貞，在她的判斷裡，唱戲的優伶們也是在風月場所裡摸爬滾打的人，「烏鴉不嫌老鴰黑」，柳湘蓮不應該嫌棄她。

以自己目前的條件，攀高了遭人恥笑，低就了自己不甘，柳湘蓮就如同為她這樣失過足的絕代佳人量身訂做的一樣。

尤三姐一開始有幾分賭氣，但是後來話一出口，說著說著連自己都當真了：「我們不是那心口兩樣的人，說什麼是什麼。若有了姓柳的來，我便嫁他……等他來了，嫁了他去，若一百年不來，我自己修行去了。」還摔了一根簪子起誓：「一句不真，就如這簪子！」然後非禮不動，非禮不言起來。

偏偏只愛你

　　這太不可靠了。柳湘蓮人在哪裡？是死是活？娶沒娶親？她一概不知。卻口口聲聲要等人家回來，非他不嫁。難道只要她肯，他就肯了？這不叫痴情，叫偏執。

　　那根玉簪子清脆的斷裂聲，好似是在為尤三姐的一廂情願加油打氣。

　　沒想到，守株待兔，兔子真就撞到了樹上。不久後的某一天，柳湘蓮送來一雙鴛鴦劍，他要她做他的新娘。這難道是上天看在她誠心改過的份上，送給她的一大獎賞？

　　喜出望外的她把劍掛在自己的繡房床上，每日凝望，「自笑終身有靠」。她沉浸在美夢中，盼著他身穿紅袍將她迎娶回家，自此一心一意過活，將前塵不堪一筆勾銷，只羨鴛鴦不羨仙。

　　原來，這不過是老天同她開的一個大玩笑，他並不是度她的人。

　　他終於來了，不過不是迎親，而是來退親。

　　「凡過去的，從不會真正過去。」命運終究是沒放她一馬，「出來混，遲早要還的」。

　　最後的一條重生之路被徹底切斷。「哀莫大於心死」，她用柳湘蓮的利劍，割斷了自己的頸動脈。

四

　　放在今天看，女孩子有一點墮落的前塵過往，雖不光彩，卻也並不算十惡不赦的事。如果在娛樂界，或許會增加她的可看性，只要洗心革面重新做人，她仍然可以成為勵志偶像被粉絲膜拜，怪只怪尤三姐生錯了年代。更何況，正經說起來他們素未交集，沒有一點感情打底，他為什麼要

尤三姐：他們何曾傾心過

做「接盤俠」，替她無恥淫奔的過往買單？這應該是大多數人的看法。在尤三姐死後，鳳姐不是說柳湘蓮「還算造化高，省了當那出名的忘八」。價值觀永遠跳不出所在時代。

想不到的是，尤三姐的自殺，竟然為她的身後人生迎來了轉機。她被柳湘蓮認作了「剛烈賢妻」，並為她終身不娶，出家了。

一雙鴛鴦劍，尤三姐用雌劍斬斷了生命，柳湘蓮則用雄劍斬斷了塵緣，將「萬根煩惱絲一揮而盡」，貌似可悲可嘆，可歌可泣。

但是，細讀這一節會發現：柳湘蓮出家，也純粹是一時衝動，他根本就沒搞清楚真相。尤三姐死了沒一會，頂多半天工夫，他就跟著跛腳道士走了。

書裡說，尤三姐死後柳湘蓮撫棺大哭，出了門昏昏默默，才想剛剛發生的事情：「原來尤三姐這樣標緻，又這等剛烈，自悔不及。」悔恨、愧疚、遺憾，攪住了他的心。

他曾經揚言要找一絕色女子為妻的行為，多少有點像「購物平臺」，被「店家」賈璉一忽悠，他「大喜」，不論出身，也不問品行，直接用家傳寶物做抵押，下了「單」。當他發現尤三姐和東府裡關係密切歷史可疑，便堅決「撤單」。尤三姐也是：你要「撤單」，我就當著你面銷毀。柳二郎瞬間被震蒙了，本以為對方是二三手的滯銷貨，這一來，誤以為自己錯失了限量版奢侈品。不心疼後悔才怪。

這才是最諷刺的地方：他到最後也沒搞清真正的尤三姐到底是什麼樣子，糊里糊塗出了家。

如果柳湘蓮和尤三姐順順利利地成了親，他們會幸福嗎？「瞞得過初一瞞不過十五」，他們那個圈子裡哪有祕密？尤三姐的過往遲早會被他知

曉，就算她已經改過自新，他能忍受她生命中那不堪的一段嗎？一定不會。他心性本自多疑高傲，沒有賈璉那麼溫厚有度量。那麼，等待尤三姐的將會是什麼？是被一身功夫的他時時拳打腳踢？還是「冷面冷心」的家庭冷暴力？抑或，乾脆是一紙休書，將她遣返娘家？

張愛玲曾經在《十八春》裡說：「死了倒也就完了，生命卻是比死更可怕的，生命可以無限制地發展下去，變的更壞，更壞，比當初想像中最不堪的境界還要不堪。」這麼看來，死，對於尤三姐來講，真是最好的歸宿。

「一死遮百醜」，死去的她，將永存於他的想像中，冰清玉潔，一塵不染，是他最貞潔的妻。

《紅樓夢》只有半部，卻常常會讓人突發奇想：當衝動型的柳湘蓮有一天得知，尤三姐並不是自己想像中的樣子，她的確與「東府裡」的爺們兒不乾不淨過，他會不會為自己的出家不值？一咬牙一頓足，找個機會就還俗了？

世界上最美的愛情，都是結婚未遂的。對於尤柳二人之間的情感糾葛來說，的確是相守不如懷念。拂去文字的表層鍍光，細究他們的情感本質，會發現他們何曾真正地傾心過？不過是塵世中一對庸俗的男女，各懷心事，想借別人的力量拯救自己，最後卻賠得血本無歸而已。這麼解讀一點都不美，但悲催的是，這是真相。

薛蟠：假如我娶了林黛玉

　　薛蟠這個不學無術的傢伙，酒席上行酒令唱曲兒，行得烏七八糟，令人笑破肚皮；胸無點墨，請寶玉吃難得的四樣新鮮奇饈，除了用手比劃著說「這麼粗，這麼長」、「這麼大」、「這麼長」、「這麼大」，再不會用別的詞來形容了；有一次破天荒地稱讚一幅畫：「畫得著實好」、「好得了不得」──卻原來是春宮，還把作者唐寅唸作了「庚黃」；唯一一次和藝術能沾點邊的行為，就是在虎丘山上讓人用泥捏了個小像，和他自己一模一樣，博得他妹妹寶釵莞爾一笑。紈袴外表之下，真真的一肚子草。

　　這個人每次出場，似乎是專門給人添笑料，做冤大頭的，他的生活基調說白了就是吃喝嫖賭，倒也活得簡單快樂。人在背後叫他「薛大傻子」，和他博覽群書、通透從容的妹妹薛寶釵一比，差了十萬八千里，讓人懷疑他是不是小時候發過高燒，把腦子燒壞了。

　　他還有一個諢名「呆霸王」。「霸王」當然是說他橫行霸道為所欲為，加上一個「呆」字，則是指他頭腦簡單、做事不計後果。為了香菱打死了馮淵，揚長而去。可是得手不到幾日，就把香菱看得「馬棚風」一般了，甚至於後來拳腳相加，大施家暴。

　　薛蟠感情粗糙得像毛坯牆，在他的辭典裡，根本沒有愛情這兩個字，他對女人的態度就如同對衣服，穿脫自如，棄換隨意，喜歡就占有，不喜歡就棄至牆角。不管對誰從不走心，是典型的用下半身思考的動物，要不然也不會被柳湘蓮痛打。美貌溫柔的香菱跟了他，實在是白瞎了，也只有夏金桂那樣的潑婦，才降得住他一二分。

　　寶釵有一次開玩笑說把林黛玉許給他哥哥。薛姨媽說：連邢岫煙那樣

的貧寒女兒，我都怕你哥哥糟蹋了她，更別提林黛玉了，快算了吧。「知子莫若母」，她太知道自己兒子了。

不妨假設一下，如果有一天真的造化弄人，林黛玉陰差陽錯地嫁給了薛蟠，會是什麼樣的情狀？她的命運會不會和香菱一樣悲慘收場？有人會為她捏一把汗。其實，「悲」是一定的，「慘」倒不至於。因為黛玉與香菱這兩個女子，原本就不是一個段位的。

從香菱的角度看薛蟠，是仰望；換了林黛玉看薛蟠，那就是俯視。香菱是薛蟠的妾，她與他的關係是依附；黛玉則是明媒正娶的正妻，她跟薛蟠，不論從哪方面來看，都稱得上是下嫁。

首先，論門第。香菱是個自小就被人販子拐賣了的孤兒，父母原籍一概不記得，像牲口一樣被人轉了好幾次手。漂泊無依，身分低賤，像顆被風吹到哪算哪的草籽。而林黛玉的祖上卻襲過四代列侯，「雖係鐘鼎之家，卻亦是書香之族」。父親林如海是前科探花、蘭臺寺大夫，聖上欽點的巡鹽御史；母親賈敏是榮國府千金。黛玉的出身顯赫高貴，與香菱有著雲泥之別。雖說父母雙亡，卻有外祖母家撐腰，已後繼乏力的薛家能娶到黛玉，已算是高攀，自是不敢怠慢。絕不會像香菱那樣，被薛蟠當出氣筒毆打以後，薛姨媽在傷心氣惱之下，叫喊著要找個人牙子來，把她賣掉，「大家過太平日子」，令她有冤無處訴。門第觀根深蒂固自古就有，有黛玉這樣出身的太太，對薛蟠而言已是一個大大的虛榮，他再想犯渾，也得好好掂量著點。

其次，論外貌。據說香菱有點「東府裡大奶奶的品格」，美貌堪比秦可卿，如非這樣，也不會讓薛蟠看上，為了她鬧出人命官司來，在五官身材上應該是不遜於黛玉的。美固然是美，但在氣質上是沒法與黛玉相提並論的。「世外仙姝」林黛玉身上的那種冰清玉潔的仙氣，連文藝青年寶玉

都心醉神迷，在《紅樓夢》裡無人能出其右。薛蟠第一次見到林妹妹時，簡直是驚若天人。他本來是擔心香菱在混亂之中被人臊皮的，一抬眼卻瞥到了林黛玉「風流婉轉」，不由「酥倒在那裡」。「風流婉轉」這四個字，可不是人人都當得起，它更多指的是人的氣質，黛玉身上所特有的那種楚楚動人的嬌弱，與不食人間煙火的靈氣交織在一起，形成了一種特殊的吸引，是旁人無法複製、也複製不來的。

的確，薛蟠的生活中從來不缺美女，但是黛玉這樣的女子他卻從沒見過。成天在風月場所打滾，他見得最多的，無非就是妓女雲兒那樣曲意逢迎百般獻媚的。乍一見林黛玉，後者出塵脫俗的氣場先是懾住了他。「物以稀為貴」，他在心裡先入為主地將之奉為了神明，絕不敢隨意唐突。

再次，論才華。薛蟠大字識不了一籮筐，更別提談古論今、填詞作詩了；林黛玉卻是飽讀詩書，才華過人。如果命運將這二位圈禁在一起，共同語言自然是沒有的，精神上完全無法交流；但是，這種內涵上的差距，會讓水準低的那一方自慚形穢，進而膜拜水準高的那一方。想像黛玉出口成章之時，薛蟠一定會不知所云，就像對牛彈琴，他哪裡還有在呆香菱面前的優越感？只好傻笑著任由黛玉鄙視他了。

最後，說秉性。林黛玉性格的各色是公認的，忽而惱了，忽而哭了，忽而病了，忽而不理不睬了，面對這樣一個易碎的水晶人兒，連最會哄女人的寶玉在她面前都常常一籌莫展，更何況薛蟠這樣的大老粗？然而，對大多數男人而言，有點個性的女人才可愛，就像啃排骨一樣，樂趣全在那點得來不易的過程裡，這就是犯賤的人性。香菱之所以那麼快失寵，就是因為太過溫馴，幼時的坎坷經歷令她的行動舉止畏首畏尾，外加有點呆，讓薛蟠早早吃定了她。倒是後來過門的夏金桂，反而憑著刁蠻的脾性拿捏住了薛蟠。說點題外話，二小姐迎春倘或少上一二分懦弱，也不會被孫紹

祖虐待致死。欺軟怕硬也是人的劣根性。

　　黛玉這種最讓人輕不得重不得的小性子，也是薛蟠之流從未見識過的。不同於夏金桂的撒潑耍賴，更不同於香菱的逆來順受，黛玉的小脾氣恰似黃蓉的蘭花拂穴手，輕輕一點，就將薛蟠這樣的紙老虎制住了，渾身的蠻力使不出來，只有乾瞪眼的份。他哪裡還敢像對香菱那樣拳腳相加，對夏金桂持刀欲殺的招數更是用不上了，在生氣流淚的黛玉面前，恐怕只有抓耳撓腮、磕頭作揖賠不是，卻不知道自己錯在哪兒的份兒了。黛玉還有兩道護身符，就是寶釵的保駕護航和薛姨媽的偏袒疼愛。設若薛蟠惹了黛玉，薛姨媽定會這樣狠狠罵薛蟠：「如今娶了親，眼見抱兒子了，還是這樣胡鬧。人家鳳凰蛋似的，好容易養了這一個女兒，比花朵兒還輕巧，雖說是外孫女，老太太卻看得比親孫女還金貴。原是看在幾家子親戚的份上，才許了你做老婆。你不說收了心安分守己，一心一計和和氣氣過日子，反倒這樣胡鬧，折磨人家，這會子花錢吃藥白糟心倒罷了。她自小身子骨就弱，倘或真氣出個好歹來，怎麼跟人家祖宗交代？」說著落下淚來——長此以往，薛蟠即使有理也會矮三分，地位江河日下，遲早也要淪為「床頭跪」一族，恐怕比娶了夏金桂還慘，想想也挺可憐。

　　人只道薛蟠如若娶了林黛玉，是糟蹋了後者，的確，他配不上她。黛玉會活得很痛苦，其實薛蟠何嘗不是活受罪，因為面對這樣高不可攀的「仙女」，薛大爺會變得很低很低，一直低到地縫裡去。

北靜王：我才是黛玉的真命天子

一

　　讀《紅樓夢》的人大概都會對這個情節記憶猶新：林黛玉從蘇州葬父歸來，寶玉忙不迭把前兩天北靜王水溶贈的鶺鴒香串拿出來「珍重」送她，可是林黛玉卻擲而不取：「什麼臭男人拿過的！我不要它。」

　　這個節點其實是一個起點，林黛玉婚戀之路的起承轉合就此啟動。

　　轉贈這樣的事寶玉做了不止一回。二十八回，他和蔣玉菡相見恨晚，可是一轉身，就把蔣玉菡贈他的汗巾子轉贈給了襲人，襲人後來的結局是跟了蔣玉菡。曹雪芹既然會安排寶玉用一條汗巾子把蔣玉菡與襲人連繫起來，那麼讓寶玉把水溶的一串珠子轉贈黛玉絕非偶然。

　　水溶在第十五回出鏡，只有幾分鐘卻驚豔絕倫：「頭上戴著潔白簪纓銀翅王帽，穿著江牙海水五爪坐龍白蟒袍，繫著碧玉紅鞓帶，面如美玉，目似明星，真好秀麗人物。」氣度不凡，言辭高妙，給了寶玉一串御賜珠子做見面禮。

　　在《紅樓夢》裡，但凡肯捨點筆墨描寫外貌衣著的人物都不是凡品，水溶這麼閃閃發光的人，怎麼可能只是個打醬油的？這本書丟了後四十回，許多精采的故事被截掉了尾巴，高鶚狗尾續貂終歸不像，把水溶給寫丟了。

　　曹雪芹用心良苦，從轉贈串珠開始，已在把故事一點一點慢慢堆積。針對林黛玉不收串珠，脂硯齋在後面批道：「略一點黛玉性情，趕忙收住，正留為後文地步。」思維縝密處處伏筆的老曹，從不寫廢話，每一個人的出場每一句話的道出都不會無緣無故。

　　關於水溶，曹雪芹一定會濃墨重彩地寫。

偏偏只愛你

二

寶玉夢遊太虛幻境時，一曲〈枉凝眉〉早已將黛玉的婚戀大概交代清楚了。

北靜王：我才是黛玉的真命天子

　　曹雪芹用十一首判詞、十二支曲子對金陵十二釵的命運一一做了概述。其中，釵黛合用一首判詞，但與之對應的曲子順序紋絲不亂。釵黛判詞第一句「可嘆停機德」指德行出眾的寶釵，第一首曲子〈終身誤〉描述的正是寶釵嫁給寶玉，陷入貌合神離的婚姻；判詞第二句「堪憐詠絮才」指黛玉，而對應的第二首曲子〈枉凝眉〉便是黛玉婚戀正傳——「一個是閬苑仙葩，一個是美玉無瑕。若說沒奇緣，今生偏又遇著他；若說有奇緣，如何心事終虛化？一個枉自嗟呀，一個空勞牽掛。一個是水中月，一個是鏡中花。想眼中能有多少淚珠兒，怎經得秋流到冬盡，春流到夏！」瀰漫著悲苦之氣。

　　這首曲子吟唱的正是神瑛侍者和絳珠草的前世今生。前生，絳珠草受神瑛侍者灌溉之恩，後來修成女體人形，為了報恩，她說：我受了人家甘露之恩，可我並無此水可還。他要做人，我也去做人，用眼淚還他好了。這二位便一先一後投胎來到人間，絳珠仙子轉世為林黛玉，等待機會還報神瑛侍者上一世的恩情。

　　傳統認為曲子裡寫的正是寶玉和黛玉之間的事，換言之就是認為寶玉即神瑛侍者，這不通，因為寶玉根本不是「美玉」，「美玉」另有其人。第一回裡說得很清楚：寶玉的前身就是一塊女媧補天剩下來的石頭，他苦苦央告僧道兩個神仙幫他投一次胎，去富貴溫柔鄉裡享受幾年。那兩位才作法把這塊巨石真身幻成一塊扇墜大小的玉石，正反面都刻上字來抬高他的身價，稱呼他為「蠢物」。這塊石頭的故鄉在大荒山青埂峰下，和仙界差了十萬八千里。

　　第五回寶玉初次隨警幻去太虛幻境時，幾個仙姑還抱怨警幻：不是說去接絳珠妹子嗎？怎麼把這「濁物」接來了？和那兩位僧道對他的稱呼類似。如果他真是神瑛侍者，那幾個仙姑見是故人來，怎麼會那麼嫌棄？

偏偏只愛你

連高鶚都弄錯了,在偽續的第一百一十六回,他寫賈寶玉回到太虛幻境,仙姑們稱寶玉為「神瑛侍者」。大錯特錯不說,還誤導了後來者。

主角都搞錯了,關係當然難以自圓其說,各種解釋都似通非通,引出不少口水仗。專家們考證的、索隱的忙著各說各話,不斷派發各種新的論斷。

沒搞清楚「美玉」是誰,難怪《紅樓夢》後四十回大結局研究就此陷入迷宮,怎麼都找不到出口。

■ 三

最可靠的研究也許應該是「以本為本」:認真讀原著。書中種種其實都在不斷暗示讀者:北靜王水溶才是真正的神瑛侍者轉世,人家才是林黛玉的真命天子。

「枉凝眉」首句「一個是閬苑仙葩,一個是美玉無瑕」。明明白白所指這兩個人正是來自該段風流公案。「仙葩」是絳珠草黛玉,「美玉」簡稱為「瑛」,正是絳珠草要報恩的神瑛侍者。在《紅樓夢》裡,唯一被用「美玉」兩個字形容過的男子只有水溶,曹雪芹寫他「面如美玉」,而水溶出身高貴,從外在至談吐再至涵養,十分完美,稱其為「美玉無瑕」名副其實。

「一個是水中月,一個是鏡中花。」水溶的名字裡恰好有「水」字;「月」很容易令人想到古詩「梨花院落溶溶月」。老曹喜歡借字或隱字,用「月」字代替了「溶」字,水中月就是「水溶」。「鏡中花」指曾寫詩以花自喻的林黛玉,又有後文「菱花鏡中形容瘦」。水月鏡花亦是指二人的姻緣難以長久。

這兩個關鍵點,基本上的指向都是北靜王水溶。

還有，黛玉住的瀟湘館院子裡遍植翠竹，她又愛哭，探春便為她取了個雅號「瀟湘妃子」——「瀟湘」與「水」有關，「妃子」是只有嫁予王室的女人才能用的稱號，連綴起來就是「水氏王爺的妃子」。而瀟湘館的原名偏偏叫「有鳳來儀」，只有皇族的妃嬪才能稱之為「鳳」，所以脂硯齋在這裡批：「果然，妙在雙關暗合。」

這樣一來，探春掣花箋時，眾人笑道的「我們家已有了個王妃，難道妳也是王妃不成」裡所說的王妃就不是指元春（因為她是皇妃），而是暗指嫁給了北靜王水溶的黛玉。

四

水溶和黛玉，他們婚後過得怎麼樣？

終身誤，枉凝眉，光看這兩個題目就知道是在感嘆造化弄人：四個璧人，兩對夫妻，陰差陽錯地結合，誤了終身，枉自凝眉。如同寶玉和寶釵一樣，黛玉和北靜王過得也並不幸福。

寶玉兩次轉贈物件時，當事人反應大不相同。襲人，雖不樂意繫蔣玉菡的汗巾子，將之扔在箱子裡，但畢竟沒有拒絕。如同最後與蔣玉菡的結合，終歸是從了。

而林黛玉，她連看都不看，一下扔出老遠，堅決不沾手，這是在暗示她根本兒不會接受水溶。絕不媚俗的世外仙姝，管你是什麼王爺，一律叫「臭男人」！不知道以水溶的涵養，若親耳聽到林美女說這句話，會是什麼樣的反應，是慍怒還是啞然失笑？

寶玉還向黛玉轉贈過一次北靜王的東西。天下大雨，寶玉頭戴斗笠身穿蓑衣來找黛玉。黛玉說你怎麼活像個漁翁？寶玉說：這是北靜王送我

的,下雨了他在家裡也這麼穿,要不我把這帽子送妳戴?黛玉說:我才不要,要不成了漁婆了!說完又覺得不妥,「羞得臉飛紅,便伏在桌上嗽個不止」。漁翁漁婆是夫妻,黛玉將自己與寶玉連繫起來,才害羞不已。其實寶玉只是個冒牌的「漁翁」,他的這身行頭是從「真漁翁」北靜王那裡得來的。

林黛玉與北靜王從未謀面,但是命運已經將他們兩個絲絲縷縷地捆綁在了一起。

「若說沒奇緣,今生偏又遇著他;若說有奇緣,如何心事終虛化」,這是慨嘆緣分的奇妙,也是在質問感情的不可捉摸。是啊,世界這麼大,為什麼我們偏偏又再次相遇?既然遇都遇上了,為什麼最終心願卻成空?——這就是水溶的困惑。

他們之間是怎樣相處的?「一個枉自嗟呀,一個空勞牽掛」,「枉自嗟」的是林黛玉,因為在第六十三回中林黛玉掣的花箋上題著一句舊詩「莫怨東風當自嗟」,與曲子上遙相呼應。黛玉嫁了水溶後成天長吁短嘆,轉世為人的絳珠仙子,在這一世已經愛上了賈寶玉,哪管他水溶「空勞牽掛」。

寶玉和蔣玉菡等人吃酒時,大家唱曲子助興,每個人唱的都是自己心愛女子的模樣。蔣玉菡愛的女子「天生成百媚嬌」,即「柔媚嬌俏」的襲人;而寶玉歌聲中的女子卻是愁眉不展:「……睡不穩紗窗風雨黃昏後,忘不了新愁與舊愁,嚥不下玉粒金蓴噎滿喉,照不見菱花鏡裡形容瘦。展不開的眉頭,捱不明的更漏……」這分明就是林黛玉嫁給水溶以後的寫照,雖然錦衣玉食卻鬱鬱寡歡。寶玉的酒底用了一句古詩「雨打梨花深閉門」,正好與前文借用的故事「梨花院落溶溶月」在「梨花」上巧合。也許

在水溶的王府府邸裡，恰好栽植著梨樹，林黛玉就住在梨花掩映的深深庭院裡，將心與門一起深鎖。曹雪芹心細如髮，在書中埋伏了千絲萬縷卻紋絲不亂的伏筆，令人驚嘆。

第七十六回，湘雲和黛玉中秋聯詩，湘雲的上句是：「藥經靈兔搗」，黛玉「不語點頭，半日隨念道」，吐出了別有深意的一句：「人向廣寒奔。」廣寒代指月亮，還是暗指水溶。在詩的最後兩句，她們借聯詩，各自聯出了自己命運的收梢。

湘雲吟：「寒塘渡鶴影」，「鶴」即「只愛打扮成個小子的樣」顯得「鶴勢螂形」的湘雲，她在貧寒中苦捱過歲月。

黛玉吟：「冷月葬花魂」，這一句與「枉凝眉」對應，月即「水中月」，花即「鏡中花」。也就是說：她死後，是水溶安葬了她。或者是說，林黛玉死在水溶手裡。

這樣的結局，怵目驚心，不忍卒讀。

水溶其實開始是有王妃的，北靜王妃還在七十一回出場過，來為賈母賀壽，還送了黛玉們幾樣見面禮。那麼最可能的解釋就是，黛玉就是水溶的繼妃或者側妃。

以水溶的人品，待黛玉不會不好，可惜黛玉嫁給他後，成天哭哭啼啼以淚洗面。〈枉凝眉〉中說：「想眼中能有多少淚珠兒，怎經得秋流到冬盡，春流到夏！」這就應了絳珠所說用眼淚來償還人家灌溉之恩的話。「欠命的，命已還；欠淚的，淚已盡。」他們的婚姻，以黛玉淚盡而亡收場，還真是一段孽緣。

偏偏只愛你

五

那寶玉和黛玉的「木石前盟」從何而來？

在第三回寶黛初見時，黛玉開始還想：「倒不見那蠢物也罷了。」（又提「蠢物」二字，可見並非偶然）待見到時，彼此都覺得十分眼熟，由此可見他們在上一世是有過交集的。

不妨還原一下舊時光景，當日這一僧一道聽說神瑛侍者和絳珠仙草已在警幻案前掛了號，不日將下凡投胎，便也去警幻宮中討個順水人情，讓她捎帶著把這通靈頑石也一塊投了。也就是在警幻宮中，這塊頑石才得以與絳珠仙草初次見面，彼此十分投緣。在轉世之前，他們定下了一個諾言，說好下凡投胎後還要在一起云云。「木石前盟」當由此而來，只是曹雪芹沒來得及揭曉而已。

果然，上天安排他們做了表兄妹，後又得以相聚，朝夕相處，青梅竹馬，耳鬢廝磨，遂日久生情，相愛至深。前世的絳珠仙子與神瑛侍者之間，那是不得不還的恩情；而今世的林黛玉與賈寶玉之間，卻是結結實實的愛情。

可恨「分離聚合皆前定」，命運不為所動，沒有因為他們生發了愛情而網開一面，依然按照原先的劇本一步步上演，北靜王贈珠便是這不動聲色的開端。這串珠子偏偏又叫「鶺鴒香珠」，鶺鴒是一種鳥，除了喻義兄弟外，另一種象徵便是「愛情的使者」。

寶玉不會知道，他糊里糊塗間竟然向愛人傳遞他人信物，一而再地當媒人。而黛玉更不會知道，她嘴裡的這個「臭男人」，正是她未來的夫婿。

當所有的結局塵埃落定，再回望來路，不免令人目瞪口呆，充滿了荒

誕感：黛玉和襲人，寶玉生命中最重要的兩個女人，在冥冥中，竟由他自己的手，以一種雷同的象徵手法，轉交給了所結交的兩個男人，這劇情狗血而殘忍。

襲人跟了蔣玉菡後，小日子過得心滿意足。可悲的是林黛玉，縱然已貴為王妃，卻仍然放不下那個難成大器的賈寶玉，憔悴哭泣而死。曹雪芹如此洞悉愛情的特質：愛就是沒道理可講。真正愛上一個人的時候，你不會計較他的身分弱點和缺陷，你就是愛他，別人再好也無法代替──即使後者是曾有恩於你，公認的世間最好的男子，也不行。

秦可卿：給世界一個旖旎的背影

一

秦可卿是曹雪芹寫得最糾結的一個人物。

寫她時，他一定換過多種表情：迷醉地寫，尷尬地寫；微笑著寫，哭泣著寫；小心翼翼地寫，豁出去了寫……卻怎麼寫都不對。他一會躲躲閃閃，欲言又止；一會指東打西，欲遮還露，叫人看著都替他累。當他終於決定痛快地寫，等放下筆抬起頭，一想到世人的目光，他又不自在了，於是──撕了重寫。就這樣：寫了撕，撕了寫，到最後都沒能交出一個成型的秦可卿。

因為作者的早殀和他寫作態度上的不坦然，秦可卿這個人便成了一個雲山霧罩的謎，引得後世人們費盡周折地猜測探軼。她的出身，到底是棄

偏偏只愛你

嬰還是皇族；她的死亡，究竟是自殺還是生病致死；而她真正的死因，是迫於政治，還是人言可畏的倫理醜聞？

曹雪芹，他根本就是心裡有鬼。

秦可卿：給世界一個旖旎的背影

《紅樓夢》曾被過度解讀，以至一度陷入了考證、索隱的爛泥坑中。如果回歸作品本身，嘗試著從字裡行間八卦一下人物關係，未嘗不是一種更可靠的方法。誰叫《紅樓夢》這本書，用胡適的話說：本就是一部「帶一點自傳性質的小說」呢！

寫小說的人，特別是寫這種有點「自傳性質」小說的人，寫別人時大都理直氣壯，關乎自己時，就算主角已改名換姓，碰到不足為外人道的隱私過往時，任誰也會心虛吧？自傳這種東西，雖是寫自己的，到底也是要給別人看的，出於自我保護的人性心理，誰都做不到百分百的誠實。讀自傳正確的態度應該是：不可不信，更不可全信。

所以，明白了這一點，再來解讀寶玉與可卿的關係，一切疑點均迎刃而解。

二

護花主人曾說「寶玉初試雲雨情」那一段，「其實是『二試』，讀者切勿被瞞過。」意思是：他的初試，應該是和秦可卿。

後世的讀者們，對於寶秦二人之間的這樁迷案，分為兩派各執一詞，甲方覺得秦可卿只是寶玉的性幻想對象，越軌之事不大可能；乙方則認為沒那麼簡單，他們之間必有事實，但苦於沒有確鑿證據。

真相到底是什麼？

曹雪芹如果在天有靈，一定會躲在文字後面狡黠地笑：我不直說，讓你們猜。

真相，就藏在字裡行間。

在那個梅花盛開的初冬午後，寧府的會芳園裡，人們喧笑賞花，品茶飲酒。而就在離此不遠，一間香豔奢靡的臥房裡，本來是去午睡的寶玉，在男女之事上開了蒙。

　　當這位風流嫋娜的年長姪媳，殷勤地「展開了西子浣過的紗衾，移了紅娘抱過的鴛枕」，讓眾奶母款款散了，只留襲人、媚人、晴雯、麝月四個小丫鬟為伴。吩咐小丫鬟們在廊簷下好好看著「貓兒狗兒打架」時，事情的走向便開始撲朔迷離起來。

　　後面發生的一連串事情，曹雪芹說了：那都是夢。

　　可是，夢裡說了，警幻仙姑為了叫寶玉明白男女之事無非如此，說：把我妹妹送你，見識過了後還是好好讀書上進吧，要知道，你肩負的家族擔子還很重。而她妹妹的名字，不偏不倚就叫：可卿。

　　教習寶玉雲雨之事的課程，係由警幻言傳，可卿身教，這姐妹二人倒是分工明確。有沒有這種可能：警幻姐妹二人的原型，原本就是同一人，是曹雪芹故意將之一分為二寫成了兩個人。這種創作手法並不新鮮。

　　而這個原型，不是別個，正是秦可卿。

　　警幻曾轉述寧榮二公的話：我們家的確是富貴顯赫，「雖歷百年，奈運終數盡，不可挽回者」。秦可卿死後第一時間託夢給鳳姐時，也說：「我們家赫赫揚揚，已將百載」，要謹防樂極生悲。鳳姐問有沒有「永保無虞」的法子。秦氏冷笑：妳真傻。榮辱復始這是客觀規律，哪裡是人力能為的？兩相對比，就會發現警幻和秦可卿的觀點驚人相似。不只如此，連說話的語氣都如出一轍，警幻在同寶玉交談時，面對提問也屢屢冷笑，態度居高臨下。

　　創作從來都是主觀的，再努力地塗抹，潛意識裡的東西總會下意識地洩漏。

三

秦可卿的判詞裡說：「情天情海幻情身，情既相逢必主淫。」有人認為這是影射賈珍，其實，這更像是暗示秦可卿與寶玉之間的關係，說難聽點，是在為寶玉開脫：男女兩情相悅，必然會有肌膚之親，這是很自然的事情嘛。後面兩句：「漫言不肖皆榮出，造釁開端實在寧。」這簡直就是自我撇清了：流言四起，都說是榮國府某人的行為不端，其實才不是咧，都是他們寧國府人惹的事啦！這四句話的上方，是一個美人懸梁自盡的畫像，酷似案發現場照片，而這四句話，仿若曹雪芹替寶玉起草的當庭辯護：她的死，真的和我無關。

在秦可卿的判曲裡，曹雪芹也不忘再次強調：「家事消亡首罪寧。」這些急不可待的指證，與他一貫悲憫的文風大相逕庭。就算秦可卿之死賈珍脫不了關係，寶玉和秦可卿之間，真的是清白無染嗎？

讀《紅樓夢》，誰都權威不過脂硯齋，且看這個問題她（他）怎麼看。寶玉從太虛幻境的夢中被嚇醒時，嘴裡喊的是：「可卿救我。」曹雪芹寫的是，秦可卿聽了，便納悶：「我的小名這裡從沒人知道的，他如何知道，在夢裡叫出來？」在甲戌校本上的這一句話裡，脂硯齋就批注了兩回。在「沒人知道」後，脂硯齋說：「『雲龍作雨』，不知何為龍？何為雲？何為雨？」指作者有意迷惑讀者。在這句話後面，脂硯齋乾脆批：「作者瞞人處，亦是作者不瞞人處。妙妙，妙妙！」

看到這裡，誰還能說：寶玉對秦可卿，只有意淫？

這種此地無銀三百兩的寫法，在書裡還有多處。

在第七回，焦大醉罵那一節，也是如此。焦大喝高了，對賈蓉說：你少在我面前充主子，把我逼急了，我就「紅刀子進去白刀子出來」。很明

顯紅白二字說反了，這是作者故意賣的破綻，是給之後那一句「唬的魂飛魄散」的話做鋪陳：「爬灰的爬灰，養小叔子的養小叔子」。醉漢說話顛三倒四，能把「白刀子進去紅刀子出來」說成「紅刀子進去白刀子出來」，當然也能把「養小叔叔」說成「養小叔子」。再說，若把秦可卿放在和賈珍持平的輩分上，寶玉可不正是她的「小叔子」？

緊接著，曹雪芹故技重施，又急著掩蓋了一下，他安排寶玉很傻很天真地問鳳姐兒：姐姐，什麼叫「爬灰」？倒顯得他很無辜似的。

秦可卿病了後，寶玉隨鳳姐去探視，看著面前這位憔悴的美人，不由憶起當日在這間臥房裡發生的事，如「萬箭攢心」，哭個不停，反倒要鳳姐勸解，最後還是賈蓉把他帶走了。個中滋味，恐怕只有寶秦二人自知吧？

秦可卿蹊蹺驟死，寶玉聞之，「心中似戳了一刀的不忍，哇的一聲，直奔出一口血來」。如果秦氏跟他沒有特殊關係，就算他是個多情種，反應又何至於如此強烈？不說別的，書裡因他而死的女子就有金釧兒、晴雯。金釧兒死後，他找了個地方撮土為香，隨便拜了拜；與他朝夕相處的晴雯死了，他最關心的也不過是對方臨終前喊的是誰。在全書中，能讓他為之心碎吐血的人，只有秦可卿一個，黛玉還是後話。她占有著他心裡獨一無二的位置，只是「不可說，不可說，一說便是錯」。於是他只能笑著對襲人掩飾：「不用忙，不相干，這是急火攻心，血不歸經。」

看來，當日所謂的「太虛幻境」夢遊只是託詞，真實的經過應該是：風情萬種的美麗少婦，給懵懂飢渴的美少年，手把手上了人生中銷魂的第一課。刺激，美妙，不道德，隱祕而危險，令他想忘不能忘，想說不敢說。只是，他不知道，該為他們之間的關係，下一個怎樣的定義？而對這

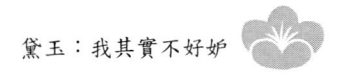

個女人私生活的不檢點，以及由此引發的悲劇收梢，他真的沒想好怎樣評判，只好借曲子說：「宿孽總因情」。

曹雪芹對秦可卿的感情有多複雜，寫起她來就有多遲疑。

她香消玉殞，在今生的回憶裡，只留給他一個旖旎的背影。

黛玉：我其實不好妒

人都說黛玉小心眼，好妒，其實很冤枉她。說到好妒，她及不上襲人的一半。可是後者落了個「賢人」之名，她卻戴了個好妒的帽子。沒辦法，誰叫她不肯偽裝。

只說幾件事，就知道她到底好不好妒。

寶玉在清虛觀張道士那裡看見有一個赤金點翠的麒麟，和湘雲佩戴的一樣，連忙揣在懷裡，又怕別人發現，「拿眼睛飄人」「只見眾人都倒不大理論，唯有林黛玉瞅著他點頭，似有讚嘆之意」。明知道是寶玉偷了留給湘雲的，這「點頭」、「讚嘆之意」哪裡是好妒之人的做派？

晴雯死了，寶玉寫了一篇祭文，剛泣涕讀完，發現黛玉正在芙蓉花後靜聽，按理說，至少應該有些不悅，可是黛玉「滿面含笑」，十分理解，還把原稿拿來，提了些修改意見。相比之下，襲人在晴雯將死，寶玉把晴雯比作海棠花時說：「那晴雯是個什麼東西……她縱好，也滅不過我的次序去……」不管她本意如何，這話實在太不厚道，不像她一貫的做派，實在是「妒」從心起的表現，和黛玉截然相反。

襲人因表忠心有功，一下子得了王夫人的信任，從此步步為營，在正

房還未確定人選之時,自己先坐定了「花姨娘」的位子。第三十六回王夫人親自囑咐鳳姐「以後凡事有趙姨娘周姨娘的,也有襲人的,只是襲人的這一分都從我的分例上勻出來」。這一回中黛玉出場了,她是和湘雲來跟襲人道喜的。況且,黛玉早就和襲人半開玩笑地叫「好嫂子」了,襲人不讓「混說」,黛玉卻笑道:「妳說妳是丫頭,我只拿妳當嫂子待。」可見,對封建社會家庭裡固有的納妾制度,她在心裡已然是接受的。

黛玉從來沒有限制過寶玉的日常交往,即使對「琪官」事件,也未聽她對寶玉有過一句質問,在寶玉捱打之後只含淚叫他「改了吧」。其實這種事是經不起細尋思的,越尋思越噁心,否則賈政也不會氣到差點把寶玉打死。她愛寶玉,一個性本喜潔的大家閨秀,愛到可以不計較寶玉的那些臭毛病。越過形式,她只想擁有寶玉的一顆真心,並希望能與之共度一生,獲得幸福與安定,這個要求不過分。和寶玉因為張道士做媒之事吵鬧,其實氣的是張道士跟賈母拿寶玉當出氣筒。吵鬧,不過是他們愛情菜的芥末面而已,嗆得流淚,自有其中真趣。

她真正忌諱的人也許只有一個,就是薛寶釵。寶釵的家世,寶釵的美貌,寶釵的品格,寶釵的才學,更有「金玉之說」,無不讓她感到莫大的壓力。寶釵,成了她心理的巨大陰影。

她知道自己贏不過寶釵,因為寶釵「不是一個人在戰鬥」,人家背景太強大了。在這場婚姻爭奪戰中,她的同袍只有她外婆和她的丫鬟紫鵑,和寶釵的力量懸殊太大。她清楚寶玉的婚姻由不得他本人做主,可是又無可奈何,只好動不動發點小脾氣宣洩一下。外人看不懂,只道她小心眼兒,可寶玉卻甘之若飴,他懂:她只是「不放心」。

黛玉最經典的一句話,也許就是對寶玉說的:「我很知道你心裡有『妹妹』,但只是見了『姐姐』,就把『妹妹』忘了。」說穿了她的心事。

設若每個人處在黛玉的位置，黛玉的年紀，都不見得會比她做得好到哪兒去。

黛玉其實不好妒，她所為昭示了一點：在愛情裡，我不一定非要做你的唯一，只要做你的第一。

寶玉：那一句溫柔的「你放心」

寶玉和黛玉是一對歡喜冤家。

連老太太都說「不是冤家不聚頭」，初次見面，寶玉就因為黛玉一句「想來那玉是一件罕物，豈能人人有的」，便把命根子狠狠摜到了地上，兩人的初次見面竟然以哭鬧收場。

以後的日子，更是大吵三六九，小吵天天有。湘雲說黛玉長得像戲子，寶玉怕黛玉生氣，向湘雲使了個眼色，讓林黛玉瞅見了，不依不饒，連門都不讓他進，並說「你不比不笑，比人家比了笑了的還利害呢！」又質問他為什麼給湘雲使眼色，氣得寶玉乾瞪眼。張道士為寶玉提了一下親，黛玉還沒說什麼，寶玉倒敏感得不得了，說「我白認得了你」。黛玉一急，也說了帶刺的話，兩人越吵越凶，最後寶玉又砸了自己的玉，「臉都氣黃了，眼眉都變了」，黛玉哭得是臉紅頭脹，又是汗又是淚又是吐，都覺得對方還不如別人理解自己。此外還有「剪香袋」、「悟禪機」等等吵架事件，不一而足，總是不消停。

離不開又見不得。一日不見，如隔三秋。見了面又開始鬧彆扭，過後又後悔，然後和解，當然，一般情況下是寶玉主動求和。好不了兩天，

偏偏只愛你

又因為一件小事再爭吵，再生氣，再後悔，再和解……周而復始，樂此不疲。

為什麼吵？最了解他們的莫過於曹雪芹，他在書中說得很清楚：寶玉「早存了一段心事，只不好說出來，故每每或喜或怒，變盡法子暗中試探。那林黛玉偏生也是個有些痴病的，也每用假情試探。因你也將真心真意瞞了起來，只用假意，我也將真心真意瞞了起來，只用假意。如此兩假相逢，終有一真。其間瑣瑣碎碎，難保不有口角之爭。」「兩個人原本是一個心，但都多生了枝葉，反弄成兩個心了。」「求近之心，反弄成疏遠之意。」

所有了不起的大作家，都是出色的心理學家。他們可以輕而易舉地進入到人物的內心世界，細緻入微地解讀剖析他們。通常來講，在愛情裡，愛的一方總會變得卑微，從而患得患失。因為太想要了，怕自己承受不了得不到的痛苦，就會猜心思，猜來猜去，大家很辛苦。誰也不肯先亮底牌，卻急於要看對方的底牌，爭執便由此而起。

這種準戀人階段的遊戲，總是痛苦而甜蜜，也隱含著一種危險性：兩個人本想要在一條路上相遇，卻因繞的彎子太多，結果走岔了，眼睜睜擦肩而過。

很多很多人，在觸手可及的愛情面前，因為猶豫、怯懦、沒完沒了地猜測試探，把自己累到失去了自信，失去了最基本的判斷力，在無法忍受自我的折磨之苦後，假裝瀟灑地輕輕轉身離開，在此生的一別經年裡，卻頻頻回頭，一生無法釋懷……很多很多人。

年少的時候，不懂愛情；懂愛情的時候，已時過境遷，再談也是刻舟求劍。

正值青春的寶玉和黛玉，也差一點錯過心靈上的相遇。如果沒有那個

寶玉：那一句溫柔的「你放心」

炎熱的午間，他們也許就真的成了「一個枉自嗟呀，一個空勞牽掛」，也或者，他們還需要痛苦更長的時間。

那天，史大姑娘來了，一對金麒麟團圓了。林妹妹不放心，偷偷來勘查，卻不想聽到了一段對話，寶玉明明白白地對別人說只有林姑娘最懂他，讓她又喜又驚，又悲又嘆。喜的是寶玉果然是個知己；驚的是他竟不避嫌；嘆的是既然我們互認知己，如何又有「金玉之說」；悲的是父母早逝，無人做主，又兼紅顏薄命。越想越傷心，流淚而歸。這時寶玉出來正好看見她，便追上她，對她說了至關重要的三個字。全書中寶黛愛情的轉折，就從這裡開始。

寶玉說：「妳放心。」

黛玉說：「我不明白。」

寶玉嘆道：「妳果不明白這話？難道我素日在妳身上的心都用錯了？連妳的意思若體貼不著，就難怪妳天天為我生氣了。」

黛玉說她還是不明白，寶玉說「好妹妹……果然不明白這話……」「……妳皆因總是不放心的原故，才弄了一身病。但凡寬慰些，這病也不得一日重似一日。」

黛玉聽了，如「**轟雷掣電**」，受到極大的震撼。兩人相對無言，怔怔互望，彼此心裡已然是一片澄明，此刻語言已成了多餘。

直到黛玉走了半天，寶玉還在出神，把來送扇子的襲人當作她，一把拉住，又兀自訴說著：「好妹妹，我的這心事，從來也不敢說，今兒我大膽說出來，死也甘心！我為妳也弄了一身的病在這裡，又不敢告訴人，只好掩著。只等妳的病好了，只怕我的病才得好呢。睡裡夢裡也忘不了妳！」極端熱烈卻極度克制的愛情，是一種疾病，誰碰上了，只能是飽受

煎熬。而唯一的良藥，便是——表白。

表白是一種撕開心靈的坦誠相對，是繞夠了圈子後決定不再躲閃的勇敢，是破釜沉舟置之死地而後生的放手一搏，面對對方，直截了當，直逼內心。給予對方的，是劈面而來的窒息，令人戰慄的心悸，再然後，才是久久回味的幸福感。

「你放心」，都市言情小說裡大段大段的愛情告白，都抵不上這輕輕出口卻重似千斤的三個字攝人心魄。這更像是一份字字千鈞的承諾：你放心，我的心裡只有你；你放心，我不會辜負你；你放心，我要的人就是你，再沒有別人。這三個字，對於正在感情中缺乏安全感的黛玉來說，是一劑對症的靈藥。

寶玉本人，其實也有諸多劣跡，和秦鍾、蔣玉菡之間有些不明不白，跟秦可卿的關係也有不少曖昧可疑之處，更不用說跟襲人早早就暗度陳倉，平日裡還喜歡賴著吃丫頭們嘴上的胭脂。然而那些行為大部分均是被青春期荷爾蒙催發的好奇和欲望。如果要問他的心，到底真愛誰？還是林黛玉。他的這一句「妳放心」，清醒、可靠，比之前他那些「化煙化灰當和尚」的賭咒發誓，甚至「……變個大忘八，等妳明兒做了『一品夫人』病老歸西的時候，我往妳墳上替妳馱一輩子的碑去」的瘋話傻話，都動人。

和烈酒一樣，很可能是夏日的高溫讓寶玉的頭腦暫時短路。大毒日頭底下，沒有鋪陳，沒有渲染，就在電光石火的一念之間，他放下偽裝，遵從了內心的聲音，說出了對她的愛。倘或那天不是那麼炎熱難當，他們還要在彼此的心路上摸索多長時間？還有多少大大小小的架要吵？說了就說了，說了就好了。在那之後，他們兩個再沒吵過架。

他們變得心心相印。黛玉不再耍小姐脾氣，對寶玉體貼照顧。下雨

了，把自己心愛的玻璃繡球燈拿出來讓寶玉照路，寶玉覺得可惜，她卻說東西算什麼，人別淋壞了。賈政回家要檢查寶玉的功課，怕寶玉分心不念書臨期吃虧，「因此自己只裝作不耐煩，把詩社便不起，也不以外事去勾引他」。十分賢惠懂事。探春、寶釵幫寶玉寫小楷湊作業，還差五十篇，誰知黛玉的丫頭紫鵑走來，遞給寶玉一卷東西，是一色老油竹紙上臨的鍾王蠅頭小楷，且是模仿自己的筆跡——林妹妹何等善解人意！凡在《紅樓夢》三十二回之後，這樣的事情非常之多。

即使對於別人，黛玉也表現出與以往大相逕庭的寬容：和寶釵情同姐妹，互剖金蘭語；視寶琴如同己妹，一點不忌妒她的美貌與受寵；受到湘雲說她忌妒寶琴的誤解，不急不惱；在櫳翠庵裡品茶，被妙玉故意給了難堪，攻擊她是個「大俗人」，要擱往日，她不知該惱成什麼樣呢？而這一次，她忍了，沒說什麼，略坐一坐就告辭了，處理得相當得體。是不是可以這樣說：在她心裡，已經有了幸福的歸宿，對於外界的刺激，她已能處之坦然。愛的力量多麼強大。

這一切，皆源於那個蟬聲喧聒的夏日午後，寶玉那一句溫柔而堅定的「你放心」。當他們用表白終結了爭吵，世界多麼美好。

齡官：彆扭的姑娘到底要什麼

一

看齡官，總會分分鐘出戲，初看以為是在看瓊瑤劇，再看這分明是瑪麗蘇韓劇，再往下看，戲路又變了，變虐情劇了，合上書看一下封面，是

偏偏只愛你

《紅樓夢》沒錯啊⋯⋯

她一個人的時候是瓊瑤劇。齡官的長相，離國色天香尚有一段距離，但勝在我見猶憐：「眉蹙春山，眼顰秋水，面薄腰纖，裊裊婷婷」，很有點黛玉的影子。瓊瑤小說裡的女主們，她們共有的特徵是「眼睛明亮」、「眉目含情」、「纖腰盈盈一握」，小鳥依人令人頓生保護欲，齡官完全是瓊瑤選角的那一掛。

她表達痴情的方式也十分瓊瑤化。痴戀賈薔，便跑到薔薇花架下，一邊流著淚，一邊用簪子在土裡沒完沒了畫「薔」字，天降大雨都渾然不覺，可知她正在愛的煎熬中，五內俱焚無法化解，只好一遍一遍寫對方的名字——愛到了骨頭裡，快瘋了。

陌生人寶玉一開始還以為她是東施效顰，學黛玉葬花，心裡很不爽。論藝術性，齡官畫薔自然無法與黛玉葬花相比，因為太直接；若是論感染力，齡官因為直接更勝一籌。她忘我投入，一筆一筆「畫」下去，寶玉竟也跟著痴了，被催眠了，甚而起了想要替她分擔一二的心思。

愛情是一種病，齡官已病入膏肓，像發燒四十度的病人，無法克制自己的囈語與錯亂。

她愛的賈薔，是何許人也？一個不務正業的宗室子弟。之前種種行為十分不堪，曾與賈蓉傳緋聞傳得沸沸揚揚；替鳳姐整死賈瑞有他的份；第九回學堂裡打群架也是他策劃的，可惡之處在於他想收拾金榮卻怕得罪薛蟠。於是自己不參與，借刀殺人調唆茗煙上，自己藉機溜了，擇了個乾淨。

齡官：彆扭的姑娘到底要什麼

　　但是遇上齡官，他就不一樣了，彷彿一下子浪子回頭，與先前判若兩人。在齡官面前，少了素日的油嘴滑舌，齷齪陰狠，取而代之的是期期艾艾，手足無措，一場愛情將他從浪蕩子弟變成了笨拙的、不得要領的暖男。

　　能令一個渣男洗心革面重新做人，足見齡官的魅力，那麼，論個性，

偏偏只愛你

齡官又是個怎樣的人呢？

她很難被馴服。本是賈府買來的用以娛樂消遣的戲子，而賈薔除了是寧國府正派玄孫，還是「空降」的戲班管理者，他們之間的故事應該是霸道總裁和小白兔的路子才合理，但偏偏不是。第十八回元春省親時點戲，因齡官唱得好，令她再唱兩齣。賈薔自作主張點了兩齣，但齡官主意大，只唱自己拿手的《相約》、《相罵》。明明不合時宜，可惜賈薔拗不過，只好由她。也有酷酷的藝術家風範，她在床上倒著，看寶玉進來她紋絲不動。

她也很難被取悅。賈薔興興頭頭花了一兩八錢銀子買了個八哥討她歡心，被她嗆了一頓，嚇得趕緊放了。她又質問賈薔為什麼不關心她的病，賈薔慌得連忙出去請大夫。這個場景，連一旁的寶玉都覺得「自己站不住，便抽身走了」。

齡官與賈薔怎麼看都不是一樣的人，怎麼就好上了呢？或者，正因為不一樣，才有致命的吸引力？自小牆頭草一樣見風使舵的賈薔，當一個本應掛著奴才相的女孩子，清麗嬌弱，不但戲唱得好，還自帶一種清潔的傲氣，日日看在眼裡，難保不生出傾慕肅然之心。單看寶玉往她身邊一坐，她馬上站起便知：這不是一個隨便的女孩。不排除賈薔一開始有褻玩的心思，但是相處日久，齡官的自尊自愛反倒征服了他，他鄭重地陷了進去。愛情就像一次救贖，令他脫胎換骨，再沒了往日的輕浮齷齪嘴臉。

齡官給了女人一個啟示：會說不，才會贏得尊重。

■ 二

那麼問題來了，齡官真正要的是什麼？

她要平等和自由。真要命！

234

如果草草初看，會誤以為齡官有公主病。看她那麼喜怒無常地「作」，以為是賈薔肯慣著的緣故，沒人搭理她，她一個人「作」給誰看？就是因為賈薔無條件寵溺，齡官才敢耍大牌，才敢不買帳，才敢那麼任性，那麼折騰。一句話：恃寵而驕。

細細品味，才發現不是這麼回事。

且看她訓斥賈薔買八哥時說的話：「你們家把好好的人弄了來，關在這牢坑裡學這個勞什子還不算，你這會子又弄個雀兒來，也偏生幹這個。你分明是弄了他來打趣形容我們……」她敏感，對自己是有錢人的玩物這個本質認得很清，所以很悲憤：你我都是人，為什麼我們像貨物一樣被任意倒賣，像動物一樣被圈禁，馴化好給你們消遣？這是在質疑社會制度的不公。

她又說：「那雀兒雖不如人，他也有個老雀兒在窩裡，你拿了他來弄這個勞什子也忍得……」勿論古今，悲憫是所有動物保護主義者的共性。齡官的家在南方，也許在她家中有年邁的父母，所以由鳥及人，感同身受。

原來，她的終極心聲是：拒做奴才，回家與爹娘團聚。這不是要自由要平等是要什麼？

龐大無情的社會體系面前，既得利益者們根本不會思考、在意這種質問，她撕心裂肺的吶喊微弱到忽略不計，即使有人聽見了，也未必懂。齡官的覺醒，可貴又悲哀。

覺醒之後是絕望。

女人和男人的處理方式又有所不同。

齡官是小女子，她會把這種委屈憤懣表現在情緒上，一會哭一會笑，借不斷挑剔賈薔，來獲取一種暫時的平衡。

賈薔身為男人，他對齡官更多的是憐惜，還有沒來由的愧疚，於是做小伏低，把她的一顰一笑都放在心上，變著法兒地要她開心，他是「把每天當成是末日來相愛」。

根本問題解決不了，所有示愛的雕蟲小技都是隔靴搔癢。只有有了身分上的平等，他們的愛情才有出路。賈薔雖是攀附者，但門第畢竟在那擺著，瘦死的駱駝比馬大，他要娶的妻，再怎麼也輪不上一個小戲子。但是他又還沒有強大到能自己做主婚姻的程度，即使讓齡官做妾也夠嗆。

面對橫生出的愛情，他們不知道該拿它怎麼辦才好，只好那麼得過且過又全心全意地虐著。

齡官一筆一筆地「畫薔」，除了深愛，還有幻滅。

「識分定情悟梨香院」，那一回，白描的雖然是賈薔和齡官，其實項莊舞劍，意在寶玉。是說卑微渺小如齡薔，讓向來自我感覺良好的寶玉受了冷遇，瞬間悟到愛情只能是一對一，不是輻射狀，更不是陽光普照式的博愛，從此打定主意一心一意對黛玉。齡薔二人又不是主要人物，寶玉悟了，他們所擔負的使命也就完成了。

於是，他們的愛情乃至命運沒有了下文，齡官這個人從書中憑空蒸發了。

三

認真看，曹公還是留了兩處線索的，只是兩處線索指向完全不同。

「情深不壽，慧極必傷。」在三十六回跟賈薔的對話中，齡官說自己已經在咯血了。咯血是肺癆的代表性症狀，在古代，肺癆康復的機率很小。這是線索一，齡官有病死的可能。

齡官：彆扭的姑娘到底要什麼

線索二在第五十八回。因太妃歸天，聖旨下了限娛令，「凡有爵之家，一年內不得筵宴音樂」，賈府隨大流，解散梨香院，要遣發這十二個女孩子，政策很寬待：願意回家的回家，不願意回的在園子裡「轉職」做丫頭。結果「所願去者止四五人」，沒有指名道姓。但留下的八個人皆有名有姓，齡官不在此列。如果齡官沒死，賈府這隻「鳥籠子」一開啟，這隻「憤青小鳥」，撲稜稜一展翅，飛回窩裡找老鳥去才符合她一貫思鄉的心思。

梨香院的戲子數量自始至終都確保在十二個人，缺了一個會馬上補進一個同行業的，比如小旦蕊官就是小旦茚官死了後補進來的。而齡官也正好是小旦，有不少朋友推測說，崑曲行業眾多，十二個人的戲團隊，不太可能設兩個小旦，一定是齡官死了，補了茚官，後來茚官也死了，才有了蕊官——一年的工夫讓一個職位上前赴後繼地死人，這種寫法會不會有點太驚悚？至少想像力差點。也許齡官是按特殊人才引進的，和其他名字帶草字頭的戲子們不在一個等級呢。又或者，賈薔拿齡官沒辦法，又不忍見氣病而死，此前已經放走了齡官？

那愛情怎麼辦？「相濡以沫，不如相忘於江湖」。在無望的愛情與珍貴的自由之間二選一，取捨一目了然。齡官桀驁，不肯一輩子做奴才，她要自己做主的人生，賈薔給不了，只能是「從此分兩地，各自保平安」。

這樣說來，賈薔當時說了句「罷，罷，放了生，免免你的災病」。放飛了雀兒，又多此一舉拆了籠子，不正是暗示放回齡官以後賈府家破的結局？

曹雪芹還是心疼這個彆扭的姑娘，放了她一條生路。但為什麼不把齡官的結局點出來呢？原因有三：第一，她對寶玉的點化已然完成，作者吝

237

惜筆墨不提了或改來改去忘提了。第二，有意模糊了她。大觀園多少人打破頭想進來，如柳家的五兒。多少人進來了就不想出去，晴雯「一頭碰死了也不出這門」，襲人「至死也不回去」。「甲之蜜糖乙之砒霜」，出挑的齡官卻反其道而行之，多少讓優越的寶玉沒面子，所以才故意省略了她的名字。第三，不排除是為日後她和賈薔重逢留下伏筆，那時賈薔是落魄貴族，而她是自由平民，在他們終於「被」平等後，再倒敘當日齡官離府之事，更顯得曲折跌宕有戲劇性……是不是有點想多了？

所以，最讓人眼眶發熱的結局是：齡官沒有死，只是離開。這一次，她沒甩水袖，沒翹蘭花指，也沒施展嬌啼婉轉的嗓子，而是用決絕的背影唱了一出「青春作伴好還鄉」。作別了令她刻骨銘心的梨香院，隨著來接她的家人登上小舟，桃紅柳綠中，順水路一路南下，回姑蘇城做自己的小家碧玉去了。

願她返程愉快，餘生被生活溫柔對待。

我想知道

我是誰

我想知道我是誰

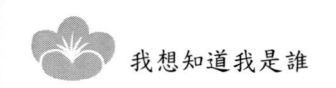

賈政：一個父親無處安放的焦慮

■ 一

在《紅樓夢》裡，誰最難展顏一笑，總是心事重重，還動輒煩躁不安，永遠一副「亞歷山大」的模樣？

如果用國際上通用的心理自評量表（SCL－90）在榮寧兩府裡做一次心理狀況普查，進行一下各項指數排名的話，憂鬱及人際敏感指數最高的可能是秦可卿，黛玉緊隨其後；在敵對指數上位居榜首的是趙姨娘；成天日理萬機的鳳姐忙完家裡忙宮裡，焦慮指數偏高，但不是最高，最高的人是賈政。

描寫說話人的表情時，曹雪芹最愛用的兩個字是「笑道」。而賈政，只有在第十七回，大觀園剛建好，他帶團視察時心情不錯，還屢屢「笑道」。除此之外，這兩個字他基本上就用不著了，枉他在書裡出場那麼多回。即使為數不多的笑，也大致分為三種：冷笑，內心不滿；盛怒之下被逗笑，純屬意外；拘謹地賠笑，只是表情，和內心無關。

榮國府史太君有兩個兒子，老大賈赦好色，用平兒的話說就是：一把年紀了，還貪多嚼不爛，略微平頭正臉的都不放過，連母親的貼身丫頭都敢覬覦，不成之後還放狠話。也好古玩，為了幾把破扇子逼得石呆子家破人亡。這些授人以柄的事老二賈政可從來不幹，道德之牆壘得比他哥高多了。

然而「人不可無癖」，沒有愛好的人，無趣得可怕。賈政就是這樣的人，下了班就是鑽屋子裡鎖著眉頭看書，在妻妾面前永遠不苟言笑，在兒

賈政：一個父親無處安放的焦慮

女面前更沒有好臉色，特別是對寶玉，怎麼看都不順眼。對探春這個唯一能承歡膝下的女兒，全書中鮮見有正面交流，只聽探春說眼裡只有「老爺太太」，沒聽他說起這個女兒一言半語。遠道而來投奔的林黛玉，初次登門拜見時他卻去齋戒，初覺不近人情，再想想也不意外，人家對自家親生女兒尚且不咋理睬，何況是個外甥女呢？

一個家，女人有個這樣的丈夫，小孩子有個這樣的長輩，真不啻是一種不幸。凡賈政在的地方，總透露著一種讓人喘不過氣來的壓抑。第二十二回，一大家子人聚餐，因為他在場，大家都很拘束，連愛說話的湘雲都緘口禁言。賈母見場子熱不起來，就攆他離開。他也知道自己礙事，但是不甘心，就硬起頭皮撒嬌，賴著要猜個燈謎。這不猜還好，待一看見孩子們所寫的燈謎，覺得個個都不吉利，心裡很煩悶悲戚，回去後一晚上都翻來覆去沒睡好。「進亦憂，退亦憂」真是何苦來的！他的焦慮已到了十分嚴重的地步。

二

何以焦慮？這還得從他的身世說起。

還是那句老話，《紅樓夢》是本寫實風格的書，許多人物都是從現實中移栽過來的，「真做假時假亦真」，結合人物原型，許多謎團便不攻自破。據專家考證，賈政的原型並非賈母的親生兒子，他原本只不過是一個清寒的宗族子弟，賈母的親生兒子早夭，他是後來過繼過來的。身上擔著人家這一門興衰榮辱，一個移栽過來的孩子，不有壓力才怪。

在元春省親時，他含淚說自己：「臣，草莽寒門，鳩群鴉屬之中，豈意得徵鳳鸞之瑞……」第一句話就洩了底，畢竟是皇帝重臣，榮國公之後

啊,再自貶,也犯不著說自己是「草莽寒門、鳩群鴉屬」吧?這真是肺腑之言。後面一大堆的感恩表忠心,道出了自己的誠惶誠恐,總結起來是:我是哪輩子積了這麼大德,該如何消受才好!而在賈母面前,賈政也每每屏氣凝聲,恭敬有加,名為母子,實如君臣。也是,沒有血緣之親,沒有養育之恩,一個半路上過來的繼子,有何德何能,承襲著別人家的祖宗榮耀,享受著本應屬於別人的富貴榮華,心裡難免不戰戰兢兢,腰桿多少會有些直不起來。

他痛打寶玉時,賈母曾經這樣說:「你原來是和我說話!我倒有話吩咐,只是可憐我一生沒養個好兒子,卻教我和誰說去!」賈政聽這話「不像」,「不像」就是令人太難堪,這分明就是說他不是親生,這話猶如當頭一棒,他雙膝一彎就跪了下來。賈母又冷笑說:「你也不必和我使性子賭氣的。你的兒子,我也不該管你打不打。我猜著你也厭煩我們娘兒們。不如我們趕早離了你,大家乾淨!」很明顯,賈母將他劃在了圈外,因為王夫人這個正妻是賈母做主給賈政娶的。回過頭又對王夫人說:「妳也不必哭了。如今寶玉年紀小,妳疼他,他將來長大成人,為官作宰的,也未必想著妳是他母親了……」這簡直就是在罵賈政是白眼狼。老太太真是厲害,句句戳中賈政的軟肋,這樣一來,賈政由跪著變成叩頭認罪了:「母親如此說,賈政無立足之地。」

如果不知道原型之說,單看這一段對話,便覺得似有許多費解之處。母子之間,何以忽然如此生分?再連繫前面王夫人抱著寶玉哭賈珠:「若有你活著,便死一百個我也不管了。」便恍然大悟。打兒子事小,但是如果提升到讓人家斷後的高度,他的確是居心叵測,這樣的罪名他賈政可負擔不起。

每一個豪門宗族之家,外人看著親敬有序,其實有許多心照不宣的祕

密，這些祕密是一個家族的忌諱，人們從不提及。這不是虛偽，是名門望族一種特有的家教，靠著這種家教，一個家族才得以寧和維繫，平穩延續生生不息。

倘一定要依原型給賈政立個傳的話，傳名應該叫做：一個繼子的榮耀和隱痛。

三

從書中正文來看，賈政從小就是個刻苦勤奮的好學生，爺爺和爸爸都很喜歡他，「原欲以科甲出身的，不料代善臨終時遺本一上，皇上因恤先臣⋯⋯額外賜了這政老爹一個主事之銜，令其入部習學，如今現已升了員外郎了。」像個優等生鉚足了勁準備衝刺名牌大學，忽然一天機緣巧合成了保送生。雖說是好事值得高興，但是沒在科考上大顯身手，靠沾祖宗的光成就功名，這高興彷彿也被打了折扣，成了今生的遺憾。

略加留意就會發現，賈政對賈雨村格外高看一眼，似乎以結交賈雨村為榮，直稱其為「雨村」，十分親暱。也是在大觀園剛建好時，大家說要題點匾額，賈政說：擬得好的就用，覺得不合適的就把雨村請來，讓他再擬。對賈雨村的水準十分敬服。

三十三回寶玉捱打之前見過賈雨村，還受了父親一頓訓斥，原因是賈雨村來了，喊寶玉相見，寶玉拖拖拉拉出來得晚，見了面又心不在焉，讓賈政覺得失了禮數丟了面子，好像怕賈雨村介意似的。

看重賈雨村，恰是因為他看到了之前的另一個自己：家道貧寒，發奮圖強考中進士，完成了飛黃騰達。賈雨村的人生軌跡，和他早先的設定不謀而合。如今賈雨村做到了，而他卻與自己的科考夢擦肩而過。

我想知道我是誰

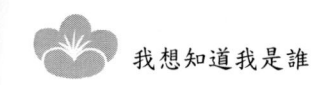

父母會把自己未完成的夢想寄託在子女身上,作為自己人生的延續,這真是古今通用的中國特色。

可惜賈政的三個兒子,沒有一個能替他圓夢。

賈珠應該是最像賈政,但可恨老天無情,二十歲就一命歸西;賈政便把希望寄託在寶玉身上,沒想到這個兒子聰明是聰明,卻最牴觸書本知識,討厭八股文章仕途經濟;賈環看起來還不如寶玉。眼見到自己老境將至,卻後繼無力,難免讓人有一腳踩空之感。

在對寶玉的教育方式上,他的粗暴實際上展現了他內心的焦慮——唯恐「辱沒了祖宗」,那他的罪過就太大了。

四

孩子的教育是需要付出的。沒有誰生下來就愛學習就上進,最關鍵的是耐心與引領,賈政對寶玉缺的恰恰就是這個。

他小的時候十分好學上進,是因為長輩教導有方,讓他自小就有了人生目標。爺爺、父親十分喜歡他,這其實就是一種精神鼓勵,「好孩子是誇出來的」,此語非虛。老太太曾經質問他:「……你說教訓兒子是光宗耀祖,當初你父親怎麼教訓你來!」他還以為自己一生下來就是個好學生呢!

他對銜玉而生的寶玉,一開始寄予過高的期望,容不得有一點和自己相左之處。最可笑的是,他拿「抓周」來判定寶玉的未來。抓周充其量就是個遊戲,小嬰兒抓取什麼純粹是無意識的,也許脂粉釵環紅紅綠綠,形狀精緻,才吸引了小寶玉的注意,說明他對色彩和形狀很敏感,是個聰明孩子。然而眾目睽睽之下,賈政覺得丟了自己的臉,便大怒:「將來酒色

賈政：一個父親無處安放的焦慮

之徒耳！」

在寶玉的成長中，賈政也是缺席的，成天忙於公務應酬，沒有盡到一個父親應盡的義務——引導與陪伴。寶玉由溺愛的祖母養大，成天在脂粉堆裡打滾，怎麼可能會有男子氣？賈政便愈發看不順眼，冷嘲熱諷，動輒臭罵一頓，他自始至終都沒有接納這個兒子。導致寶玉見了他便如老鼠見了貓，除了怕之外，沒有從本質上改變。

寶玉來請安，說是去上學，賈政冷笑道：「你如果再提『上學』兩個字，連我也羞死了。依我的話，你竟頑你的去是正理。仔細站髒了我這地，靠髒了我的門！」不藉機勉勵反惡語相向。讓人不得不懷疑，大概曹雪芹幼時就有一個這樣的父親，在他成人之後，那種傷害也終生難忘。

寶玉題匾額時，也擬了幾個像模像樣的，但賈政就是吝於誇獎。寶玉想走他不讓走，說他是想偷懶。這倒罷了，走著走著扭頭道：還沒逛夠啊你！讓寶玉很是無所適從。

第二十三回，他前一分鐘還看寶玉「神彩飄逸，秀色奪人」，把素日嫌惡之心減了八九分。幾句話不到，忽然一聲斷喝：「作業的畜生，還不出去！」翻臉比翻書還快。此類例子不勝列舉。這種做派，怎麼可能教出一個優秀的孩子？

「子不教，父之過。」教育不得法，也是一大過失。

他用粗暴來宣洩自己的焦慮，掩飾自己的脆弱。然而，寶玉正一路朝叛逆的方向狂奔而去，緊隨其後的是賈環。

連處在深宮的元春都為之擔心，屢屢帶信出來說：「千萬好生扶養，不嚴不能成器，過嚴恐生不虞……」但是，來不及了，在第七十五回，賈政自己親口說寶玉和賈環二人是「一起下流貨」。又說：「妙在古人中有『二

245

我想知道我是誰

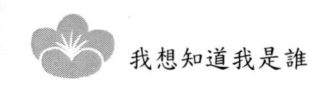

難』,你兩個也可以稱『二難』了。只是你兩個的『難』字,卻是作難以教訓之「難」字講才好。」在教育子女的問題上,他流露出深深的無助。

終於,他的焦慮到了臨界點,好幾件事攢到了一起,令他爆發崩潰。先是忠順王府派人來府裡找琪官,寶玉在外面居然包起了戲子!從中又摻雜了政治,挑弄的竟是忠順王與北靜王之間的關係,這是賈政最驚懼的。緊接著是金釧兒投井事件,被賈環添油加醋地演繹了一番,不由得賈政急火攻心,恨不得打死寶玉,一了百了。

人人都看到了寶玉的痛,而賈政打完寶玉,他老淚縱橫,元氣大傷,一個失敗父親的痛有誰能看到?

《紅樓夢》裡面什麼都有,包含了人生一切況味。賈政的痛,是天下諸多父母共有的無奈之痛──望子成龍卻教導無方。他那無處安放的焦慮,在幾百年後的今天,仍在我們身邊蔓延。天下為人父母者,當以賈政為戒。

賈璉:不是完人是好人

一

賈璉在《紅樓夢》第十六回才正面出場,風塵僕僕送林黛玉回揚州葬父歸來,途中又聽說元春封妃,星夜兼程往家趕。

回家未歇片刻,與鳳姐簡短寒暄,便關切地問起別後家中諸事;一面又好生款待自己幼時的奶媽,這期間又不斷有人來彙報請示。他實在是累

了，便傳於二門上，有事一律明天再說。第二天一大早，又開始召集眾人選地方，繪圖紙，挑選施工隊伍，開始籌措起家裡蓋造省親別院的事來，忙得腳不點地。

不難看出，此時的他，已算得上榮國府的棟梁了，與他妻子鳳姐一道，成為榮國府日益崛起成熟的中堅力量，再外帶一個聰慧過人的侍妾平兒，他們這個小家已經儼然是榮國府的權力核心。

鳳姐再高調能幹，也只能在那幾十畝地的榮國府裡發號施令。對外的一切事物，正經還是需要一個爺們兒來承當，而如今的榮國府，用冷子興的話說是「一代不如一代」了，實在挑不出一個太像樣的男人來。

長一輩的賈赦賈政：賈赦自私、責任心差；賈政木訥、書呆子氣。蓋大觀園時便可看出，賈赦「只在家高臥」，不好好出力；賈政「不慣於俗務」，說白了就是弄不來。這二位鐵定指望不上。

同一輩的有賈珠、寶玉、賈環。賈珠早夭；抓周時抓取脂粉釵環的寶玉，在心理上一直不肯斷奶，一門心思放在風花雪月上，斷不是可造之才；賈環是庶出倒罷了，關鍵是根本上不得檯盤。

下一輩的賈蘭，倒是有些志氣，只可惜是個黃口小兒。

「矮子裡面選將軍」，這樣，榮國府的管理重任，便只好落到了已成家、又捐了官的老大賈璉肩上。賈璉的天資，正經說可能還不如賈藝，但是領頭羊就是這樣練成的：造就一個人，只需多給他一些機會。

於是，建造大觀園時，榮國府這邊也就只有賈璉出面，等到元春省完親，小和尚道士們的安置又由賈政交給了他；再後來，賈芹、賈藝他們求差事，都來找他──原來，賈璉分管的竟是人力資源，權力還不小呢。

同時，身為榮國府長孫，他還擔負著承歡膝下的重任，正月十五賈母

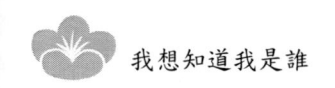

看戲，他要預備下大簸籮的錢，只等老祖宗一高興喊一聲「賞」，便忙命小廝們趕快撒錢，滿臺子錢響，賈母大悅。清明時，他要備下年例祭祀，帶領弟弟姪子們去往鐵檻寺祭柩燒紙，頗有長兄叔伯之範。賈府規矩大，第六十四回，他從外面回來，寶玉先趕緊跟他跪下，口中卻是給賈母、王夫人請安：特殊時刻，他還要代長輩們受拜。

對外的各種官場應酬更不必說了，單應付宮裡頭的太監們，就夠他受的。今兒是周太監短了一千兩，明兒是夏太監看上一所房子來「借」二百兩，他雖煩不勝煩，也還要打起精神應對。

榮國府生齒日繁，不能儉省，外人看著豪奢無比，內裡財務也時有青黃不接。關鍵時刻，賈璉還得靦著臉求賈母的貼身丫頭鴛鴦，讓她倒騰出點老祖宗的寶貝救急。又是給沏進貢的新茶，又是左一句右一句地叫「姐姐」，什麼「寧撞金鐘一下，不打破鼓三千」的阿諛奉承之語都用上了。一個儀表堂堂的華貴公子，對著一個有點實權的年輕女僕獻媚，場面委實滑稽，賈璉真是能屈能伸，鴛鴦也算是見過大場面的，愣讓賈璉忽悠暈了。

更有趣的是，這竟是賈璉鳳姐兩口子一塊提前捏估好的：同是女人，又和鴛鴦相熟，鳳姐不去求，倒讓賈璉去求。鴛鴦一個年輕的女兒家，面對帥哥主子做小伏低，很難說出拒絕的話來，這是利用了異性相吸的原理。話說賈璉容易嗎？說難聽點，為了府裡那點公事，連男色公關都用上了。

二

賈璉的管理才能，與鳳姐一比，頓顯失色，「倒退了一射之地」。

鳳姐行事果決，賈璉則是得過且過，辦事有點「肉」，總是拖泥帶水

的。他的奶媽趙嬤嬤給兒子求差事,再四地求了幾遍,他嘴上答應,卻一直沒辦。趙嬤嬤氣得說他「燥屎」。鳳姐得知後,一應攬了下來:「媽媽你放心,兩個奶哥哥都交給我。」

賈芸求差事時,也是一開始求的賈璉,因賈璉遲遲不辦,最後轉而求了鳳姐:「求叔叔這事,嬸子休提,我昨兒正後悔呢。早知這樣,我竟一起頭求嬸子,這會子也早完了。誰承望叔叔竟不能的。」

也許是每天在外奔波應酬已經很累了,對家裡的事賈璉抓大放小,不得不管的管一管,可管可不管的就放手了。所以在一些諸如此類的小事上,便聽憑鳳姐做了主,這樣一來,手裡的權力不知不覺被鳳姐蠶食了不少,以至後來府裡人紛紛跑票,連自己的奴才都被鳳姐的奴才欺負。

論起殺伐決斷甚至玩弄權術,他的確不是鳳姐的對手。但是,若論起人品,賈璉能甩鳳姐好幾條街。

賈璉仁善,是個心軟的人。旺兒家的借鳳姐的強勢逼娶彩霞時,賈璉曾特意交代:「……雖然他們必依,然這事也不可霸道了。」不像鳳姐,根本不拿奴才當人看。

他父親賈赦要他去強買石呆子的古扇,他好言相商,奈何石呆子執意不賣。結果是賈雨村為了獻媚,便設法訛詐石呆子拖欠官銀,抄家強搶了來。賈赦質問他:「人家怎麼弄了來?」他只說了一句:「為這點子小事,弄得人坑家敗業,也不算什麼能為!」說這句話的後果是:被賈赦毒打一頓,臉都打破了。足見這是一個有道德底線的人,跟鳳姐「不信什麼是陰司地獄報應」,為了三千兩銀子,活活逼死守備公子和張小姐一對苦命鴛鴦的做法一比,高下立分。

在家裡如此,在外面的朋友圈子裡,他也是個出了名的好好先生,從

我想知道我是誰

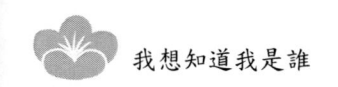

不挑三窩四，喜歡息事寧人成人之美。柳湘蓮痛打薛蟠之後，他還忙著幫助和解，是個厚道熱心腸的老大哥。

在男尊女卑的古代，賈璉身上最可貴的品格是沒有半點大男子主義。面對妻子的高調囂張，他絲毫沒有不悅之意。他欣賞鳳姐的才幹，容忍她的個性，在她當著外人的面伶牙俐齒地拿他開涮時，例如：「⋯⋯我們看著是『外人』，你卻看著『內人』一樣呢。！」表面揶揄實則貶低，他只會訕笑著一語不發。同是已婚婦女，邢夫人對賈赦言聽計從，王夫人對賈政畢恭畢敬，尤氏對賈珍逆來順受。與這幾位相比，鳳姐遇上賈璉，實在幸福太多了。

賈璉唯一不遜於鳳姐的，便是他的精於世故。

鳳姐也世故，但她覺得全世界只有自己最聰明，誰也別想在她面前弄鬼，不給別人留臉。賈蓉賈薔置辦樂器行頭時，想拿官中的錢賄賂他們。面對同樣的獻媚，鳳姐是罵：「別放你娘的屁！我的東西還沒處擱呢，希罕你們鬼鬼祟祟的？」而賈璉則是善意規勸：「你別興頭。才學著辦事，倒先學會了這把戲⋯⋯」

因為懂得，所以慈悲。賈府一脈的其他子姪們，或為生存或為利益，爭先恐後前來依附。面對他們時，他的態度隨和寬容，從無居高臨下的傲視。他們在他面前耍小聰明玩小手段，他心如明鏡能看破，又點到為止地說破，還能照顧到對方的面子。懂世故而不弄世故，是做人一種難得的境界。

當寶玉口無遮攔地說要認比他大的賈芸做兒子，賈芸便順杆爬著說：我父親沒了，這幾年沒人照顧，您若是願意認我做乾兒子，那是我的造化。這時，一旁的賈璉便對寶玉笑道：「你聽見了？認兒子不是好開交的

呢。」話裡有話，意即：你別以為你占了便宜，其實是上了人家的套了。說著一笑便進去了，這個舉止既瀟灑又練達，一個成熟男子的迷人魅力盡顯無遺，相形之下，怡紅公子寶玉顯得又傻又笨。怪不得鴛鴦買賈璉的帳，卻看不上寶玉，什麼「寶玉寶金寶銀寶天王寶皇帝」，她通通不稀罕！鴛鴦是個有頭腦的姑娘，又在賈母身邊歷練，眼光自然比一般女孩子高，在她心裡，一個不諳世事不知天高地厚的小男生，怎麼能跟深諳世情的熟男比？

三

賈璉最讓人詬病的，是他的風流成性。他父親賈赦就是個好色之徒，都一把年紀了，對女人還「貪多嚼不爛」、「略平頭正臉的」都不放過。有研究說，好色的基因是會遺傳的，賈璉很可能就是遺傳了乃父之風。（好在他只遺傳了他的好色，沒有遺傳他的缺德）更何況，古代觀念對男子的好色相當寬容，連賈母勸解潑醋的鳳姐時都說：「什麼要緊的事！小孩子們年輕，饞嘴貓似的，那裡保得住不這麼著。從小世人都打這麼過的……」

但是鳳姐哪裡肯依，圍追堵截，像防賊一樣防著他，卻仍然是防不勝防。孩子出花兒，他就找清俊的小廝出火。大白天的，趁著鳳姐慶祝生日，賈璉就敢把鮑二家的往家裡帶，後來鮑二家的上吊自殺後，鮑二新娶了多姑娘，他又和多姑娘纏上了，氣得87版電視劇《紅樓夢》裡的邢夫人說：怎麼就和鮑二家的幹上了？賈敬出殯幾日，他竟然又趁機勾搭上了尤二姐，並偷娶進門，另立小公館。說他好色一點也不委屈他。

然而好色與好色也有不同。

孫紹祖好色，惡狼一樣，合宅的丫頭媳婦都讓他強行淫遍；薛蟠好色，為了香菱就打死馮淵強搶而去，其實就是霸占。而賈璉，但凡是和他好的女人，都是你情我願、兩情相悅的。他從不強人所難。比如和尤二姐之初，他開始本也有意於尤三姐，但三姐對他不理不睬，他也不惱，轉而鎖定了尤二姐，從此成就了一段孽緣。

　　尤二姐，是賈璉生命中最難忘懷的一個女人，也是他心頭一道碰都不能碰的傷疤。

　　她標緻美貌、善解人意，從不違拗賈璉，有著鳳姐身上最缺乏的溫順和賢惠。可以這麼說，凡賈璉從鳳姐那裡得不到的溫存和樂趣，在她這裡，都有了。賈璉從尤二姐這裡，才真正體驗到了家的溫暖和夫妻之樂。和這裡一比，榮國府裡的那個家，太像個辦公場所了。

　　他是真心喜歡尤二姐：許她錦衣玉食，許她花好月圓，許她現實安穩。然而，到頭來他卻一樣沒能做到。

　　尤二姐被鳳姐哄進榮府，在物質精神上被雙重折磨，吃不飽飯，沒完沒了地凌辱添麻煩，有苦說不出。還慘遭庸醫打掉了腹中胎兒，失去了最後一點活下去的勇氣，最後吞金自殺。而這一切，賈璉自始至終都矇在鼓裡，「見了鳳姐賢良，也便不留心」。

　　等到慘劇釀成，一切都太遲了。他摟屍大哭：「奶奶，妳死的不明，都是我坑了妳！」正是他的大意害了尤二姐。身為一個男人，沒能保護好自己的女人，的確是失職。

　　可是，自始至終，二姐都沒有對他流露過一點怨意。因為正是賈璉給了她最難得的寬容，最珍貴的尊重。二姐是有「前科」的人，尤其是古代，作風問題更是大問題。「若論起溫柔和順，凡事必商必議，不敢恃才自專，

實較鳳姐高十倍;若論標緻,言談行事,也勝五分。雖然如今改過,但已經失了腳,有了一個『淫』字,憑他有甚好處也不算了。」但賈璉說:「誰人無錯,知過必改就好。」這種度量可不是人人都有。

跟了賈璉後,尤二姐曾羞慚地哭著說:我知道你不是愚人,我那些醜事你一定知道⋯⋯賈璉卻一笑而過:「妳且放心,我不是拈酸吃醋之輩。前事我已盡知,妳也不必驚慌⋯⋯」打開天窗說亮話,暢快卸去了尤二姐的心理重負,十足男人氣概。

尤二姐說得對,他不是愚人,只是宅心仁厚而已。

而這一點,身為正妻的鳳姐卻不知道,她太看低了自己的老公,一味將之當傻子哄。善良的人,總是不願意將別人想得太壞。這是善良人的共性,也是善良人的軟肋。賈璉將鳳姐視為最親的人而未加防備,只道她要強凌厲些,卻不料如此狠毒。他並不了解她。

和如今那些被斥為不思上進的官二代富二代一樣,賈璉也胸無大志,他們不需要上進,因為祖上早已完成了原始累積,該有的都有了,「沒有傘的孩子才會努力奔跑」,賈璉們只需要做的便是享受人生。有必須做的事時,打起精神應付一下,其餘的日子紙醉金迷驕婢侈童,恣意散漫地過便是,這就是賈璉們要的美好生活。然而前有鮑二家的上吊,搞得灰頭土臉;後有尤二姐吞金,讓他痛徹心腑。這個喜好聲色、試圖從肉慾中尋求一點做人快樂的男子,卻因此屢屢嘗到困惑、無助甚至痛苦。

鳳姐對尤二姐所施的毒計,賈璉一開始並不能確定,只是心存懷疑。但是依曹公草蛇灰線的寫法,安排旺兒留張華一條命絕不是偶然。到最後東窗事發,真相大白,賈璉勢必不會善罷甘休,因為這挑戰了他的底線。別忘了他當初的重誓:「我忽略了,終久對出來,我替你報仇。」當決裂的

我想知道我是誰

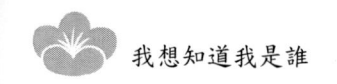

時刻到來,鳳姐被休勢成必然,「機關算盡太聰明,反算了卿卿性命」。賈璉發了狠,一點都不好玩。

賈璉不是完人,他身上有許多普通男人的劣根性,好色、有惰性,還有一點後知後覺……細數起來,毛病還真不少,然而在本質上講,他算是一個道地道地的好人。再說世界上本來就沒有完人,做個好人同樣值得嘉許,因為「聰明是一種天賦,善良則是一種選擇」。賈璉與鳳姐原本就不是一條道上的人,他們的人生觀相去太遠。倒是平兒,與賈璉在做人上,有很多地方不謀而合。當鳳姐連尤二姐的燒埋銀子都不肯出,平兒卻偷塞給賈璉一包二百兩的碎銀子時,這兩人在精神上才第一次相遇,驀然回首間,才發現原是同路。所以最後平兒被扶正,一點也不奇怪。去了鳳姐得了平兒,賈璉才算過上了舒心日子,也算是好人有好報吧!

賈環:世界,你欠我一個擁抱

一

《紅樓夢》第二十三回寫,賈政一抬眼,看到了面前站的寶玉,「神彩飄逸,秀色奪人」,又看了看旁邊站的賈環,「人物委瑣,舉止荒疏」。「不怕不識貨,就怕貨比貨」,於是就把平日討厭寶玉的心情減輕了八九分。這邏輯滿分。

都是賈政親生的兒子,一個是高富帥,一個是魯蛇,如此大的差異,讓人不禁要質問一下造物主的居心。且慢,再看曹公分述兩人的用詞,「奪人」對「委瑣」,「飄逸」對「荒疏」,曹公所比的,並不全是長相,他重

點描述的,是氣質 —— 寶玉陽光自信,賈環自卑畏縮。

相貌是天生的,而氣質多半是後天環境浸淫的結果。賈環的抽巴自卑上不得檯面,得歸咎於他在榮國府的成長環境。

賈環是庶出的公子,也是主子,但是在榮國府他幾乎找不到當主子的感覺,反而處處低人一等,有時還不如得勢的奴才。這都是拜他的親人們所賜。

元春省親時,對寶玉格外疼惜,抱著他不撒手,哭成了淚人,這可以理解,她與寶玉是一母同胞,寶玉小時候又是她帶的,她多疼他也是人之常情。但是,她後面的一些做法就讓人覺得有些過分了,特別是對賈環而言。

元春特別擅長的,是用賜禮這樣的政治手法來表態。端午賜禮,她就是用多出兩樣東西來將寶釵與黛玉區分開來。這次也是一樣,她先是賜了寶玉和賈蘭一些所謂的「瓊酥金膾」,就是宮廷點心,但是沒有賜給正在臥病的賈環。隨後的賜物分量更是意味深長。

女眷裡老太太最多,邢王二夫人次之,眾姐妹再次一等,寶釵、黛玉雖是親戚,但是卻同迎、探、惜三春一視同仁。看來是按輩分高低賜的,還好理解。

對男丁的賞賜就讓人搞不懂了:寶玉的和姐妹們一樣,姪子賈蘭次一等,賈環的賞賜呢?竟在最末一等,和賈珍、賈璉、賈蓉他們一樣。

這種厚薄界定太自相矛盾。從血緣上論,賈環是元春同父異母的弟弟,按父系社會的標準,兄弟姊妹如果是同一個父親就算親生,即使不能與寶玉相提並論,再怎麼也輪不到與各色堂兄弟堂姪子們聚在一起去。

如果說是按嫡庶劃分,那探春也是庶出,她的禮物怎麼又和寶玉是一

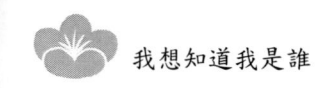

個等級？元春連探春的生日都記得，生日頭一天就派太監送來禮物。這又該怎麼解釋？

或者是明清禮教我們不懂？但不管出於何種原因——是元春的好惡還是規矩禮法，都可以解讀為賈環不被元春視為自己的家生兄弟。

只這一份具象徵意義的賜物，賈環就被輕巧劃在了手足同胞的圈外。

後來元宵節元春在宮裡猜燈謎，賈環也寫了一個遞進去，寫得的確是粗陋了些：「大哥有角只八個，二哥有角只兩根。大哥只在床上坐，二哥愛在房上蹲。」元春的反應不像她平時雍容大度的風格，她直接讓太監傳話出來：「三爺說的這個不通，娘娘也沒猜，叫我帶回問三爺是個什麼。」連猜都懶得猜就退回來了，傳話中有居高臨下的嘲諷，冰冷得不耐煩。猜個燈謎應景做個遊戲而已，是有多看不上這個幼小的弟弟，非得變相地當眾羞辱他，讓眾人「大發一笑」。太監還煞有介事地記下來帶了回去。本來就不自在的賈環，自尊心能不受創？羞憤之情只有自己回去慢慢消化了。

元春又傳旨出來，叫寶玉和眾姊妹進大觀園去住，連最小的賈蘭都隨母親住進了稻香村，單單把賈環擋在檻外，彷彿是在提醒眾人：賈環只是個等外的主子。

二

要命的是，賈環本人也不是省油的燈。

只要是賈環出場，必定沒什麼好事，不是拿蠟油燙傷寶玉的臉，就是進讒言讓賈政把寶玉打個半死，好像他天生就是個壞胚子，活該他不招人待見。

賈寶玉手握話語權,他說賈環這麼做全是因「恨」,準確點是嫉恨。如果和他站在一起,當然會生出讀者式的勢利,認為賈環可惡。可是,如果讀者能設身處地站在賈環的角度,就會覺得既然都是政老爺的兒子,雖說嫡庶有別,但何至於待遇差別如此之大,大得已超出了人的耐受程度,不恨才怪。

老祖宗賈母不喜歡賈環,從來都不拿眼皮子夾他一下,有好東西從來沒賞過他,連去廟裡打醮都不帶他玩,唯一注意他的一次是說他的詩寫得不好。

寶玉母子與賈環母子有著天然的利益競爭關係,王夫人厭死了賈環。在他燙傷了寶玉後,王夫人把趙姨娘叫來痛罵時,說賈環是「黑心不知道理下流種子」,這句話殺傷力破錶,不對事對人,是對一個少年生命最徹底的否定。

王熙鳳不跟著姑媽欺負他們母子就不錯了,更何談幫襯。賈環最怕的人就是王熙鳳。

連他的親姐姐探春也不搭理他,人家只做鞋給寶玉。

園子裡各種兄弟姊妹成群結隊,今天作詩明天遊玩,但是他們從來不帶他。

連丫頭們都敢戲弄他,拿茉莉粉打發他說是薔薇硝。

在這個世界裡,父親賈政應該是他依靠的大樹吧?有一次,賈政曾跟趙姨娘談起,自己已經看中了兩個丫頭,「一個與寶玉,一個給環兒」,可見在心中對兩個兒子大致是一視同仁的。然而,賈政在家裡卻總是缺席的。

那些不喜歡賈環的人們,全都眾星捧月地圍著寶玉轉,沒人拿正眼瞧他。他想要引起人們注意,卻往往自取其辱,像個「燎毛的小凍貓子」(鳳

我想知道我是誰

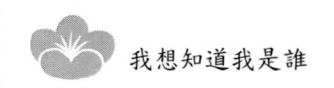

姐語），在人群裡鑽進鑽出只是讓人徒生厭煩而已。

時時受到不公正對待，處處碰壁無人接納，他的心怎會不磕碰得傷痕累累？

有一天，忽然太陽從西邊出來，嫡母王夫人讓他幫忙抄經。書裡寫，他坐在那一會要東一會要西，故意拿腔拿調使喚丫鬟們，煩人中透著滑稽和心酸，是好不容易有機會得意忘形一次、趁機體驗一下做頭等主子感覺的孩童心性。

他唯一的朋友是姪子賈蘭，兩人年齡相去不遠，都不得寵，在這個家裡是彼此唯一的朋友。賈蘭家教甚好，也從不嫌棄他，他叔姪兩個經常同出同入，便有一種同病相憐的親厚。有一次去探望邢夫人，寶玉也在，前者拉著寶玉不讓走，卻對他們兩個下了逐客令。邢夫人都做得如此露骨，其他人的勢利也可想而知，在這樣的成長環境裡，日積月累，人要不扭曲不變態那才是奇蹟。

家人的冷漠與歧視是恨的種子，一顆顆長進賈環的心壤，再用時間做發酵的肥料，直到這顆心靈全被恨的雜草覆蓋。持有這樣一顆心靈的人，你叫他如何陽光閃耀地微笑，如何用善意的目光打量人間，如何從容自信地面對自己的人生？再加上他見識短淺的母親趙姨娘，也懷著一腔不平憤懣，很容易地就將他引向了狹隘的心路，賈政看他「人物猥瑣，舉止荒疏」實在是相由心生的結果。

三

等到成人以後，回憶起少年時的榮國府，寶玉和賈環的感覺必定有所不同，於前者是愛與溫暖的港灣，於後者是充滿了不愉快回憶的地界。如

果讓賈環重新選擇自己的出身，說不定他寧肯降生在關係簡單的平民百姓家中敞亮成長，也不肯棲身於侯門公府做個三等公民，那種記憶太苦澀。

自古做官的官箴都講究「民不服吾能而服吾公」，認為想要安定民心，公平公正才最重要。而榮國府的當權者兼長輩們，卻喜歡以嫡庶及一己喜好來對待子嗣，從不掩飾自己的偏心。一把手的行為底下的人會不自主效仿，也跟著拜高踩低，衍生出許多不平之事。賈赦中秋節就講了一個長輩偏心的故事譏諷賈母，表達自己受冷落的不滿。因了同是天涯淪落人的惺惺相惜，賈赦公開力挺賈環，拍著後者的頭大加讚賞，說他的詩有侯門氣概：「……將來這世襲的前程定跑不了你襲呢。」這個「神人」竟是全書中唯一正面鼓勵過賈環的人。

如果那些追捧寶玉的手，肯在指縫間漏下一點點光給在角落裡的賈環，必會照亮他心裡的陰暗。可惜，沒有人覺察，更無人自省，那些瑣碎的、只可意會不可言傳的傷害，成了一根又一根的稻草，將他對自己的認知漸漸壓向塵埃。所以蔣勳在談到賈環時說：卑微者沒有被安撫的心醞釀了強大的報復……卑微者的反撲，常常會不計後果，具有很強的毀滅性。

他要報復，首當其衝便是寶玉。他認為自己今天所受的種種不公排擠，都是因寶玉而起，是寶玉多吃多占了他該得的資源。拿蠟油去燙瞎寶玉的眼睛，可不就是因寶玉騷擾糾纏他的丫鬟彩霞？妒恨使他心理扭曲，泯滅了手足之情，一次次想要置寶玉於死地。之後看不到的四十回，在激變的人生境遇裡，賈環和寶玉這一對兄弟之間的情感會走向何方，賈環對寶玉又會做出何等行為，讓人都不敢多想。每個孩子降生之時本都是純潔的天使，卻因為成長環境的畸形，別人對他的不善激發出了他內心的醜惡，變異成了魔鬼。

我想知道我是誰

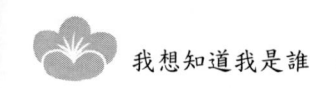

　　回到第二十回，賈環和寶釵的丫頭鶯兒賭錢起了爭執，寶釵喝止鶯兒，鶯兒不服，嘟囔著說寶玉可大方了，從不這樣。聽到拿他和寶玉比，賈環說道：「我拿什麼比寶玉呢。你們怕他，都和他好，都欺負我不是太太養的。」說著便哭了。也只有在「素習看他亦如寶玉」的寶釵面前，他才能放下逞凶的偽裝，哭出心中積壓的委屈，那撇嘴傷心的表情如在眼前，眼淚一顆顆砸在讀者的心上，讓人心生不忍，禁不住想要上前用擁抱去安慰這個孩子。

　　他身處的世界所虧欠他的，可不正是這樣一個溫暖的擁抱？

　　賈環不是書中主角，然而《紅樓夢》就是這樣一本良心書，它不會繞開失意者的無奈心酸，只賣主角們的風花雪月。它像一部紀錄片，不配一句旁白，只負責將世態炎涼的本相一幀一幀跟拍，留下影像。讓後世讀者開卷對照現實，掩卷捫心自問：如果我遇上賈環，將心比心，會如何對待？又如果，我正好不幸成為賈環，又如何在弱勢時保全尊嚴乃至臥薪嘗膽。一部經典作品的卓越之處，就在於書中有關於人性的東西，永遠都在，不會過時，等後來的有心者反思。

賈雨村：「裝」是人生的必修課

一

　　「身後有餘忘縮手，眼前無路想回頭。」官場吃了癟淪為家庭教師的賈雨村，站在智通寺破破爛爛的門前，仰頭讀著這一副對聯。作為一個有點經歷的人，他立即意識到「這兩句話，文雖淺近，其意則深」。他甚至

賈雨村：「裝」是人生的必修課

有點自作多情地想：門裡的人，說不定也像我一樣栽過點跟頭，才有感而發。

他走進了那扇寺門，卻只看到一個耳聾齒落的老僧在煮粥，昏聵而答非所問。「尋隱者不遇」，他心浮氣躁而出，到酒館找酒喝。彷彿是命運的安排，在這偏僻野店，他竟遇到了故人冷子興，觥籌之間，指給了他一條東山再起的捷徑，從此為自己開啟了一段新的人生旅程。

在此之前，賈雨村的人生路跌宕起伏，走得辛苦。

出身是沒落的讀書仕宦人家，父母什麼家底也沒給他留下，連人丁也衰喪到了「一人吃飽全家不餓」的境地。不得已棲身於葫蘆廟內賣字為生，打算攢足路費進京趕考。這就是賈雨村的人生起點，比范進強不了多少，人家范進還有個屠夫老丈人，等老泰山高興了還能去蹭幾吊子豬肉吃呢。

賈雨村能蹭誰？只能蹭葫蘆廟隔壁的甄士隱。蹭茶蹭酒蹭銀子。也不全是蹭，是甄士隱樂意相贈。

因為他看好他，認定他「必非久困之人」。一開始的賈雨村並不猥瑣，雖是窮儒，但待人彬彬有禮、不卑不亢，沒有酸腐氣；見識不凡，侃侃而談，又有出口成章的文采；雖衣衫襤褸但男子氣十足，沒有好衣服卻是個好「衣架」，外帶劍眉星目，直鼻權腮，有一股奇特的吸引力，甄家丫鬟嬌杏就是被他的相貌堂堂所吸引，擷花之餘不禁頻頻回頭打量他。這個「雖無十分姿色」卻儀容不俗，眉目清明的姑娘，杏花一般溫潤的明亮目光，讓懷才不遇的賈雨村心頭升起一股柔情。沒有陽光的時候，以陽光的幻想度日，嬌杏的回眸激發出了雨村彪悍的想像力，他一廂情願認她做了自己難時的紅顏知己。

我想知道我是誰

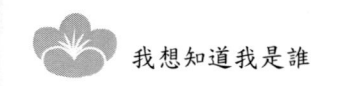

　　拿著甄士隱贊助的銀子進京，他不負己望考中了進士，以為自己「一路從泥濘走到了美景」，終於可以揚眉吐氣。哪知官場複雜，這個不知深淺的新手，因為恃才傲物得罪了上下一圈人，草根出身沒有後臺撐腰，屁股還沒坐熱就被趕下了官椅，生生要淪為一個茶餘飯後的官場笑話了。

二

　　但是賈雨村注定讓那些人大失所望，書上寫他「心中雖十分慚恨，卻面上全無一點怨色，仍是嘻笑自若」。交接過後，他安排好家人，自己擔風袖月，遊覽天下去了，兀自留給圍觀者們一個瀟灑的背影。

　　單這種姿態，就令人不敢小覷。他不是真的超脫，十年寒窗辛苦打拚來的功名，一夜之間化為泡影，不在乎不恨不後悔是假的。人人都知道他是在「裝」，然而卻不想他能「裝」得這麼好。

　　「裝」是一種功力，誰的人生中沒有走麥城的時刻，恰恰這樣的時刻，最能看出一個人的修為。硬撐也好，虛偽也罷，失意者不吐失意語，倒楣者不露倒楣相，即便是強顏歡笑，也比那些遇事抱怨、申訴或者虛弱成一攤爛泥的人多了一層尊嚴。不給好事者嚼舌頭的談資，也不給勝利者太淋漓的快感，讓對手也微嘗一點挫敗感。更重要的是，這種「裝」也是一種暗示，即：我，沒那麼容易被擊垮。

　　人生總是需要一點演技。就當成是演戲吧，腳心裡明明踩進了顆釘子痛得錐心，人卻還站在舞臺上，大幕未落，燈光尚明，看客們沒散，有人還等著要喝倒彩。這時候，「好演員」會咬緊牙關，唱唸做打一樣不落，踩好最後一個鼓點，再優雅從容地謝幕。當大幕落下，是一瘸一拐走回後臺還是坐地嚎啕大哭，純粹是自己的事，犯不上讓別人看到。賈雨村就是

賈雨村：「裝」是人生的必修課

這樣的「演員」，人倒架不倒，該「裝」的時候「裝」，「裝」出了點骨氣和大氣。

■ 三

尚是布衣時，賈雨村還有一次「裝」，也令人刮目相看。

當他吟出「天上一輪才捧出，人間萬姓仰頭看」的句子，甄士隱擊掌叫絕，說憑這首詩「飛騰之兆已見」，並向他祝賀。他趁機說出自己沒有盤纏進京趕考，早就想幫他的甄士隱，連忙拿出銀子和衣服送他。擱平常人，不知得感激涕零成什麼樣了，但是賈雨村不，他收了東西，「不過略謝一語，並不介意，仍是吃酒談笑」。頗有不拘小節的名士風範。其實他哪裡是「不介意」，他介意得很！看後文就知道。甄士隱心實，要好人做到底送佛送到西，除了幫他擇個上路的吉日，第二天又去找他，要給他在京城找個不花錢的住處，哪想他拿了錢連夜就跑路了，只留下話：「總以事理為要，不及面辭了。」可見他心急成什麼樣，原來是萬事俱備，只欠盤纏。之前的「不介意」，只是裝淡定而已，心裡早就欣喜若狂了。

脂批賈雨村是曹操式的人物，說的就是他的城府。設若他受人施捨便不能免俗地作揖打躬，該是何等煞風景，莫說甄士隱，便是讀者也要替他尷尬心酸。以前看姜文曾經評論過某女星，說「她能把一件尷尬的事弄得不尷尬」，應是指對方見招拆招不露痕跡的化解能力，可見有些天賦是與生俱來的，聰明人的聰明古今通用。

「裝」在賈雨村這裡還另有一層，就是裝納。賈雨村是個心裡裝得下事的人，也是一個裝得下人的人。

當年嬌杏的三次回眸，成了賈雨村人生晦暗記憶中的一抹亮色。就算

我想知道我是誰

幾年後，他紅袍加身，坐在大轎子裡招搖過市，也能在匆匆一瞥的須臾之間，將嬌杏從人流裡離析出來，可見的確是有幾分真心。此時的背景音樂不該響起這首歌嗎？「只是因為在人群中多看了你一眼，再也沒能忘掉你容顏，夢想著偶然能有一天再相見，從此我開始孤單思念」。

還等什麼呢，他如今不再是卑微的暗戀者，已有資格說要她，嬌杏當晚就被一頂小轎抬進了洞房，懵懵懂懂做了知府老爺的二夫人。曹雪芹寫，在街上重逢的那天嬌杏正在買線，分明是在調侃他們二人「千里姻緣一線牽」。書裡說：「雨村歡喜，自不必說，乃封百金贈封肅，外謝甄家娘子許多物事」，洞房花燭夜，金榜題名時，賈雨村真是人生贏家，看得讀者也不禁要替他歡喜起來。蔣介石當年娶陳潔如，新婚之夜卻兀自傻笑，說平生三大夙願，第一便是娶陳潔如為妻，如今實現，怎能不笑？與賈雨村此刻情景倒有幾分神似。

能想像嗎？最初的賈雨村，竟然是個情種呢。可惜人生總難兩全，情場得意官場就失意，不久就孤身漂泊在江湖。

四

經冷子興一提點，落魄中的賈雨村方知自己原來守著一座人脈資源金礦，求了東家林如海寫信舉薦，又護送學生林黛玉一路進京，與榮國府搭上了「同宗」關係，賈政幫他輕鬆補了個缺。

從此，賈雨村深刻體會到了官場上關係與背景的重要性，嘗到甜頭的他奉「護官符」為圭臬，再次踏上了仕途。一開始他還沒那麼自如，替薛蟠包庇殺人案，特別是知道香菱還是恩人甄士隱之女時，在門子面前，他還要稍稍「裝」一下，雖然事做得不道地，事後也沒忘了修書一封向王家

賈雨村:「裝」是人生的必修課

討好,但是嘴裡卻還說著不妥,做出一種不願昧良心卻不得不昧良心的掙扎姿態。

這案子彷彿是一次歷練,令賈雨村一下打通了任督二脈,漸漸放膽上了道,開始赤裸裸攀附巴結權貴。到後來甚至為著賈赦喜歡,強占古扇害得石呆子家破人亡,把道德底線降至地平線以下,在官場扎下根蓬勃生長。此時的他食髓知味,連「裝」都懶得「裝」了,令人厭惡又忌憚。

官場如同走鋼絲,玩的是平衡,左邊是自我,右邊是權力。賈雨村上一次栽在官場是因為太自我;而這一次矯枉過正,為了權力丟了自我,眼看著又走偏了。溫厚練達如賈璉,斷定賈雨村「他那官也未必保得長」,看出他執念太深,做事太絕,權力場風雲詭譎瞬息萬變,豈是他一個草根出身能參透的,就憑他這種做派,早晚要出事。

賈政帶領眾儒在大觀園擬各處楹聯時,說讓大家先擬,擬得合適的就用,擬得不妥的,留給賈雨村來擬。也只有這種時候,讀者才能依稀憶起賈雨村最初卓爾不群的樣子。他的人生故事,已徹底淪為《官場現形記》的章節,和大觀園的主旋律極不和諧,曹雪芹再沒有為他多費筆墨。

但是賈雨村這個人物,不會像寶玉的丫鬟媚人一樣被曹雪芹寫丟。他在結尾處一定會再出現,因為他有他的特殊地位。一部鴻篇鉅製,一個浩浩蕩蕩的家族榮衰故事,卻選擇了甄士隱與賈雨村兩個賈府之外的小人物來開啟,自有作者的用意,尤其是賈雨村,既是旁觀者,也是相關者,他與賈府有著千絲萬縷的連繫。當初,跛足道人的一曲《好了歌》讓甄士隱迷途知返,而賈雨村尚在萬丈紅塵中上下求索,他還沒到悟的時候。在看不到的後四十回,理應會讓甄賈二人重逢,一起來為《紅樓夢》收梢,全書的結構才算圓滿無缺。

我想知道我是誰

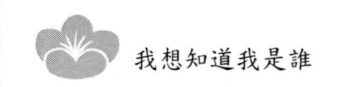

　　當他們再見，各自會對人生有更深刻的感慨才對吧？名利富貴就像物理學上的能量守恆，永遠都在，但是流轉不定，不會為誰輕易停駐。世人忙碌一場，方知道都是「為人作嫁」，大家玩的是同一個擊鼓傳花的大型遊戲。

　　一部沒落貴族的回憶錄，表面上「懷金悼玉」，實則充滿了「誰解其中味」的哲學味道。著意書寫盛時的鮮花著錦，無非是為了映襯結尾的悲涼頹敗，它苦口婆心要傳述的，乃是人生的虛無。不管是誰，苦心攫取的一切，最終都會如水中寫字，了無痕跡。

　　智通寺門前的那副有關「縮手」、「回頭」的醒世對聯，早被在執迷中的賈雨村忘到了腦後，他不可能縮手，更不願再回頭，他需要在忘乎所以之時，再重跌一跤，才會摸著摔痛的屁股幡然醒悟，與甄士隱殊途同歸。驀然回首，才會想起冥冥之中上蒼其實提醒過他的：智通寺的老僧煮粥如同一場行為藝術，暗示他功名不過是黃粱一夢，而那副對子，則是命運一早就等在他再次出發的路口，特意向他亮起的有形忠告。

　　這一次，賈雨村還會再「裝」嗎？應該是不會了，苦海無邊，他打算掉頭上岸。

秦可卿：你的藥方在說話

一

　　秦可卿，她是一個被符號化了的人。

　　一提到她，讀者們恐怕滿腦子都是她的美貌嫋娜和風流韻事。

關於她的神祕身世，有心人們頗多探軼。倒是她的個性，很少有人去關注。

人們忽略了，僅憑美貌，如何能贏得兩府上下所有人心，以至在她死後，人人悲號痛哭。長輩想她的孝順，平輩想她的和睦親密，小輩想她的慈愛，連下人僕從們，都想她「憐貧惜賤，慈老愛幼之恩」，可見她為人處世之周全妥貼。

她的才幹也是首屈一指的。否則成不了老人精賈母「重孫媳中第一個得意之人」，成不了眼高於頂的鳳姐惺惺相惜的姊妹淘，她託夢給鳳姐的那一段囑託與提點，其見識已遠在鳳姐之上。

這無疑是一個美貌與聰明並舉的女子。兼具了寶釵的明媚鮮妍與黛玉的風流嫋娜之美，情商見識都是一流。除了眾所周知的那點桃色事件外，如果一定要說她的缺點，那就是她太過聰明。

聰明的人都敏感。別人看不出的她看得出，別人覺不到的她覺得到，她的心像一架高畫質攝影機，什麼也瞞不過她去。最善於揣摩別人的心思，知道為別人搭臺階，留後路，說話辦事穩妥恭謹，討人喜歡。秦可卿正是如此為人，所以才得到了闔府人心。

敏感的人都心重。她的感受太細膩豐富，他人的一個眼神，隨口而出的一句話，該在乎不該在乎的，她都在乎。如果秦氏的身世真的大有來頭，因故寄身賈府心中便難免鬱鬱。人們若對她有些微的不恭，她會無限放大；而反過來，對她小心翼翼地體貼照顧，也會成為她的負擔。她病了後，鳳姐來看時，她說：你們一大家子人沒有不疼我的，沒有不和我好的，可是看樣子我是沒機會報答你們了。言下十分過意不去，真是「進亦憂退亦憂，然則何時而樂耶」？

我想知道我是誰

心重的人，都不容易健康快樂。他們在乎的東西太多，耗損嚴重，時間一長，身心俱疲。一件小事都會成為壓倒駱駝的最後一根稻草。秦可卿，用今天的話說，是典型的「高敏感完美型人格」，這樣的人活得累，在別人眼裡光芒萬丈，而內心早已不堪重負。人前戴著面具強顏歡笑，人後獨處時鬱鬱寡歡。她病了後，婆婆尤氏曾這樣評價她：「雖則見了人有說有笑，會行事，妳可心細，心又重，不拘聽見個什麼話，都要度量個三日五夜才罷。這病就是打這個秉性上頭思慮出來的……」

二

果然，給她看病的張友士也證實了這一點。

她的脈息「左寸沉數，左關沉伏；右寸細而無力，右關需而無神」，相對應的心肝脾肺均需調治。另外他還發現，秦氏得了失眠症。張友士不愧是名醫：「據我看這脈息：大奶奶是個心性高強聰明不過的人；聰明忒過，則不如意事常有；不如意事常有，則思慮太過。此病是憂慮傷脾，肝木忒旺，經血所以不能按時而至。」身體的病常常與情緒息息相關，好醫生都懂這個道理，古今概莫能外。

張友士給出的方子是「益氣養榮補脾和肝湯」，一共十四味藥，兩種藥引。紅學家劉心武曾經說這方子裡有幾種藥名暗藏玄機，連綴起來似乎是向秦可卿傳達自殺命令信息。其實，此方是在用於治療氣血兩虛的成方「八珍湯」的基礎上，又加入疏肝理氣的香附米、醋柴胡和延胡索，補氣的黃耆、補腎的懷山藥及補血的真阿膠，更妙的是阿膠特別註明用「蛤粉炒」，而蛤粉是用來收斂肺氣的，今人已不多用。十分周全，是個好方子。就病論病，這些藥一樣樣看來，倒是十分對症。藥物配伍渾然一體，

沒有任何相反相剋之處。脈相、症狀、用藥完全吻合，環環相扣，並不牽強。

張友士臨走時說：這病也不是一天兩天得的了，吃了這藥也要看醫緣了。聽起來高深，其實就是說「心病難醫」。

秦可卿也深知這一點，她自己說：哪怕是神仙來了，治得了病治不了命。其內心十分悲觀脆弱。

她的敏感多思，比黛玉尤甚。那麼，對於感情的依賴，也應該比旁人嚴重。所以，她和賈珍之間的感情，也不僅僅只是床笫之歡那麼簡單。單看她死後，賈珍毫不遮掩的悲痛，「恨不能代秦氏之死」的不管不顧，就知道，這對男女是結結實實真愛過的。可惜不倫之戀終究難有棲身之地，秦可卿唯有以死了結這段孽緣。

焦大醉罵那次，書裡已經明說焦大「越發連賈珍都說出來」了，可是大家的反應很奇怪，連賈蓉都能裝作沒聽見。當時，秦可卿也在場，當焦大粗暴地撕下了她和賈珍的遮羞布時，她發現大家保持著奇怪的緘默，這比焦大罵出來的話更要命。原來，自己與公公的醜事，早已不是什麼祕密……最要面子的秦可卿，那種驚恐程度，應該不低於某女星知道自己的豔照被公開的一剎那吧。

她很快就病了。連婆婆尤氏都說：「她這個病得的也奇。」緊接著不久又發生了一件雪上加霜的事，弟弟秦鍾在學堂裡捱了打受了氣，又將夾雜著的不乾不淨的話，都如數告訴了她。這又一次觸動了她的心病，又惱又氣，乾脆連飯都吃不下去了。

至少在字面上，她的病因與此類事情有關。再有其他更深層次的原因，「前人之述備矣」，不做贅述。秦可卿的判詞裡用得最多的字是「情」

我想知道我是誰

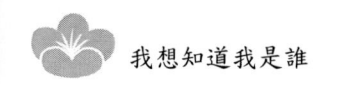

字，這個「情」即私情。雖然大書特書她生病的全過程，她的原裝死法，應該是私情被撞破後羞憤自縊。

■ 三

　　秦可卿在第五回才出場，到了第十三回開頭，已經是演出謝幕了。身在十二釵之列，她的篇幅委實太少，然而就是這區區幾回文字，曹雪芹在時間交代上也前後矛盾，讓人雲裡霧裡：第五至十回已是入冬，第八回裡天氣還下了雪。到了第十一回，園子裡反是「黃花滿地……清流激湍……紅葉翩翩，西風……鶯啼」，莫名其妙倒退成了秋天，鳳姐嘴裡也說：「如今才九月半……」可見關於秦可卿的正傳，原本就不是成稿，她的故事漏洞連連，難以自圓其說，一以貫之的倒是她緊繃敏感的個性。

　　她要強到什麼地步？賈敬壽辰時見她沒來，最了解她的鳳姐，就知道她病得不輕：「我說她不是十分支持不住，今日這樣的日子，再也不肯不扎掙著上來。」尤氏才說其實她上回出來參加聚會就是強撐著來的。秦可卿是只要有一分氣力，也不肯失了禮數叫人議論的人。

　　生病期間，請來各家名醫走馬燈似的，三四個人倒著班一天四五趟地診脈，秦可卿要坐起來見大夫，便一日換四五遍衣裳，十分講究，內室的衣服絕不見外客，不露一絲邋遢相。引得尤氏心疼，賈珍更別提了：「這孩子也糊塗，何必脫脫換換的，倘再著了涼，更添一層病，那還了得？」

　　一直到最後，她「臉上身上的肉全瘦乾了」，已經到了燈枯油盡的地步，還跟前來探望的鳳姐說：「嬸子回老太太、太太放心罷。昨日老太太賞的那棗泥餡的山藥糕，我倒吃了兩塊，倒像克化得動似的。」這說不定是個善意的謊言，那麼黏膩的東西，她怎麼可能有胃口吃？即使吃了，恐

怕也是為了不拂好意而已。她永遠會顧及對方的感受，克己悅人。

以秦可卿的這種個性，即使不自縊，也難長壽，她最終會被自己的聰明內耗致死。「情深不壽，慧極必傷」，說的就是這一類人，她們頂著「聰明」的名號行走於世間，卻過於依賴外界給予的感情，太在意別人眼裡的自己，凡事要完美，不接受人生旅程中些微的破損，永遠悲觀。即使錦衣玉食僕婦成群，也難有快樂可言。這哪裡是聰明，充其量是庸人自擾的聰明。

真正的聰明，是看得開，想得開，放得下，過得去。真正的聰明人，達觀、睿智、不嬌氣、有歷練，知道人生苦短，及時開懷，難得糊塗最好。如果這種境界達不到，為著自己打算，寧可笨一點，遲鈍一點，做個樂呵呵的傻大姐，秦可卿式的聰明，還是免了吧。

寶釵：被命運虧待的「白富美」

一

曹雪芹偏心，寫初見林黛玉的模樣時他用的是工筆「畫」法，眉眼氣質全部細細描摹，極盡耐心；而寫寶釵他的手法就成了寫意，只說「肌骨瑩潤，舉止嫻雅」就完了。

然而寶釵太美，美到讓人想繞都繞不過去。小廝們在院裡遠遠望一眼寶釵，連大氣都不敢出，唯恐「氣暖了，吹化了」這「雪堆出來的」表小姐。掣花籤時寶釵掣出牡丹花，上書「豔冠群芳」，眾人都笑道：「你也原

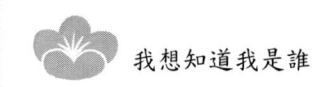

配牡丹花。」她美到什麼級別，想想就意會了。

　　這樣的「女神」偏喜歡素顏出鏡，打扮上也走簡約素淨路線，除了脖子上那把象徵護身符的金鎖，渾身上下再無半點裝飾。美而不矜，美而不自知，美而不以為意，是美的最高境界。「淡極始知花更豔」，這句出自她手的詩，宛若自身寫照。

　　美貌加身，更難得的是飽覽群書，才華傲人，文藝理論一流，和黛玉在詩作上各有千秋，交相輝映；知書達理，寬厚慷慨，待人接物上上下下無一不妥，深得人心。無論哪一樣，通通無可挑剔，湘雲受不了黛玉的刻薄，便搬出寶釵來說：「指出一個人來，妳敢挑他，我就伏妳。」弄得黛玉悻悻然。真是三百六十度無死角的優質偶像。

　　寶釵身上有一處懸而未解的迷案。天真嬌憨的鶯兒有一次跟寶玉悄悄說：我家姑娘身上有幾樣世人都沒有的好處，你可不許說出去。正打算說，寶釵就進來了，他們兩個就此打住，曹雪芹賣了個大關子。想來是在寶玉與寶釵成婚後方能知道的隱私，只可惜後四十回遺失不見，這個謎底再未揭開，實在令一干有八卦之心的讀者憾極生恨。

　　送黛玉燕窩養生，贈湘雲螃蟹助她做東，分土特產時連趙姨娘都有份，金釧兒死後她貢獻出自己的新衣做壽衣——許多人把這些作為她「有心計」的證據來揣測，說她靠這些小恩小惠拉攏人心——要知道，情商高和心地仁厚並不矛盾，一個心眼好的人，睿智不應成為質疑她的由頭，誰規定的善良必須與幼稚為伍，而通透必須為奸詐託底？

　　洞悉人性是寶釵做人的一大利器，也是她不輕易傷人及引火燒身的法寶。劉姥姥來大觀園時為博老太太歡心出盡洋相，自我作踐「食量大似牛」，大家笑做一團，曹雪芹一共寫了十幾個人的笑態，寶釵也在場，但

寶釵：被命運虧待的「白富美」

是只有她沒笑，這個早熟的少女，若是笑，也是眼含悲憫地微笑，她了解劉姥姥的不易。

在櫳翠庵品茶時，妙玉行動言語之間，全是對寶玉那點欲說還休的小心思，寶釵將自己化身為空氣，一語不發，讓人都忘了她的存在。事實證明寶姑娘沉默是金，黛玉就不識相，順嘴問了句「這也是舊年的雨水」，招來一頓搶白。

二

當然，寶釵也有偶爾虛偽使壞的時候，比如寶琴寫了十首懷古詩，後兩首正是取材於禁書《西廂記》和《牡丹亭》。眾人都稱讚，只有她先說：前面八首都是史書上有的，後面這兩首我沒聽說過。也不管陷寶琴於何種境地了，一句話先將自己擇了個乾淨！呵呵，她忘了自己當初是怎麼勸林黛玉的嗎？「妳當我是誰，我也是個淘氣的⋯⋯諸如這些『西廂』、『琵琶』以及『元人百種』，無所不有。他們是偷背著我們看，我們卻也偷背著他們看。後來大人知道了⋯⋯」黛玉立即會意，知道寶釵是「此地無銀三百兩」，便馬上說她「膠柱鼓瑟，矯揉造作」：少來了，就算沒看過書，難道戲也沒聽過嗎？探春李紈也幫著寶琴說話，寶釵「方罷了」，可真能裝啊！

寶釵最令人詬病的是她曾經嫁禍於黛玉。平日人前總端著架子，一副穩重模樣。卻不料在園子裡偶遇一對翩躚起舞的大蝴蝶，勾牽出了被封存的少女本性，拿著扇子一路追撲，累得香汗淋漓嬌喘吁吁，樣子性感旖旎，宛若一段歡快婀娜的單人舞。至滴翠亭邊，恰好聽到了紅玉與賈藝私相授受的祕密，被發現時馬上高喊一聲「顰兒」，一邊說林黛玉剛才就在

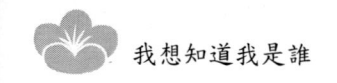

這裡，一邊狡點地笑著「金蟬脫殼」而去。

為什麼她急中生智間叫的不是別人，偏是黛玉？這絕不是隨便抓包，而是故意為之，必須要澄清的是：她此舉並非有意陷害黛玉，她要修理的對象是紅玉。林黛玉的聰明刻薄有目共睹，一般人不敢輕易惹，寶釵正是利用出名難搞的黛玉來嚇唬這些「姦淫狗盜……心機都不錯」的人，同時又撇清了自己。紅玉果然中招，說林姑娘「嘴裡又愛刻薄人，心裡又細」，萬一說出去怎麼辦？她緊張壞了。

三

可以想見，如果寶釵身為男子，以她的學識才華考取功名並非難事，或者依仗家底為自己捐個前程也未嘗不可。像她這種人，躋身官場絕對可以混得風生水起，情商高，為人好，又懂得藏愚守拙不招人煩，關鍵時刻還會借刀殺人，官場「潛力績優股」的條件她都具備，將來一定大有所為。即使前兩樣都不成，再不濟，薛家的產業畢竟那麼大，守好祖宗基業也沒問題吧──可惜，性別是她的軟肋，她錯生了女兒身。

明明有著出眾的管理天分，卻沒有機會走上櫃檯，堂堂正正管理家族事業，只能躲在幕後，替她那不可靠的哥哥暗自操心，適時提醒。第六十七回，薛姨媽對薛蟠說：「……你妹妹才說，你也回家半個多月了，想貨物也該發完了，與你去的夥計們，也該擺桌酒給他們道道乏才是。人家陪著你走了二三千里的路程，受了四五個月的辛苦，而且在路上又替你擔了多少的驚怕沉重。」薛蟠忙說還是妹妹想得周到，照著去做了。

協助探春理家時，她思慮周全，提醒一心大刀闊斧改革的探春，要警惕「幸於始者怠於終，繕其辭者嗜其利」。並預見到了大觀園奴才隊伍在

寶釵：被命運虧待的「白富美」

結構調整與轉型後，必會因分配問題導致的不和諧，用「小惠全大體」的方法提前做出防範。後又對眾人諄諄教誨，先是說自己身為親戚，本來不該管賈家的事，但是王夫人反覆找她幫忙，自己再不管顯得不近人情；再曉之以理說如果管不好，不但我沒臉見姨媽，你們也沒臉，身為老員工一定要自重，別讓後輩們作踐；最後又說我今天替你們爭取來利益，你們要懂得珍惜感恩才對。一番話說得在理得體，軟中有硬，眾人無不拜服，就差對她山呼萬歲了。

寶釵頭腦清醒，原則性強，最明智之舉，是讓自己的人遠離利益，因為遠離利益就是遠離是非。她一口回絕了讓鶯兒娘公開參與園子裡花草的承包，嚴守親戚身分，絕不會因蠅頭小利授人以柄。鑑於鶯兒娘拾掇花草的業務能力在那擺著，再沒有人比她強，寶釵才想了一個折中的好辦法，就是讓賈家自己的奴才、鶯兒孃的好姐妹葉媽去承包蘅蕪苑花草，這樣免得落人口實連自己也被人小看，也間接發揮了鶯兒孃的才能，於公於私都有益處，一石三鳥，十分妥貼。

▍四

空有滿腹經綸和超人情商，卻因性別之限無法施展，唯一能拔高命運的便只剩下嫁人。然而，命運不因她的優秀美好而優待她，人生漸次淪為一連串的妥協。選秀失敗，標準一降再降，成為落魄賈家的寶情婦奶。

寶釵嫁給寶玉，有點像《飄》（*Gone with the Wind*）裡的媚蘭遇上衛希禮，除了做妻子，還得亦師亦母。寶玉孩子氣，不務實，拒絕長大，他那些吟風弄月的花拳繡腿，在冷酷無情的現實面前毫無用處。現實角度看，他還真配不上她。

人生觀不是說變就變得了的，他與她背道而馳，她再俯下身子屈就也沒用，既不同向，何以同心？妳可以躺在他的枕邊，但妳永遠進不了他心裡：「縱然是齊眉舉案，到底意難平。」他承認，這世上數妳最完美，但他就是對妳沒感覺。他心裡，永遠懷念著那個毛病一大堆、卻能讓他心頭一顫一顫的小女生林黛玉。

　　寶玉與黛玉沒有能在一起固然是愛情悲劇，寶釵又何嘗不無辜？捲入一椿姐弟婚，臨危受命攤上和自己在心理上完全不對等、還對前情念念不忘的小男人，莫名其妙把自己的一生賠了進去，脖子裡金鎖上刻的那句「不離不棄，芳齡永繼」，本是個美好的希冀，現在反倒成了一個沉甸甸的嘲諷。

　　翻遍全書，也許唯一能配上她的男子只有一個——北靜王水溶。儒雅持重，謙謹低調，雖然出場只有幾分鐘，但寥寥數語間，能看出他與寶釵精神對等，三觀一致，是一對天成佳偶。他一眼就看出了賈家在教育寶玉上的漏洞，拿自己現身說法叫他們要引以為戒。只有這樣「天王偶像級」的人物才能配上寶釵，如果，曹雪芹能安排寶釵嫁給水溶，那該是多功德無量的一件事啊！然而世間事竟是這般陰差陽錯，寶釵與寶玉，只能譜寫一曲「終身誤」。

　　抱怨的話從不會流自寶釵的唇齒之間，面對每況愈下的人生困境，她不會像探春那樣哭訴身為女性的不甘無奈：「我但凡是個男人，可以出得去，我必早走了，立一番事業，那時自有我一番道理。偏我是女孩家，一句多話也沒有我亂說的。」而是用自己早先修練好的處變不驚和提前儲存好的世俗智慧，與詭異莫測的生活沉著地見招拆招。努力控制著，盡可能讓命運的航船平穩行駛，向前，向前。

趙姨娘：我想知道我是誰

一

沒人喜歡趙姨娘。

因為她說話倒三不著兩，一張嘴就討人嫌；為老不尊，竟然跟小戲子們動手打架；心術不正，背地裡用巫蠱之術差點要了寶玉和鳳姐的命；為人粗俗，一張嘴就是粗話髒話；教子無方，把公子哥賈環教得也猥瑣粗鄙；更別提成天撒潑胡鬧，惹得人人鄙棄。

趙姨娘的毛病，隨便掃掃就是一籮筐。偏偏這樣的人，竟然登堂入室做了榮國府的姨娘。

她沒什麼來歷，前身只是個丫頭，能成為姨娘是走了狗屎運。

大戶人家的公子少爺，為了家族利益著想，娶正房太太大都要挑門第挑出身乃至正出庶出，門檻高條框多，自然競爭者就少；而姨娘則不同，對小老婆的出身門第沒有太高要求，這就導致狼多肉少，競爭激烈。丫頭想成為姨娘，得天時地利人和都占了，過五關斬六將才可以成為最後的勝利者。

首先，要美。王夫人推薦襲人做姨娘時曾說：「雖說賢妻美妾……」

一個「雖說」，透露出了豪門選妾，漂亮是第一要務。

其次，除了長相，秉性溫良也是小老婆的必備條件，襲人、平兒就是範本。如果一個女孩子只有美貌，個性卻很惹人厭，也不會在考慮之列。

還有，在那樣擁堵的人群裡，沒有一點過人的心機是走不上櫃檯的。小紅那麼機敏，在寶玉房裡待了幾年，愣是做了隱形透明人，皆因他身邊

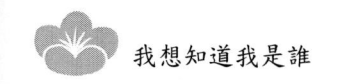

的人「伶牙利爪」防備森嚴。所以，還要夠聰明，善於抓住機會。

　　一條條對照，趙姨娘的成功便顯得匪夷所思。她出場時，兩個孩子都已成人，先不說實際年齡幾何，照曹雪芹的眼光看，已然是個老女人了，懶得描述，所以面貌不詳。

　　提起她的素日為人，大家都皺眉。心計更是不敢恭維，經常做一些搬起石頭砸自己腳的事。寶玉被她下蠱陷害，命懸一線，她一不知道裝樣子假哭假慈悲，二不會乾脆躲一旁偷樂，而是猴急地勸老太太趕緊給寶玉穿上壽衣，打發他上路，被賈母怒罵，碰了一鼻子灰，稱她為「愚妾」，倒也不冤枉她。

　　榮國府百裡挑一挑出來的姨娘，竟如此另類不堪，真是弔詭。

二

　　當初是誰選的她？

　　趙姨娘的奴才身分是世襲的，她家幾代人都供職於賈府。所以後來她兄弟亡故，申請發放親屬喪葬補助時，賈府按例將她劃在「家裡的」這一撥姨娘裡，比「外頭的」少給二十兩銀子。身為賈府的「土著」，在人們的眼皮子底下長大，作為候選，一個群眾考察就會露餡。

　　選妾，有點像配備給正室的副職。選定之前必須要詢問正室的意見，而正室要考慮的，則是這位未來的「副職」和自己個性的匹配程度，例如鳳姐就選定了平兒，寶釵早早看好了襲人；婆婆的看法更為關鍵，婆婆是舊時家裡主內的一把手，這樣的大事必須要由她拍板，更何況是賈母這樣的老人精。

很顯然，賈母和王夫人對趙姨娘的態度，分明是十分不待見十分看不起。王夫人從沒有給過她一副好臉子，動輒臭罵一頓；賈母在全書裡也只和她正面接觸過一次，怒罵外加吐她一臉唾沫。種種跡象表明，她不會是她們看上的人選。

這樣一來，趙姨娘的上位便顯得很蹊蹺。那就剩下了最後一種可能：非正常途徑。

曹雪芹寫她時，對她的外貌未著一字，然而她晉升的最大資本，恰恰就是她的外貌。

探春，俊眼修眉，顧盼神飛，人送外號「玫瑰花」，極言其美。別忘了，探春正是趙姨娘的女兒。

最標緻的晴雯被王夫人冤死，真正原因是太像年輕時的她。王夫人一見俏麗的晴雯，立時勾起「往事」：「我一生最嫌這樣的人。」

趙姨娘的美貌毋庸置疑，只是曹雪芹厭其為人，不肯正寫，讀者很容易將之想像成一個醜陋的女人。

「用美的思想取悅人，和用美的身體取悅人，其實也無多大區別。」美貌就是生產力，趙姨娘當年就是用自己的美麗，迷惑了賈政。

她一開始可能只是伺候賈政的丫頭，生得美，會打扮，愛賣弄，外帶有一點刁刁的小脾氣，在一群溫馴的女孩子裡，就顯得十分出挑，引起了賈政的注意。又美又各色的女孩子，往往會有一種奇異的風情，她們性格上的缺陷，要等到人老珠黃以後，才會顯得格外刺眼。

和賈政的事情，她興許使過一點小手段，也許沒有，只是藉著賈政有意，便「順杆爬」抓住了機會。不管真相如何，反正在王夫人和賈母眼裡，不是賈政占有了她，而是她勾引了賈政。

我想知道我是誰

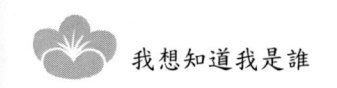

　　有沒有這樣一種可能？她和賈政先暗度了陳倉，將生米做成熟飯，甚至懷上了賈政的骨肉，讓講規矩愛面子的榮國府不得已接納了她。

　　賈母罵她時，用了「混帳老婆」這樣極端的侮辱性字眼；王夫人因為賈環推蠟燈燙了寶玉的臉，也把她叫來臭罵，說她「養出這樣黑心不知道理下流種子」，這些話句句都有所指。王夫人還因此留下了病根，一看到和趙姨娘有幾分相像的晴雯，便想起往事，如臨大敵，自怨說：「這幾年我越發精神短了，照顧不到。這樣妖精似的東西竟沒看見……」當真是「一朝被蛇咬，十年怕井繩」。在襲人談到讓寶玉搬出園子住時，王夫人第一反應是：「寶玉難道和誰作怪了不成？」高度敏感。襲人說出「君子防不然」一席話時，點中了王夫人的死穴，她脫口而出：「我的兒」，近乎感激涕零了：「我就把他交給你了……保全了他，就是保全了我。」能提到這樣的高度上來，一定不是平白無故的，誓死要保住寶玉這塊最後的陣地，絕不讓他和跟前的丫頭們有染。是不是趙姨娘與賈政幹過的醜事，讓她留下了濃暗的心理陰影？

三

　　賈政最小的兩個孩子，探春、賈環都是趙姨娘所生。這暗示政老爺有了趙姨娘後，王夫人就失寵了，空有妻子之名而無妻子之實。

　　賈政與王夫人對話，語氣、表情都是公事公辦的樣子，內容除了家族管理日常事務，再無其他。襲人勸王夫人時曾說：如果寶玉出了事，「太太也難見老爺」，意思是沒法交代。可見賈政與王夫人關係疏離已不是祕密，只剩下了責任分工。

　　而賈政和趙姨娘就不同了，瑣碎之間透著不動聲色的家常溫馨。第

趙姨娘：我想知道我是誰

七十二回，趙姨娘求賈政把彩霞給賈環，賈政不允，說再等兩年，趙姨娘說人家寶玉早都有了二年了，你還不知道？賈政問誰給的？趙姨娘剛要說話，外面一聲響動，嚇一大跳。寫到這裡這一回就結束了。下一回一開始，就說那一聲響動原來是窗戶沒扣好掉下來發出的響聲，趙姨娘罵了丫頭幾句，帶領丫頭們關好窗戶，回來伺候賈政睡了。上一回結尾的話題貌似攔腰截斷。

這一節，老曹處理得特藝術特高妙，像戲曲電影中的大團圓結尾，男女主角攜手就寢，往大紅的帳子裡一鑽，鏡頭鎖定在放下帳子的流蘇上，銀幕上隨即旋出個雪亮的「完」字。這樣的結尾很東方，是在含蓄地告訴你：這個「完」字其實是不能說的開始。果然，不一會，就有「臥底」小鵲兒跑來給寶玉報信：我們姨奶奶在老爺面前如此如此說了你，你可要小心啦。──前面截斷的話題續接上了，趙姨娘藉著床笫之便給賈政吹了枕頭風。是老曹沒明說。

賈政，就是「假正經」的諧音。別看他表面上滿口仁義道學仕途經濟，然而在王夫人的端莊與趙姨娘的妖騷之間，他性愛的天平還是偏向了後者，關上房門，他一樣是個好色的男人。

以王夫人大家閨秀的身分，自然是不屑與趙姨娘爭寵的。為了化解失愛的痛苦，她開始吃齋念佛。古往今來，成千上萬被丈夫冷落的女人，在經過痛苦沉澱之後，從心寒到心死，都去信了佛，以尋求內心的平靜。

至少在討老爺喜歡這一點上，趙姨娘是占了上風。既得寵，肚子又爭氣，生了一雙兒女，特別是有了賈環這個兒子，她更是有了指望了，做夢都得笑醒吧？

可惜她猜得出開頭，卻猜不出結局，從為人妾侍的那一天起，便注定了她一生的悲涼基調。

我想知道我是誰

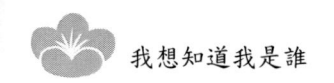

四

　　豪門望族的小妾們，主不主，僕不僕，是最為尷尬的一個群體。

　　妾便是「怯」，需要仰人鼻息，小心翼翼看正室的臉色；妾也是「竊」，永遠偷偷摸摸上不得檯面，見不得光；妾更是「且」，得過且過，凡事忍讓方能平安到老。

　　在隆重正式的場合，見不到姨娘們的身影，她們是沒資格參加的，只能躲在自己的小樓裡獨自寂寞。歡笑絲竹之聲破窗而來，一牆之隔，儼然兩個世界。

　　即便是家宴，沒有正室的允許，侍妾也不能入席。寧國府中秋賞月，賈珍自己關起門來設宴，因為要行令，尤氏才叫侍妾們入席，她們才「下面一溜坐下，猜枚划拳，飲了一回」。

　　露臉的場合沒她們的份，沒有面子，裡子也不怎麼樣。除了每月二兩銀子的分例，她們再無其他收入。趙姨娘因要黏雙鞋，卻連塊像樣的緞子面都沒有，在一堆「零碎綢緞灣角」裡挑挑揀揀，向管她討要的馬道婆「嘆口氣」說道：「妳瞧瞧那裡頭，還有那一塊是成樣的？成了樣的東西，也不能到我手裡來！有的沒的都在這裡，妳不嫌，就挑兩塊子去。」十分寒酸。堂堂賈府，號稱「白玉為堂金作馬」，不知道的，以為裡面的女人們定是穿金戴銀吃香喝辣不短錢花，誰能想到一個姨娘竟會如此拮据。

　　後面提到的一件小事才真正點到問題的真髓。趙姨娘問馬道婆前日送的五百錢給藥王上供了沒有？馬道婆說上了。趙姨娘又一次「嘆口氣」道：「阿彌陀佛！我手裡但凡從容些，也時常的上個供，只是心有餘力量不足。」在此處三十字開外，賈母剛剛讓馬道婆在佛前替寶玉點了個海燈祈福，一天五斤油，此外，還吩咐今後每逢寶玉出門，都得拿上幾串錢，

專門施捨僧道窮苦人。原來，並不是沒有錢，是看花給誰。

大家圖好玩湊分子為鳳姐過生日，鳳姐使壞，叫賈母也拉上趙周兩位姨娘。別人或是隨即就報了數，或是「不多時」就拿了銀子來，只有去找趙周兩位姨娘的丫頭「半日」才回來，猜想是她們為出多少很是商量了半天：多了出不起，少了怕得罪人。最後還是決定出二兩銀子，這是她們一個月的薪水。還是尤氏做好人，私下做主還了她們，她們卻不敢收，尤氏說：你們可憐見的哪裡有這些閒錢？不要怕，我替你們做主。兩人「千恩萬謝的方收了」。

尤氏在主子奶奶裡，算是心善心軟的，她知道姨娘們生存的不易，稱她們為「苦瓠子」，叫鳳姐不要欺負她們。苦瓠子，一種葫蘆科瓜類蔬菜，結瓜過程中瓜藤受損，結的瓠瓜苦不堪言，正像極了這些姨娘的生活：沒錢，沒地位，不被尊重，直不起腰桿，苦巴巴地在夾縫裡生存忍受，無聲無息度過自己的一生，直至老死。大多數的姨娘都是這麼過來的，例如周姨娘，沉默無聲，在整部書裡連一句對白都沒有，第三十五回，給賈母「打簾子，立靠背，鋪褥子」，與眾婆娘丫頭一道做下人的工作。

探春曾對屢屢生事的趙姨娘說：「妳瞧周姨娘，怎不見人欺她，她也不尋人去……」

在高鶚的偽續裡，破例為周姨娘安排了一次心聲，趙姨娘死後，周姨娘「心裡苦楚」，想：「做偏房側室的下場頭不過如此！況她還有兒子的，我將來死起來還不知怎樣呢！」哭得十分悲切。

答案就在這裡，她們處事一個低調一個高調的根本原因是：周姨娘沒有孩子，而趙姨娘卻兒女雙全，覺得自己是有功之臣，大家必須對她另眼相看。

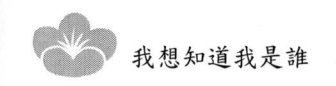

可惜理想豐滿，現實骨感，主觀不能改變世界。

大家認可她的兒女是主子，卻將她這位主子的生身母親仍然視為奴才。芳官與她爭吵時，說她們兩個其實就是「梅香拜把子——都是奴幾」，氣得她搧了芳官兩個耳刮子，引來一陣群毆；她教訓賈環，小她一輩的鳳姐在窗外聽到，說賈環「他現是主子，不好了，橫豎有教導他的人，與妳什麼相干！」且不論她教導兒子是對是錯，直接就剝奪了她管教兒子的權利，挑明瞭說：妳是奴才妳不配。她要親女兒探春拉扯拉扯她，女兒卻說：誰家姑娘們拉扯奴才了？

她不服，想為自己爭取尊重，但是尊重這東西，不是靠撒潑哭鬧就能得來的，需要智慧，這種東西她也沒有。於是，她每一次出場都是氣勢洶洶，每一次都鬧到雞飛狗跳，每一次到最後都是鎩羽而歸，淪為別人的笑柄，直至最後「牆倒眾人推……有了事都就賴她」。

趙姨娘也不是完全不知好歹，對於別人給予的一星半點溫暖，她都心存感激。寶釵給大觀園裡眾人分發禮物時順便給了她一份，就這點從指縫裡漏下的尊重，令她愛不釋手，拿著跑到王夫人面前炫耀加賣好，結果碰了一鼻子灰；賈府裡的丫頭們向來也看不起他們母子，只有彩霞倒和他們合得來，她便想將彩霞給賈環做小，即使這一點願望，最後也落了空。鳳姐做主，將彩霞霸道地配給了旺兒家不成器的兒子。

那些愚蠢粗陋的言行，是因為「耳朵又軟，心裡又沒有計算」；那些陰鄙極端的手段，源於內心長期的壓抑失衡；而她嘴裡所謂的怕被人擺布，本質上其實是反抗。「物不平則鳴」，可恨之人亦有可憐之處，要同情她，她有她的悲哀。

五

　　貌似她靠得上的人有三個：她的丈夫、女兒和兒子。他們應該是她在這個世上最親的人。

　　首先是賈政。賈政是榮國府的一家之長、道德楷模，自然更要講規矩，對妻和妾的界定是「橋歸橋，路歸路」，在待遇權力的分配給予上根本不會模糊界線。

　　更何況以趙姨娘的見識談吐，也很難登得大雅之堂。她的優勢全在內室，出了門她什麼都不是。賈政在官場往來之餘，案牘勞形之後，需要換換腦子鬆弛神經、發洩欲望，趙姨娘當是首選，王夫人太端著了，在她面前他放鬆不了。趙姨娘這樣的女人當然不會被他太看重。

　　第二個是女兒探春，這個女兒聰明能幹，可惜堅決與她劃清了界線。趙姨娘喜歡以親娘自居，探春的眼裡卻「只有老爺太太，其他的一概不管」，並不拿她當盤菜。

　　趙姨娘巴巴地跟探春講親情，對方卻只跟她講規矩。探春為寶玉精工細做了一雙鞋，趙姨娘說「正經兄弟，鞋搭拉襪搭拉的不管，卻給外人做」，人家回她卻是我想給誰做給誰做，妳管不著；她抱怨探春存錢給寶玉花，為什麼不給環兒花，人家都懶得解釋一下「就出來往太太跟前去了」；趙姨娘剛說「妳舅舅死了」，人家探春說「誰是我舅舅？我舅舅年下才升了九省檢點，那裡又跑出一個舅舅來？」根本就不認，她本還想讓探春將來照看照看自己娘家的願望，當頭被潑上了一瓢涼水。「兒不嫌母醜」這句話不適用於探春。

　　第三個是她的兒子賈環，這個孩子是她自己一手帶大的，她被人看不起，這個孩子也被人看不起，和她是一條繩上的螞蚱。

我想知道我是誰

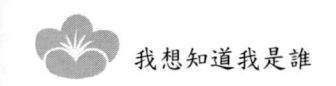

  推算探春為寶玉做鞋的時間，應該與她黏鞋的時間基本上相去不遠，曹公將這兩件事小小呼應了一下，看來她當時是在為賈環做鞋，在一堆碎頭巴腦的邊角料裡拼湊鞋面子，那神情專注而心酸。每逢賈環在外受了委屈，她都像被踩了尾巴的貓一樣又跳又叫。對賈環，罵歸罵，啐歸啐，教訓得雖然不得法，然而她終歸是這個世界上最疼他的人。

  其實賈環才是她在這個世上唯一的指望。情況同她有點相似的李紈，金陵名宦國子監祭酒之女，就懂得韜光養晦，不問閒事，一心一意教導賈蘭，到最後金榜題名時，便是出頭日。如果趙姨娘能有這樣的見識，且暗暗忍耐上幾年，教育引導賈環上進好學，焉知來日揚眉吐氣，不比遊手好閒的寶玉有出息？只可惜，她的見識低下，不懂得為自己和兒子規劃，只一味在小事上斤斤計較，在無用處用強，把賈環教得猥瑣陰暗，白白耽擱了大好時光。母親的素養決定了孩子的未來。

六

  趙姨娘活得痛苦糾結的原因在於，一直沒搞清自己是誰，內心期許與外界待遇落差太大，便總覺得整個世界都虧欠她、欺負她。姨娘的本質，是主子的性奴隸兼生育工具，生養得出主子，自己卻永遠成不了主子。

  身分如同一道玻璃天花板，她被牢牢踩在另一個世界的腳下，近在咫尺卻永難到達，再上竄下跳也沒用。

  人要活得好，必須與周圍環境和諧相處，需要審時度勢，找準自己的位置。形勢永遠比人強，改變能改變的，改變不了當忍則忍。趙姨娘沒弄懂這個道理，所以，她一輩子都在憤憤不平，一輩子飽受傷害，一輩子灰頭土臉。

她說自己是在「熬」：「我這屋裡熬油似的熬了這麼大年紀」；別人替她寬心時也說「熬」：「妳只管放心，將來熬的環哥兒大了……」熬的滋味不好受，但是熬的方法也有很多種，你可以平心靜氣地熬，熬至塵埃落定；可以臥薪嘗膽地熬，熬到苦盡甘來；也可以滿腹怨懟地熬，熬得燈枯油乾。怎樣選擇，全在自己，心態決定著人生走向。

熬，熬，熬著熬著，她就老了──回望來路，她可還記得最初的自己，在最美的年華，嬌媚如一朵含苞待放的花朵，一顰一笑攝人心魄；手腳俐落，口齒伶俐，懷揣著美好的憧憬，從趙家女兒晉身成為趙姨娘，掀開了人生新的一頁。然而誰能料到看似一手的好牌，卻被她七零八落打成這個樣子？性格與際遇是命運的兩軌，歲月將她竄改得面目全非。

趙姨娘在賈府的姨娘隊伍裡，是個特例。更多的豪門姨娘們，如同落滿灰塵的擺設，散落在深宅大院的犄角旮旯裡，沉默、隱忍、循規蹈矩。不過，如果有一隻靈敏的耳朵，在萬籟沉睡的夜裡，挨個貼在她們的房門上，一定能聽到一些怨毒的詛咒正從某個門後，從某個整日緊閉的嘴唇裡爬出來，令聽者不寒而慄。這詛咒，便是她們對這不公平世界的小小回敬。

王善保家的：小人更要懂分寸

一

提起王善保家的，一部分讀者猜想會忍不住咬下牙：這老太婆忒壞了，美麗的晴雯就折在她手裡。另一部分讀者則要拍手稱快，為探春打她的那一耳光。

剩下的一部分讀者，恐怕會冷笑了：殺敵八百，自損一千。要不是她自告奮勇抄檢大觀園，她外孫女司棋也不會被抄檢出來趕出園子，她自己更不至於被整得灰溜溜，再難立足。王善保家的，取諧音，真是「善有善報，惡有惡報」。

古人云：方寸若好，吉地自得。方寸指心，意思是心地好自有立足之地。這句話有道理，但不絕對，豈不知還有人說「人善被人欺」呢。人在世上混，以為靠高尚的道德就能換取生存空間是天真的一廂情願。現實冷硬，單靠方寸活，遲早要在挫折面前失了方寸，痛苦地問十萬個為什麼。

不能只要方寸，還要有分寸。分寸感是生存第一感，把握得好萬水千山總能逢凶化吉；把握得差處處磕碰時時鬱悶，要是還不安分，玩不好就會自取其辱。王善保家的就是敗在了自己的分寸感上。

人人都會有自己不喜歡甚至討厭的人，但未必個個都要置於死地而後快。遇到自己看不順眼的人，做個點頭之交即可，道行淺的可以選擇扭過臉去，免得臉部表情洩露了情緒。對人寬容一下又不會死。王善保家的不，她把鋒芒畢露的晴雯視作頭號公敵，借王夫人之手屈死之而後快。其實她和晴雯有什麼仇？不就是嫌「丫鬟們不大趨奉她，她心裡大不自在，要尋他們的故事又尋不著，恰好生出這事來，以為得了把柄」，一個年老女人對年輕女人天然的忌妒，資源流失者對資源持有者得意忘形地看不順眼，雖說哪有朝霞怕晚霞，但是晚霞瞅準時機發揮一下餘熱，寸勁用得準，也很可怕。

晴雯平日的行事路數雖看著花哨扎眼，但是她沒有根基，也不懂得跟人站隊，孤零零一個人耍，當然不堪一擊。王善保家的暗算一招得手，便得了「綠巨人妄想症」，以為自己不白給，接下來昏招迭出。

抄檢大觀園是她一力攛掇的，自告奮勇對王夫人說「只交與奴才」，

還提出了「攻其不備」的行動方案,她拿站一旁的當家少奶奶鳳姐當透明嗎?就是出點子也該鳳姐出,哪裡就輪得上妳一個老奴了?雖然礙於王夫人面子,鳳姐勉強贊同了她的方案,心裡對她實在是不感冒。

當夜抄檢,很明顯,鳳姐根本不出力,從頭到尾在敷衍。進寶玉房裡她只管喝茶,到了黛玉處所她坐在床頭安撫,按住黛玉不許起來,到了探春處是賠笑不迭,到了惜春處發現可疑證據還幫忙敷衍——處處「放水」處處撇清。這些人與她一樣都是主子,打狗還要看主人,她並不想得罪大家,可知其世故精明,人情通達。

與此同時,王善保家的在做什麼呢?她以不整出事來不罷休的節奏,鞠躬盡瘁死而後已地翻檢,連林黛玉都不放過,以在瀟湘館翻出寶玉的東西為功。寶玉和黛玉是老太太心尖上的一對寶貝疙瘩,榮國府頭等主子,況且他們兩個自小一處長大,東西互放也是尋常。有點常識和頭腦的人,不會隨便動黛玉。紫鵑有涵養,不會像晴雯那般掀箱,只笑著給出了一番合理解釋。幸好當時黛玉尚躺在床上無從知曉,否則以黛玉的敏感透明,怎受得了這盆汙水,氣惱之下不知得生出多少事端,多吃多少副藥,想想都後怕。

王善保家的此時已騎虎難下,大概自認為「箭在弦上不得不發」,空手而回沒法交代。於是,接著查,查到探春那。

二

探春那裡命眾丫鬟秉燭開門而待,早就劍拔弩張。她還是個護犢子的:你們搜我的東西可以,但不許搜我的丫頭的!誰還敢真搜她?鳳姐向探春賠笑說軟話,平兒豐兒不翻反是幫著「關的關,收的收」。同去的還

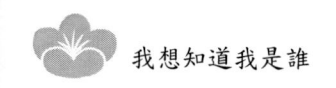

有王夫人陪房周瑞家的，也忙著打圓場收兵撤退。

這時候，王善保家的竟然蠢到上前去掀探春的衣服，顯擺說：「連姑娘身上我都翻了，果然沒有什麼。」三姑娘結結實實一個嘴巴子，將她打回原形：妳就是一個奴才，狗仗人勢，敢來欺負主子？

惜春房裡，再沒見她作耗，應該是那一巴掌給的還沒回過神來。

到了迎春房裡時，她不翻反倒要護了，因為這屋子的大丫鬟正是她外孫女司棋。恰因如此，鳳姐偏不肯輕易放過，想必冷眼看她越俎代庖作威作福，早忍了一路了。周瑞家的更是，明明自己才是王夫人的人，王善保家的只是邢夫人的人，偏要在自家的地盤上反客為主瞎攪和，心裡焉得不惱？在整人上，鳳姐天賦超群，周瑞家的經驗豐富，二人雙劍合璧，王善保家的哪是對手？只見她們配合默契，凌厲出手，一把揪出了司棋私訂終身的鐵證，對著她姥娘一通噁心。王善保家的氣愧之下，自己打自己的嘴巴子，說自己是「現世現報」，心酸又可笑。

在一個群體中每個人都有自己的心理領地，不容僭越，王善保家的不懂這個道理，沒有自知之明，犯了大忌。

氣勢洶洶出發的大抄檢，最後竟變成了鎩羽而歸。回去後，邢夫人嫌她多事，又打了她幾個嘴巴子。

探春打完了自己打，自己打完了邢夫人打，抄檢事件始末，竟是以王善保家的挨嘴巴子為主線的，這畫面太「美」，不忍卒視。

一夜之間她變成了落水狗，連門都沒臉出了。司棋被攆出去後，自殺了，冥冥之中彷彿是在替外婆抵消冤殺晴雯的罪孽。「始作俑者，其無後乎」，不給別人留活路的結果是自己也無後路。

世界彷彿安靜了。

三

　　自食其果。對內白髮人送黑髮人，痛失外孫女；對外丟了自己在榮府的生存空間。沒人知道，後來的後來，王善保家的晚景是怎麼度過的，淒不淒涼？說起她，都像是在說一個積年笑話。

　　春草年年綠，這樣的人總是野火燒不盡。走了王善保家的，還有李善保家的，張善保家的 —— 只要有人的地方就會有政治，有政治的地方就有政治高人、投機主義者和小丑之類的各色人等。

　　王善保家的，其實就是體制內資深猥瑣小人物的一個樣本。

　　他們一生庸庸碌碌卻心有不甘，越老就越著急，總想整出點動靜來對自己所剩無多的人生有點交代。但好像運氣上總是偏偏差那麼一點，每臨機遇總是功虧一簣，屢屢被命運閃一下腰，天長日久，心理失衡變態。

　　他們自相矛盾，既裝腔作勢又敏感。一面自詡見多識廣喜歡被人吹捧，一面又唯恐別人不拿他當回事，斤斤計較於他人對自己的態度，但凡一點不周便要耿耿於懷。也許往日風頭正勁過一小陣子，但時過境遷，別人都忘了，只有他自己還惦記著那一點虛榮的殘渣。

　　他們心胸狹窄睚眥必報。哪怕一絲不遂他心，脆弱的自尊心會無限放大，不遺餘力尋地求報復的機會，好像不讓對方知道自己的厲害就不罷休。自身力量不足，便借力打力，靠告密與汙衊，煽動當權者做自己的劊子手。一旦得手，幸福感爆棚。

　　他們目光短淺自作聰明，滿心都是算計。忌妒心重，見不得別人比他好，即使八竿子打不著，他也要伸出腿來絆一下。很難真正靜心做事，無法被委以重任。但因成天像小丑一樣上竄下跳不消停，也能獲得一點話語

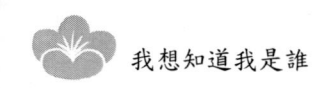

權，為自己謀根輕飄飄的雞毛令箭。

可令人錯愕的是，當他們登上來之不易的舞臺時，總會演得一地狗血，蓋因一得意就兜不住，成事不足敗事有餘，露出了平庸齷齪的本來面目。

他們成在能折騰上，敗在太能折騰上，還是那句話，差就差在那點分寸感上。

分寸感其實是一種品質，它涵蓋了清醒自察與適可而止，是涵養與智慧的合成品。它的珍貴之處在於，即便不能保證人生路途一帆風順，卻也因懂得進退得宜出入上下，能為自己保留一份尊嚴與從容，在擁堵紛擾的人群中找到一個適合於自己的位置，舒舒服服待著。

分寸感這東西有人與生俱來，有人需要在歷練中慢慢習得，有人窮盡一生卻難以悟之，每每將自己置於尷尬境遇，可憐又可悲。王善保家的就是利令智昏，失了分寸，一念之差萬劫不復，才成為一個可憐又可悲的負面教材。

處事真經《論語》裡經常寥寥數語卻字字爍金地向世人普及分寸感，比如「事君數，斯辱矣；朋友數，斯疏矣」，比如「忠告而善道之，不可則止，毋自辱焉」，比如「不在其位，不謀其政」，比如「不可與言而與之言，失言」——你看，君子都要「君子」得有分寸，小人更要「小人」得有分寸才是，否則一鍬一鍬給別人挖出來的坑，搞不好到最後成了自己的墳墓。

不要和大觀園裡的婆子們說話

一

第五十八回，芳官的乾娘，迫不及待要替芳官為寶玉吹湯：「他不老成，仔細打了碗，讓我吹罷。」邊說邊搶，卻被晴雯喝道：「出去！妳讓他砸了碗，也輪不到妳吹。妳什麼空跑到這裡楢子來了？還不出去。」一邊又罵小丫頭們不告訴她規矩，小丫頭們也趁勢一邊罵一邊推，把她趕了出去。出來後又遭同伴奚落：「嫂子也沒用鏡子照一照，就進去了。」羞得那婆子又恨又氣，只得忍耐下去。

此時，裡面卻是另一番光景。芳官吹了幾口，寶玉笑道：「好了，仔細傷了氣。妳嘗一口，可好了？」

同是服侍，一邊是上趕著卻遭羞辱，一邊是懵懵懂懂還被軟語呵護，怕累著。其實書裡嘗過寶玉飯菜的不止芳官一個，白玉釧就被寶玉連哄帶騙嘗過蓮葉羹，襲人晴雯們更不用說，早都習以為常了。這是她們才有的特權。

女人老一點，別提嘗，就連為主子吹湯的資格都沒了。在男性為主導的世界裡，女人的青春美貌是籌碼，當歲月被一點點拿走，女人自然要貶值。寶玉既是男性，又是主子，他的價值取向決定了職場階層。因此，婆子們要識趣，要盡快轉換角色，明日黃花要主動讓出舞臺，給那些正在盛開的四月薔薇。

這是只可意會不可言傳的職場潛規則，沒道理可講，芳官的乾娘不遵守，自取其辱，在別人眼裡也是活該，只有忍下去。

也有不忍的。身分特殊一些的，比如寶玉的奶媽李嬤嬤，不拿自己當外人，時不時進入怡紅院找碴，仗著寶玉吃過她的奶，倚老賣老擺老資格，嘮嘮叨叨把寶玉飲食起居功課一併過問，儼然一副長輩的樣子。奈何人家寶玉早煩她了，因為一碗三四次才能泡出色的楓露茶，他有事出去沒顧上喝，李嬤嬤來了，她要喝誰敢不給？那不是找罵嗎！寶玉回來後知道了，便大發雷霆，遷怒於當值丫頭茜雪。茜雪無辜，愣是因此被攆出賈府開除了公職，可見寶玉對李嬤嬤的厭惡程度。對這一點李嬤嬤也並不是不知道，但是她實在氣不過自己當年的陣地被占領，不甘心就此退出歷史舞臺，便時不時弄出點動靜來顯示自己的主權：寶玉留給晴雯的豆腐皮包子，她偏要拿走給自己孫子吃；寶玉留給襲人的酥酪，發狠一氣吃完，還口出狂言：「別說我吃了一碗牛奶，就是再比這個值錢的，也是應該的。難道待襲人比我還重？難道他不想想怎麼長大了？我的血變的奶，吃的長這麼大，如今我吃他一碗牛奶，他就生氣了？我偏吃了，看怎麼樣！你們看襲人不知怎樣，那是我手裡調理出來的毛丫頭，什麼阿物兒！」

她以一個退居二線「老前輩」的身分，專拿現任的部門負責人襲人開刀，指著病榻上的襲人破口大罵：「忘了本的小娼婦！我抬舉起妳來，這會子我來了，妳大模大樣的躺在炕上，見我來也不理一理。一心只想妝狐媚子哄寶玉，哄的寶玉不理我，聽你們的話。妳不過是幾兩臭銀子買來的毛丫頭，這屋裡妳就作耗，如何使得！好不好拉出去配一個小子，看妳還妖精似的哄寶玉不哄！」話語裡充滿了一個階級對另一個階級刻骨的妒恨。回過頭又一把鼻涕一把淚地數落寶玉：「你只護著那起狐狸，哪裡認得我了……把你奶了這麼大，到如今吃不著奶了，把我丟在一旁，逗著丫頭們要我的強。」好不傷心。

二

不是所有的婆子都能像李嬤嬤那樣，有機會有權利哭喊著宣洩一番的，更多的只能是憋著一口惡氣。年輕的丫頭們風頭日盛，婆子們不甘心自己的群體被邊緣化，淪落為底層一族，成為襯托光鮮亮麗角色們的褪色背景，不免大力打壓或奮起反抗。「不是東風壓倒西風，就是西風壓倒東風」，戰爭就此紛起：芳官的乾娘和芳官因為洗頭順序爭吵；司棋和柳家的因為一碗燉雞蛋大動干戈，帶領一班小丫頭砸了場子；在夏婆子攛掇下，沒腦子的趙姨娘更是和小戲子們打起了群架──一時間雞飛狗跳。五十五回往後，大觀園裡就沒消停過，兩派勢力此消彼長，總的說來，丫頭們一方處於上風。

婆子們傷不起，淤積了滿腔說不出的尷尬忌妒恨。在磕磕碰碰中，與年輕丫頭們之間的矛盾，終於到了爆發的一天。

抄檢大觀園，表面上是王夫人要整風肅紀以正視聽，實則是婆子們對年少輕狂的少女們一次心照不宣的集體報復，王夫人是被利用了。山雨欲來風滿樓，四面八方地埋伏下。特別是那些出挑的、不懂得藏鋒的，更是首當其衝的受害者。

所以才有王善保家的趁繡春囊之事藉機獻計要抄檢，矛頭直指丫頭群體：「這些女孩子們一個個倒像受了封誥似的，他們就成了千金小姐了。鬧下天來，誰敢哼一聲。」更是指名道姓把晴雯樹為頭號反面典型：「……太太不知道，一個寶玉屋裡的晴雯，那丫頭仗著她生的模樣比別人標緻些，又生了一張巧嘴，天天打扮的像個西施的樣子，在人跟前能說慣道，掐尖要強。一句話不投機，她就立起兩個騷眼睛來罵人，妖妖，大不成個體統。」最後果然借王夫人之手屈死了晴雯。

所以當周瑞家的奉命攆司棋出園子時，才會如此這般道：「妳如今不是副小姐了，若不聽話，我就打得妳……」賈寶玉看到這一幕，說：「奇怪，奇怪，怎麼這些人只一嫁了漢子，染了男人的氣味，就這樣混帳起來，比男人更可殺了！」他不明白：這不是嫁不嫁漢子的問題，是老女人們自身資本流失之後，對現有資源占有者的洩憤。

女人之間的仇恨一旦生發，比男人更難節制。

當然，任何革命都不會是一帆風順的，話說抄檢那晚，她們就遇見了厲害人物，賈探春。三小姐何等精明，一眼就看出這場抄檢的實質是一次自相殘殺，說準確點是舊人對新人的一次大規模血洗。身為一院之主，她絕不會讓自己的丫頭成為這場內鬥的犧牲品，於是就冷笑著說自己的丫頭們若是賊，自己就是「窩主」，並放出話來：「我的東西倒許你們搜閱，要想搜我的丫頭，這卻不能。」然後，她從家族管理者的高度指出了這種行為隱含的危險性：「……可知這樣大族人家，若從外頭殺來，一時是殺不死的，這是古人曾說的『百足之蟲，死而不僵』，必須先從家裡自殺自滅起來，才能一敗塗地！」最後，她賞了王善保家的一記響亮的耳光，十分解恨。同樣是小姐，迎春和惜春就沒有這等魄力擔當，她們的丫頭司棋和入畫就未能在這次「整風運動」中倖免。可見能跟上一個叫得響打得硬的上司，下屬不知少受多少委屈，特別是關鍵時刻的庇護，更有起死回生的作用。司棋和侍書的命運，從此就走向了不同。

拋開這點不遂，本次抄檢差不多算是婆子們的一場完勝，一口氣拔掉了多顆眼中釘，滅了敵方威風，長了自家志氣，雖然贏的姿態著實難看。那些一度嘴尖性大的丫頭們下場悲慘，丟差事的丟差事，丟性命的丟性命，特別是「紅樓」第一美丫鬟，始終沒搞清楚是誰害她，為什麼要害她？天真的少女臨死都不服。

三

　　切勿小看了婆子們，她們的劣勢在於年老，而優勢也在這個「老」上。因為老，她們有多年累積下來的人脈，大抵都多少有一些根基和後臺，掌握著關鍵時刻在上司面前的進言權，正所謂「一句話能成事，一句話能壞事」。譬如王善保家的、周瑞家的就屬此列，她們是兩位太太的陪房，前者瞅機會就給晴雯「下了蛆」；因為老，閱歷就多，戰鬥經驗畢竟豐富，使絆子的花招就多，譬如馬道婆，還寶玉寄名的乾娘呢，照樣下蠱陷害他；因為老，老皮老臉百無禁忌，春燕娘罵春燕的那些髒話，也虧曹老好意思寫出來；因為老，便會勢利地看人下菜，東府的尤氏算是正經八百的主子奶奶，門房婆子們照樣不把她放在眼裡。也正因為婆子們老了，一面是體內日益短缺的荷爾蒙，一面是新人的輕盈靚麗，免不了會生出忌妒心與氣不憤，年輕人若不知深淺一味招搖，一個不小心就會惹惱了她們，甚至都不需要真正去得罪她們，只要讓她們看起來不順眼，順便給點顏色那也是尋常，更別提敢和她們公然叫板了，那幾個倒楣孩子就是活生生血淋淋的例子。

　　大觀園既是職場，就有職場的生存法則，不允許太自我太個性。越是重點培養對象就越要低調內斂，尾巴千萬要藏好，不可太招搖引人注意，否則遲早會有人出來收拾你，白白斷送了自家大好前程。職場也是氣場──身在職場總不免受氣。不受氣就不是職場，在職場一點氣都不肯受的人，遲早混不下去。新人要受老人的氣，那也是職場潛規則之一。

四

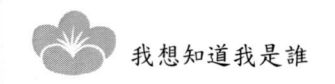

　　對婆子們，識時務者都懂得敬而遠之避其鋒芒，如果躲不開，牢記五個字：溫良恭儉讓。李嬤嬤把襲人罵成那樣，襲人都不敢還嘴，還反過來勸說寶玉：「……時常我勸你，別為我們得罪人，你只顧一時為我們那樣，他們都記在心裡，遇著坎，說的好說不好聽，大傢什麼意思。」這正是明白人的做法，忍得一時之氣，換得往後安寧。鳳姐管家厲害吧，見李嬤嬤這麼鬧，也不會去正面彈壓，還得好言相勸，一面哄著說「我家裡燒的滾熱的野雞，快來跟我吃酒去」，一面煞有介事吩咐豐兒「替妳李奶奶拿著枴棍子，擦眼淚的手帕子」，跟演小品似的，身後的觀眾笑倒一片。聰明人不惹老女人。

　　連鳳姐算上，對底下的婆子們心裡也是十分忌憚的，她本人就吃過婆子的虧，被邢夫人當眾嘲諷那節，就是拜費婆子所賜。平兒曾挖心挖肺地對媳婦婆子們說：「你們素日那眼裡沒人，心術利害，我這幾年難道還不知道？情婦奶若是略差一點的，早被你們這些奶奶治倒了。饒這麼著，得一點空，還要難他一難，好幾次沒落了你們的口聲。」「他利害，你們都怕他，唯我知道他心裡也就不算不怕你們呢……」任何時候，職場都應步步當心，壓力不僅來自上級，也會來自老資格的下級，難怪幾年下來，鳳姐會累得氣血兩虧。

　　大觀園的婆子們，誰遇上了誰倒楣，有朝一日碰上了，千萬記得要小心應對。

大觀園裡沒公廁？

　　賈府為迎接元春省親，大肆鋪張蓋省親別墅，銀子花得和流水一般，終於建成了。園子裡包羅永珍，有山有水，有花有樹，有石有泉，有依山而建的凸碧堂，有臨水而起的凹晶館，有香草迷迷的蘅蕪苑，有鳳尾森森的瀟湘館，有回歸田園的稻香村，也有蕉綠棠紅的怡紅院──元妃賜名「大觀園」。農婦劉姥姥說：「我們鄉下人過年，買張畫貼牆上，想著畫裡的是假的，誰知到這園子裡一逛，比畫還強十倍。」

　　每次看到這裡，我就心嚮往之。可是後來我發現了一個怪現象：大觀園裡好像沒公廁？

　　二十七回，紅玉替鳳姐辦完事來回話，在山坡上找不到鳳姐，見「司棋從山洞裡出來，站著繫裙子」，便上去問她見情婦奶了沒有。看樣子司棋是剛「方便」完，在山洞裡！山明水秀的園子裡，以為那一個個姿態各異的山洞是曲徑通幽處，沒想到裡面卻藏汙納垢。難道裡面有馬桶？不過即使有，想想也夠那什麼的……

　　在《紅樓夢》裡，從山洞裡出來繫裙子的不止司棋一個，細細看書，還會發現其他人……

　　七十一回，鴛鴦就是在微月半天時在園子裡走，想要小解，下甬路，尋微草，行至石後，卻不想遇到了熱戀越禮的司棋和他表哥！這就是「鴛鴦女無意遇鴛鴦」，在找地方「方便」的時候碰上的！真夠尷尬的。

　　看來這種陋習連《紅樓夢》裡水做的女兒也不例外！可是，好像也不能怪大家，園子那麼大，公廁又少，內急難忍，大家只好隨意了！

　　書上寫的臨時解決問題的女兒都是丫頭，還好不是小姐，這當然跟自

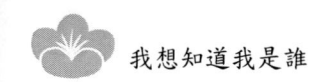

身修養有關,或者作者也不想太破壞小姐們的形象。試想,書裡倘若有這樣的句子:黛玉正往回走時,忽見對面假山山洞裡,寶釵正繫著裙子出來,忙站下,笑問:姐姐好!寶釵邊整理衣衫邊笑道:顰兒一向可好?我正打量去看妳呢!不想卻在這裡遇上了!哈哈,真受不了!開個玩笑。

小姐倒是沒有,公子可就不顧那麼多了。五十四回賈寶玉也是,走到山石後面撩衣小解,麝月秋紋還不忘提醒他「仔細風吹了肚子」。

好像只有劉姥姥肚子痛的時候,被人指引著去東北角上的茅廁了。

真是的,又不是做基礎設施缺錢,幹嘛不多建幾個公廁?

跋：落筆不言，風華自現

　　三年多前，一個蕭瑟的深秋，我忽然收到一位陌生作者投來的寫秋紋的文章。身為一本通俗歷史類雜誌的編輯，看到那流暢又飽含故事的第一句，我就意識到：遇到大家了。

　　給普通讀者看的文史解析文章不好寫，深了太學究氣，沒人願意翻開第二頁，淺了隔靴搔癢，合上雜誌一無所得，正了未免讓人看得不過癮，歪了又有譁眾取寵之嫌。而百合這篇解讀《紅樓夢》中怡紅院大丫鬟的文章卻寫得有故事細節，有場景分析，深入淺出，亦莊亦諧，讓人讀得欲罷不能。欣喜之餘，立刻交上去，主編立刻用了。

　　年底，又收到一篇妙文，看標題就讓人「笑得打跌」：〈大觀園裡沒有公廁？〉。笑歸笑，之前卻從來沒有哪位紅學大師關注過這個重要而細微的點，不禁為百合約學的觀察力暗暗叫好。於是再次立刻交上去，立刻用了。

　　接下來是〈不要和大觀園的婆子們說話〉，滿滿的現實感，妥妥的前車之鑑——寶玉為什麼那麼討厭婆子，把她們叫做死魚眼珠子？這就是標準答案。

　　經過這三篇的薰陶，期待百合約學的新作已經成為我編輯生活的日常心情。然而接下來的這篇仍然把這種持續的期待更新成了熱切的渴望：她寫了妙玉。她寫妙玉的身分認同問題，寫她的糾結，寫她的宣洩，最後，她寫道：「這也是關於命運的暗示。妙玉終究還是寂寞的。」這冷靜而殘酷的一句話，彷彿是從天上扔下的黑色枷鎖，「天真熱情才華橫溢的少女」再也掙脫不出她內心的牢籠。

跋：落筆不言，風華自現

　　風格新、細節新、立意新，百合約學似乎天生知道該怎麼寫出好文章。自此，除了繁忙的工作讓她脫不開身的時節，她每月都有新作，難得的是篇篇都有亮點，順勢長年「霸占」雜誌最受好評的重頭欄目，每每讓讀者評論「餘音裊裊，意猶未盡」。

　　對於《紅樓夢》中那些落花有意、流水無情的少男少女，乃至掛著面具的「老爺」、「太太」、「老祖宗」，她不吝於讚美，也不吝於憐惜，可她始終是冷靜的。就是這份冷靜讓她的文章耐讀、耐品。她解讀殘卷，分析批註，探討人物未盡的人生旅程，更寫活了人性的幽暗深邃。主角和配角們的語言行動、愛恨情仇，他們心靈深處的不甘和吶喊，在她的筆下靜靜綻放，優美而客觀地一一呈現在讀者面前，讓人笑，讓人嘆。

　　她說一個好的作者應該隱藏自己，只奉獻自己的作品，所以迄今為止，我只能確定她的性別──唯有女性才有這樣委婉的情思和細膩的筆法。當然，她也是年輕的，儘管她文風老辣，卻也在不經意間流露出年輕人特有的恨其不爭的熱情與哀其不幸的悲憫。

　　她說，她在出差的火車站偶然發現了這本雜誌，見到其中有作家解讀《紅樓夢》的文章，因她自己也研讀《紅樓夢》多年，便想試試自己的水準，遂投稿，就此一發而不可收。讀著她發來的這句「寫作緣由」，我眼前不禁出現了這樣一幅場景：穿著米色風衣的優雅女子下了月臺，綠皮火車汽笛長鳴，白霧瀰漫，溫暖的陽光把腳下洶湧的黃河、遠處黝黑的太行山照耀得山河明媚……

　　是為跋。

葡萄
2015 年 3 月 24 日

浮華風月，從紅樓夢中看盡人生百態：
以現代的角度分析人物的動機，探尋內心世界的掙扎

作　　　者：	百合
發 行 人：	黃振庭
出　版　者：	崧燁文化事業有限公司
發　行　者：	崧燁文化事業有限公司
E - m a i l：	sonbookservice@gmail.com
粉　絲　頁：	https://www.facebook.com/sonbookss
網　　　址：	https://sonbook.net/
地　　　址：	台北市中正區重慶南路一段61號8樓 8F., No.61, Sec. 1, Chongqing S. Rd., Zhongzheng Dist., Taipei City 100, Taiwan
電　　　話：	(02)2370-3310
傳　　　真：	(02)2388-1990
印　　　刷：	京峯數位服務有限公司
律師顧問：	廣華律師事務所 張珮琦律師

-版權聲明

本書版權為北嶽文藝所有授權崧博出版事業有限公司獨家發行電子書及繁體書繁體字版。若有其他相關權利及授權需求請與本公司連繫。

未經書面許可，不得複製、發行。

定　　　價：420元
發行日期：2024年11月第一版
◎本書以POD印製
Design Assets from Freepik.com

國家圖書館出版品預行編目資料

浮華風月，從紅樓夢中看盡人生百態：以現代的角度分析人物的動機，探尋內心世界的掙扎 / 百合 著. -- 第一版. -- 臺北市：崧燁文化事業有限公司, 2024.11
面；　公分
POD版
ISBN 978-626-416-087-2(平裝)
1.CST: 紅學 2.CST: 研究考訂
857.49　　　　　113016780

電子書購買

爽讀APP　　　　臉書